Die Regenmacherin

DIE REGEN-MACHERIN

JOYCE DARNBY

Aus dem Amerikanischen von
Sabine Conrath-Renz

Weitbrecht

SAMSTAG, 17. SEPTEMBER

18.30 Uhr Pasadena, California.

Elke Harrington schaute ein zweites, dann ein drittes Mal in den Rückspiegel ihres Autos, um sich zu vergewissern. Trotz der angenehmen Kühle in ihrem perfekt temperierten Wagen fühlte sie plötzlich einen merkwürdigen Angstschweiß auf ihren Handflächen. Aus dem Autoradio ertönte die bekannte Stimme des Nachrichtensprechers: »Und hier eine Sondermeldung: Wegen der anhaltenden Dürre erklärte President Cole soeben den nationalen Notstand in Nebraska, Iowa, Kansas und Missouri. Weitere Bundesstaaten, so verlautete es aus dem Weißen Haus, werden folgen.«

Ohne zu denken schaltete Elke das Radio aus, obwohl die Meldung sonst für sie von größter Bedeutung gewesen wäre.

Das kann doch nicht wahr sein, dachte sie.

Sie schaute erneut in den Rückspiegel. Es gab keinen Zweifel: Das unbekannte rote Auto verfolgte ihren Wagen – verfolgte *sie*. An der nächsten Kreuzung bog Elke Harrington ohne Vorwarnung nach rechts ab. Sie gab Gas und beschleunigte auf 45 Meilen in der Stunde.

Oh Gott, lass es nicht wahr sein, betete sie.

Aber es war wahr. Das Auto verfolgte sie nach wie vor und verringerte jetzt den Abstand zu ihrem Wagen.

Was wollen die denn von mir? Das kann nicht sein, dachte sie. Wo sind denn die beiden vom FBI?

Die große Dürre und die Hitze der letzten Monate kamen ihr zum ersten Mal zugute: Der Verkehr war mäßig, Elke konnte den Wagen ungehindert beschleunigen. Noch einmal gab sie Gas, raste die Wohnstraße entlang, brauste an all den braunen Gärten, an all den wasserlosen Swimmingpools, an all den toten Palmen vorbei, an die sie jetzt keinen Gedanken verschwendete.

Das kann nicht sein, das kann nicht sein!, wiederholte sie. Ausgerechnet jetzt, ohne meine Beschützer.

Der rote Sportwagen dicht hinter Elkes Auto machte jede Kurve, jede Beschleunigung des weißen Mercedes mühelos mit.

Oh Gott – Polizei, ja, die Polizei!, dachte Elke. Ich muss zur Polizeiwache. Wo sind denn meine Jungs? Da vorne – von der Daytona Avenue abbiegen in die ... in die ... wo ist denn das verflixte Polizeirevier?! Auf jeden Fall rechts abbiegen!

Mit quietschenden Reifen bog der Mercedes in die Daytona Avenue ein.

Wieso denn *ich*?, dachte Elke.

Ihr ganzer Körper zitterte, sie schwitzte aus allen Poren. Die Gelassenheit, an der sie so viele Jahre so hart gearbeitet hatte, war wie weggeblasen.

Oh nein!, dachte sie, als sie sah, wie der Sportwagen zum Überholen ansetzte. Wo ist denn das Polizeirevier? Nein, er darf mich nicht überholen!

Ihr Wagen flog fast aus der Kurve, als Elke erneut nach rechts einbog, um dem Sportwagen beim Überholen zuvorzukommen. Mit über 70 Meilen in der Stunde raste der Mercedes am gelbschwarzen Schild zu Beginn der engen, vornehmen Wohnstraße vorbei. Zu spät registrierte sie, was auf dem Schild stand: *Dead End* – Sackgasse. Und da sah sie es: Noch zweihundert Fuß und die Straße war zu Ende. Sie stemmte sich mit aller Kraft gegen das Bremspedal und das große Auto kam quer zur Straße, knapp vor den parkenden Autos, zum Stehen. In panischer Angst legte Elke den Rückwärtsgang ein, um zu wenden. Die Reifen des roten Sportwagens quietschten und rauchten. Unmittelbar vor Elkes Wagen hielt das rote Auto mit einem Ruck. Elkes Mercedes war eingekeilt. Zwei junge Männer sprangen aus dem Sportwagen. Einer von ihnen riss die Fahrertür auf. Elke war starr vor Schreck. Das laute, dumpfe Pochen schien die Worte, die die jungen Männer hervorstießen, zu übertönen. Elke verstand nichts – da war ein Geräusch, es waren da zwei offene Münder, Hände zerrten an ihr, zogen sie aus dem Wagen; aber Elke hörte nichts.

Wo sind meine Jungs? Wieso denn ich? Wieso gerade ich? Körperlich fast erstarrt, wiederholte sie die Worte, die sie gar nicht begriff und die wie von selbst kamen.

Als der gut gekleidete, sauber rasierte junge Mann den Arm um ihre Mitte legte und sie zum roten Sportwagen herüberzog, brach urplötzlich eine Geräuschflut über Elke herein. Sie hörte wieder.

»Los, Mädchen, los, los, schnell, komm schon!«, rief der andere adrette junge Mann, der sie am Ellbogen packte und zum roten Auto zerrte, während der schwitzende junge Mann, der seinen Arm um ihre Taille gelegt hatte, sie mehr schob als zog. Auf einmal schrie sie auf, schrie lauthals, schrie mit allen Kräften, die ihr noch zur Verfügung standen, gab Laute ohne Sinn von sich. Nur noch wenige Yards bis zum Sportwagen. Elkes wildes Kreischen übertönte das Keuchen der jungen Männer, übertönte alles, was sie riefen. Elke stemmte sich gegen den Arm, versuchte den Ellbogen frei zu bekommen, wand sich, drehte sich. Sie trat mit dem Fuß aus, riss eine Hand frei und schlug dem einen jungen Mann ins Gesicht. Er versuchte dem Faustschlag auszuweichen, ergriff ihr Handgelenk. Der andere Mann packte Elke an den langen blonden Haaren und zog ihren Kopf mit einem Mal nach hinten, sodass Elke stolperte. Beide Männer hielten ihre Arme fest. Elke schüttelte den Kopf, wand sich erneut. Auch die beiden jungen Männer nahmen nichts außer diesem verzweifelten Kampf wahr, nahmen nicht wahr, wie hinter ihrem Sportwagen zwei Gestalten auftauchten und blitzschnell zur Waffe griffen. In das Keuchen hinein hörte Elke die Worte, auf die sie schon nicht mehr zu hoffen gewagt hatte:

»Hände hoch, ihr zwei! FBI!«

Völlig verdutzt schauten die beiden jungen Männer in die Richtung, aus der die Stimme kam. Plötzlich stand Elke allein da. Der Mann, der seine Hand um ihre Taille gelegt hatte, sprang über den Kofferraum von Elkes Wagen, hechtete hinter eine Hecke und rannte aus Leibeskräften in die braunen Gärten hinein. Einer der FBI-Agenten spurtete los und rannte ihm hinterher, die Dienstwaffe in der Rechten. Der andere junge Entführer ließ Elkes Handgelenk los und fasste in seine Hosentasche. Seine Hand kam mit einem Revolver wieder aus der Tasche. Es war seine letzte Bewegung. Während sein Revolver hoch in die Luft flog und dann scheppernd auf dem Dach des Sportwagens auftraf, fiel der Mann wie ein Sandsack nach hinten gegen den Sportwagen. Elkes Gesicht wurde von einem feinen Sprühregen benetzt.

Es war Blut.

Was war das für ein Knall? War das überhaupt ein Knall?

Elke zitterte am ganzen Körper.

Auf einmal stand einer der FBI-Agenten, mit dem sie gelegentlich plauderte, vor ihr und redete auf sie ein. Es rauschte so in Elkes Kopf, dass sie zum zweiten Mal innerhalb einer Minute kein Wort verstand. Sie spürte, wie sie der Agent stützte, und sie fühlte nur: Das tut gut.

»Was? Was sagen Sie? Was?«, hörte sie es in ihrem Kopf hallen. Und dann sagte sie ganz deutlich und verstand nun ihre eigenen Worte: »Wo wart ihr, Jungs? Wenn man euch braucht, seid ihr nicht da.«

Der Mann im dunklen Anzug, an den sie sich dankbar lehnte, errötete.

»Sie haben uns eine halbe Minute lang abgehängt, Mrs Harrington. Bitte entschuldigen Sie die Verspätung.« Er schaute kurz zu dem Toten herüber. »Es ist ja noch mal gut gegangen. Ah – da kommt Jim.«

»Entwischt«, keuchte FBI-Agent Jim Donahue.

»Shit!«, stieß sein Kollege Larry Miller hervor. Dann wandte er sich Elke Harrington zu und brachte sein Gesicht ganz nahe an das ihre heran. Er sagte: »Es ist alles gut, Ma'am. Sind Sie unverletzt?«

Elke verstand seine Worte und nahm wie durch einen Schleier hindurch wahr, dass er eine großkalibrige, schwarze Pistole mit einer geübten Geste in das Schulterholster zurücksteckte.

»Danke, ja, danke, Larry, danke«, sagte Elke und fühlte eine große und befreiende Erleichterung. Ein Glücksgefühl, das sie nur nach Prüfungen kannte, durchströmte sie.

»Was machen Sie da?«, hörte sie sich sagen.

Der FBI-Agent wischte ihr mit seinem blütenweißen Taschentuch leicht, beinahe zärtlich über das Gesicht.

»Ich wische Ihnen das Blut ab, Mrs Harrington. Und, Jim?« Er wandte sich seinem Kollegen zu, der den Toten untersuchte.

»Mausetot, Larry. Bist ein Bombenschütze. Direkt ins Herz. Das hat gesessen.« Er grinste. Dann sagte er: »Na, zu welcher Terrorgruppe der wohl gehört?!«

Larry Miller zuckte mit den Achseln.

Elke Harrington fragte, langsam und kaum hörbar: »Larry ... Jim ... Was glauben Sie, was die von mir wollten?«

FBI-Agent Miller lächelte: »Mrs Harrington, die wollten ihr Geheimnis. Was sonst? Aber was für Stümper...« Er machte eine wegwerfende Handbewegung.

Ja, das war es wohl, natürlich. Nichts anderes. Sie wollten Elke entführen und sie zwingen das Geheimnis preiszugeben. Aber woher wussten sie, was in den Pasadena Laboratories gearbeitet wurde? Und wer waren die Möchtegern-Entführer? Und wieso gerade ich?

Agent Miller hatte sich inzwischen wieder seinem Kollegen zugewandt und fragte: »Hast du die Polizei angerufen, Jim?«

»Klar«, antwortete Agent Donahue wortkarg. »Schon drüben im Garten.«

Kaum hatte er den Satz ausgesprochen, als auch schon aus der Ferne das »Whooop, whooop« der Polizeisirenen ertönte. Das Polizeirevier lag drei Straßen entfernt. Elke wagte nicht nach rechts zu schauen, wagte nicht die am Wagen auf dem Rücken liegende Leiche mit dem großen runden Loch mitten in der Brust, aus dem noch immer Blut sickerte, anzuschauen.

Als zwei Streifenwagen in die Sackgasse einbogen, saß Elke schon auf dem Beifahrersitz im Auto der FBI-Agenten. Das Zittern hatte vollständig aufgehört. Sie fühlte sich ganz leicht, ganz frisch und zugleich unsagbar müde. Sie legte den Kopf zurück, schloss die Augen und dämmerte bereits in einen Erschöpfungsschlaf hinüber, als sie hörte, wie Polizisten mit lauten Worten die Neugierigen zurückdrängten. Sie öffnete die Augen. Vor ihr stand vornübergebeugt ein Mittfünfziger mit einem grauen Schnurrbart.

»Ma'am, ich bin Detective Hernandez von der Mordkommission.« Er lächelte und legte ihr beinahe väterlich die Hand auf den Unterarm. »Ma'am, ich weiß, sie haben gerade etwas Schreckliches durchgemacht und fühlen sich nicht gerade wohl. Aber könnten Sie mir trotzdem bitte ein paar Fragen beantworten?«

»Ja, Detective, es geht jetzt wieder. Ich bin zäh«, erwiderte Elke. »Fragen Sie nur.«

»Darf ich Ihren Ausweis sehen, Ma'am?«

Ein freundlich dreinblickender Polizist hielt ihr ihre Handtasche hin. Sie nahm ihren Ausweis heraus und gab ihn dem Kriminalbeamten. Er las: Dr. Elke Harrington, 646 Judson Avenue, Pasadena, California. Beruf: Regierungsauftrag.

Hier stutzte Detective Hernandez. Er las weiter: Größe: 5 Fuß 8 Inches, Haare: blond, Hautfarbe: weiß.

»Ich arbeite bei den Pasadena Laboratories im Regierungsauftrag. Das Projekt ist geheim. Mehr darf ich nicht sagen.«

»Aha – nun wird mir alles klar«, sagte Detective Hernandez langsam. »Deswegen also Ihre Beschützer.«

Detective Hernandez schaute Elke intensiv an. Vor ihm saß eine Frau mit zerzaustem blonden Haar in einem perfekt geschnittenen, pfirsichfarbenen Kostüm. In der Zeit eines Lidschlags sah der Kommissar, wen er vor sich hatte. Eine elegante, feine, recht hübsche Dame, dachte er.

»Pasadena Laboratories. Hm. In diesem Fall erlaube ich mir Sie nach Hause zu fahren. Sie brauchen nicht aufs Revier zu kommen. Wir können uns bei Ihnen zu Hause weiter unterhalten. Frank – in einer Stunde will ich einen Streifenwagen vor 646 Judson Avenue. Mrs Harrington wird vorerst nachts von uns beschützt. Fährst du uns im Mercedes nach, sobald die Spurensicherung fertig ist? Danke, Frank. – Bitte, Ma'am, setzen Sie sich in meinen Wagen.«

Als Elke unsicher aufstand, bemerkte sie zum ersten Mal, was sich um sie herum abspielte: Inzwischen standen mindestens fünf Streifenwagen und ein Krankenwagen in der engen Straße. Mehrere hundert Schaulustige gafften hinter der weiträumigen Absperrung. Dutzende von Polizisten machten sich hier und da zu schaffen. Die Spurensicherung arbeitete bereits an der Leiche. Dort standen die beiden FBI-Agenten; sie unterhielten sich mit einem Polizisten.

Und all das nur meinetwegen, schoss es Elke durch den Kopf. »Einen Moment noch, Detective«, sagte sie.

Jetzt erschien ihr nicht mehr alles wie im Traum; vielmehr nahmen Menschen, Autos, Geräusche eine absolute Klarheit an, die sie nur einmal in ihrem Leben gekannt hatte: In dem Augenblick, als sie Bob das Jawort gegeben hatte, in jenem fernen, herrlichen Augenblick. Und nun ein Toter und sie, ausgerechnet *sie*, die harmlose Naturwissenschaftlerin, sollte entführt werden. Ein beinahe absurder Gedanke – läge nicht ein Erschossener unmittelbar vor ihr mit einem blutbenetzten Gesicht, mit einem leuchtend rot verfärbten Hemd, das noch vor wenigen Minuten weiß gewesen war. Elke wandte sich ab von der Leiche und hörte die Worte: »... Ringfahndung ausgelöst, aber es wird wohl nichts bringen, der ist abgehauen ...«

Leise sagte sie: »Larry ...«

Der Agent drehte sich irritiert um, erblickte Elke und lächelte wieder, so einnehmend und menschlich wie zuvor.

»Es ist alles noch mal gut gegangen, Mrs Harrington. Ich bin so froh.«

»Ich wollte Ihnen beiden noch einmal herzlich danken. Sie haben mir das Leben gerettet. Sie haben ihr Leben riskiert. Ich bin Ihnen zu großem Dank verpflichtet. Entschuldigen Sie bitte, dass ich Ihnen einen Vorwurf gemacht habe. Sie haben Ihre Arbeit sehr gut getan. Das war die Errettung durch die Kavallerie just im rechten Augenblick. Ich hoffe sehr, Sie bekommen keine Unannehmlichkeiten wegen – wegen – *ihm.*« Elke zeigte auf den Toten.

»Ganz bestimmt nicht, Mrs Harrington. Da machen Sie sich mal keine Sorgen. Wir waren im Recht. Wir hatten den Auftrag, Sie mit allen Mitteln zu beschützen. Diese Mittel waren leider absolut notwendig. Es wird keine rechtlichen Probleme geben.«

»Dann bin ich beruhigt. Ich werde zu Protokoll geben, dass ich Ihnen mein Leben verdanke. Auf dem weiteren Heimweg wird mich die Polizei beschützen. Also – Larry, Jim, auf Wiedersehen, und haben Sie nochmals vielen, vielen Dank.«

»Auf Wiedersehen, Mrs Harrington. Bis morgen.« Die beiden Agenten nickten.

Elke ging zu dem schwarzen Zivilfahrzeug des Detective, setzte sich auf den Beifahrersitz und machte die Tür zu.

»Danke fürs Fahren, Detective ... Hernandez, sagten Sie? Ja. Zum Autofahren wäre ich jetzt nicht in der Lage.«

»Natürlich nicht, Mrs Harrington.«

Detective Hernandez fuhr sanft an und schwieg, um Elke eine Erholungspause zu geben. Was Menschen in diesen Stunden seelisch durchmachten, war ihm aus seiner fast dreißigjährigen Berufserfahrung wohl bekannt.

Elke lehnte sich zurück und schloss die Augen. Wie konnte das *ihr* passieren? Wie konnte eine solch verrückte, Gott sei Dank vereitelte Entführung *ihr* passieren? Ausgerechnet ihr, der stillen, zart gebauten, sommersprossigen Vierzigjährigen, deren Leben – bisher – wie im Traum verlief?

Wie im Traum – bis auf den frühen Tod ihres Vaters,

eines kleinen Winzers an der pfälzischen Weinstraße in Deutschland, der kurz nach dem Konkurs an einem Herzinfarkt gestorben war. (»An einem gebrochenen Herzen«, wie Elkes Mutter sagte, die durch den Tod ihres Mannes in lebenslange Trauer gestürzt wurde.) Als Halbwaise und Hochbegabte hatte Elke zwanzig Jahre zuvor ein Stipendium an die Universität Heidelberg bekommen. Dann erhielt sie sieben Jahre später ein überaus großzügiges Stipendium an die University of California in Berkeley und glaubte sich im siebten Himmel. Für das Mädchen aus einem Dorf in der Pfalz war schon das Meteorologiestudium in Heidelberg der Höhepunkt ihres Lebens gewesen. Sie war in physikalischer Chemie noch begabter, als ihre Lehrer auf dem Gymnasium angenommen hatten, und wurde summa cum laude bei einem berühmten Heidelberger Professor promoviert. Er war es, der das Stipendium für die USA befürwortete hatte. Und schließlich das erste Jahr in Berkeley bei den *Post-doctoral*-Studien – und der herrlich fatale Satz ihrer Zimmernachbarin im Studentenheim:

»Ach übrigens, Elke. Mein Freund Steve kennt einen ganz netten Jungen, der gerade sein Ingenieurdiplom macht. Was meinst du: Ob wir nicht mal ein *Double date* probieren?«

Der »ganz nette Junge« war Bob Harrington. Sein Scharm, seine Bescheidenheit, seine liebenswürdige Freundlichkeit gegenüber allen Menschen nahmen sie sofort gefangen. Was für ein feiner Mensch, hatte sie gedacht, das kann doch nicht mit rechten Dingen zugehen! Aber es ging mit rechten Dingen zu. Elke aus der Pfalz und Bob aus San Francisco verliebten sich ineinander und heirateten und hatten auch noch das Glück, dass beide in Pasadena hoch dotierte Stellen fanden.

»Du hast einen Traumjob als Ingenieur bei der NASA

und ich habe einen Traumjob, und jetzt können wir uns dieses Traumhaus kaufen, Bob«, hatte sie einmal zu ihm gesagt. »Das kann doch nicht mit rechten Dingen zugehen.«

Bob nahm sie in den Arm und küsste sie. »Doch, Liebling. Warum nicht? Ihr deutschen Miesepeter, ihr wollt euch alles verderben. Wenn ihr niest, glaubt ihr schon, ihr habt Bronchitis!«

Er lachte schallend, wie immer, wenn er einen Witz gemacht hatte. Bob hatte Recht. Noch mehr lachen können, so wie Bob, dem nichts die Laune verderben konnte – das hatte sie verlernt, als sie dreizehn war und ihr Vater von einem Tag auf den anderen aufgehört hatte zu existieren.

Und dann kamen die wunderbaren, gar nicht verzogenen Kinder (dafür hatte sie schon gesorgt) – der siebenjährige, genau wie sein Vater stets zu Späßen aufgelegte Andy und der fünfjährige Rotschopf Susan.

Die Kinder.

Wenn sie Bob doch nur von ihrer Arbeit in den Pasadena Laboratories erzählen dürfte, von ihrer bahnbrechenden Arbeit mit Mike, vom Durchbruch der letzten Tage. Wenn sie ihm doch nur erzählen dürfte, dass sie und Mike – wenn alles gut ging – es war kaum auszumalen – vielleicht, vielleicht eines der ältesten Probleme der Menschheit gelöst hatten.

Sie seufzte. Detective Hernandez blickte kurz zu ihr herüber. Er wusste, dass in solchen Stunden die Gedanken der Verbrechensopfer wirre Spiele miteinander spielten.

Den Platz in den Pasadena Laboratories hatte sich Elke allein durch harte Arbeit erkämpft. Sie hielt sich für zäh und war es auch. Der Ehrgeiz, nicht wie ihr Vater im Grunde verarmt zu enden und jedes Jahr auf Gedeih und

Verderb äußeren Faktoren wie dem Wetter ausgeliefert zu sein, trieben sie seit ihrer Schulzeit an. »Verlass dich nie aufs Wetter, Kind«, hatte ihr Vater immer wieder gesagt. »Verlass dich nie auf andere Menschen. Verlass dich nur auf dich selbst, Liebes. Sonst gehst du unter. Wie ich.« Diese Worte ihres Vaters, dessen Tod für sie eine Katastrophe bedeutet hatte, hallten tagaus, tagein in ihrem Kopf. Sie wurden ihr zur zweiten Natur. Nicht eine Silbe seiner Worte vergaß sie. Mit Zähigkeit, Zuverlässigkeit, Fleiß und mit einem fast unglaublichen fotografischen Gedächtnis ausgestattet, ohne je nach links oder nach rechts zu blicken, ohne großen Humor arbeitete sie sich zur Spitzenmeteorologin hoch. Zugleich zweifelte sie an ihren eigenen Fähigkeiten und konnte kaum glauben, wie leicht ihr alles gelang. Sie wusste es selbst: Ihr Selbstvertrauen war zwar nicht hauchdünn, aber sehr wohl brüchig. Brüchig wie in diesen Augenblicken. *Sie* wollte mit ihrer bahnbrechenden Arbeit nur das Beste für die Menschheit, eingedenk der Worte ihres Vaters über das Wetter. Und ehe die Ergebnisse ihrer Forschung überhaupt bekannt wurden, kam es schon zur ersten Gewalttat – gerichtet gegen sie, gegen sie persönlich.

Offensichtlich schlägt mir mein Fleiß ein Schnippchen. Auf dem Höhepunkt meines ersten richtigen Erfolgs kehrt sich der Erfolg gegen mich, dachte sie.

Dann fiel ihr wieder Bobs Lachen ein und sie spürte: Wie er mich jetzt wohl auslachen würde. Die deutsche Miesepeterin macht es sich selbst wieder schwer.

Elke lächelte. Bob hat Recht: Was ich erreicht habe, das habe ich mit Fleiß und ohne Ellbogen erreicht. Das lasse ich mir nicht von ein paar Terroristen austreiben. Weiß der Teufel, was in ihren kranken Köpfen vor sich geht. Nein!, sagte sie fast laut und bewegte die Lippen. Ich habe mein Bestes für die Menschheit getan. Ich habe alles gegeben. Und ich musste niemand dafür beiseite schubsen. Intrigen habe ich Gott sei Dank nie gekannt. Nein, ich war immer anständig. Meinen Erfolg habe ich mir selbst zu verdanken.

Elke verabscheute die smarten »Businesstypen«, wie sie sie nannte; die »Haie«, die ihren Vater, mit tatkräftiger Hilfe des schlechten Winzerwetters, in den Ruin getrieben hatten. Nein!, wiederholte sie. Was ich tue, ist für die Menschheit.

Aber es war, als ob sie sich selbst dabei beobachtete, wie sie sich einredete, alle ihre Taten seien wohl getan. Sie wusste: Ich glaube nicht daran, nicht ganz.

Ich muss mit Bob reden, murmelte sie halblaut auf Deutsch zu sich.

»Was sagten Sie, Ma'am? Wir haben übrigens ihren Mann bereits unterrichtet«. Ohne auf eine Antwort zu warten setzte Detective Hernandez hinzu: »Und schon sind wir da.«

Er fuhr schnell in die Einfahrt des Hauses 646 Judson Avenue. Bob und die Kinder standen bereits dort. Bob riss die Wagentüre auf, ehe der Wagen zum Stillstand kam, nahm Elke in die Arme und drückte sie so fest wie am Hochzeitstag. Die Kinder scharten sich um sie und legten ihre kleinen Arme um sie. Sie bekam kaum noch Luft.

»Gott sei Dank. Gott sei Dank«, hörte sie Bob sagen.

Er küsste ihre Haare und ihr Gesicht. Zum ersten Mal seit Jahren, seit dem Tod seiner Mutter, sah Elke Tränen in seinen Augen.

»Ich verlange polizeilichen Schutz für meine Frau, Officer«, sagte Bob zu Hernandez.

Ja, so war er, das wusste Elke: Immer dachte er an seine Familie und an ihr Wohlergehen.

»Selbstverständlich, Mr Harrington«, erwiderte der Detective. »Das habe ich bereits veranlasst. Wir werden den Schutz Ihrer Gattin mit dem FBI abstimmen. Mrs Harrington wird jetzt rund um die Uhr polizeilichen Schutz erhalten.«

Bob nickte und schien sich wieder zu fassen. Sein Humor kehrte zurück. Im selben Augenblick, in dem er eine Träne aus dem Auge wischte, lachte er wieder: »Na – mit dem Grillen im Garten wird das wohl heute nichts mehr, was Elke?«

Sie nickte und lachte ihn an, denn sie brachte kein Wort hervor. Die Kinder hingen an ihrem Rock wie Kletten. Kein Ton entschlüpfte ihnen, sie waren so still wie noch nie in ihrem Leben. Bob legte seinen Arm um Elke und führte sie über den gleichmäßig braunen Rasen ins Haus.

»Entschuldigen Sie, äh«, sagte Detective Hernandez. »Aber – ich habe noch ein paar Fragen. Es muss leider sein.«

Bob drehte sich halb um. Mit seinem freien Arm bedeutete er dem Kriminalbeamten, ihnen zu folgen.

Als Hernandez nach knapp einer Stunde aus dem Haus trat, setzte er sich in seinen Wagen und blieb zwei Minuten lang einfach sitzen, bis die Polizeistreife vor das Haus fuhr, die die Nacht über zu wachen hatte. Er winkte den Kollegen zu, war aber ganz in Gedanken. Er wusste kaum mehr als eine Stunde zuvor.

Mal sehen, wer der Tote ist und ob er irgendeiner Organisation angehört, überlegte Hernandez. Das sind keine einfachen Kriminellen. Und diese Frau ist keine einfache Naturwissenschaftlerin, sondern ein VIP. Eine bescheidene, reizende Person. Sehr sympathisch. So, jetzt knöpfe ich mir die beiden Agenten vor. Dieses Bundesprojekt muss heißer sein als eine Backkartoffel in der Hölle.

18.30 Uhr.

Dick Goodall, Mais- und Weizenfarmer in Iowa, starrte den ewig blauen Himmel an. Keine Wolke in Sicht. Seit Februar kein Regen. Im Juli und August und September verdichteten sich die Wolken normalerweise bis drei, vier Uhr und dann regnete es oft. Aber an diesem Septembertag tat sich nichts, genauso wenig wie an jedem Tag davor. Und wenn der Präsident, wie zu erwarten war, den nationalen Notstand in Iowa ausrief, dann durfte er nicht einmal wie bisher viermal im Monat die Mais- und Weizenfelder bewässern, sondern nur noch zweimal. Dann stünde es schlecht um die Ernte. Er rechnete mit Einbußen um bis zur Hälfte der Vorjahresernte. Die gesamte Winterweizenernte hatte er, wie alle Farmer im Mittleren Westen, verloren. Auch die Entschädigung der Regierung durch den *Freedom to Farm Act* gab ihm nur einen Bruchteil seiner normalen Einnahmen wieder. Er würde den Kredit am Saatgut und am neuen Harvester nicht mehr abbezahlen können; und er wäre über kurz oder lang Pleite. Vielleicht könnte er noch ein, zwei Jahre den Hof, den sein Großvater aufgebaut hatte, halten, aber dann ...

Er zwang sich, nicht weiterzudenken. Er setzte sich eilig in den Jeep und fuhr hinaus auf die Felder. Mit einem Ruck brachte er den Jeep zum Stehen und stieg aus. Farmer Goodall bückte sich und ließ die Krume durch seine Finger rinnen, indem er die harte, trockene Erde mit dem Daumen gegen die Finger zerdrückte. Vielleicht, dachte er, vielleicht, wenn es bald regnet. Dem Mais fehlen noch zwei ganze Fuß für die Jahreszeit, aber die Ernte ist noch nicht verdorben, das Zeug wächst eben langsamer denn je.

Er nahm seine Baseballmütze ab und wischte sich den

Schweiß von der Stirn. Der Himmel war gleichmäßig blau und leer und die Sonne glühte.

Während Farmer Goodall auf dem Feld stand, saß Amerika vor dem Fernseher. Schon seit Wochen wurde der Wetterzustand und damit der Zustand Amerikas an erster Stelle in den Nachrichten gebracht und noch einmal am Schluss der Nachrichtensendung. An zweiter Stelle standen die Waldbrände in Wyoming, Oregon, Süd- und Norddakota, in Kalifornien und heute erstmals im Carson National Forest in New Mexico. »Wenn der hoch gelegene Carson-Wald brennt«, sagte die Leiterin der U.S. Forest Service im Südwesten der USA, »dann sieht es schlecht aus für den Rest von Amerika.«

Allabendlich wurden Erinnerungen an die große Dürre der Dreißigerjahre, an die *Dust Bowl*, wachgerufen. Jetzt flog der Staub zwar nicht durch den Südwesten und den Mittleren Westen wie damals. Nun wusste man die Erde zu binden. Doch sie trocknete schlichtweg aus und wurde, ganz allmählich, zu Stein.

Auch in den internationalen Nachrichten warfen die Amerikaner einen Blick auf ihre eigene Zukunft, und sie schauderten. Sie sahen Türkinnen und Russinnen vor den regierungseigenen Tankwagen um Wasser anstehen. Zwei Griechinnen in Piräus schlugen sich um einen Eimer Wasser, bis die Polizei einschritt. Süddeutsche, mittelschwedische und nordenglische Landwirte blickten zum glasklar-blauen Himmel, der in Europa jetzt allgemein »Todeshimmel« genannt wurde. Die Amerikaner sahen das hassverzerrte Gesicht eines nordirischen Schaf-Farmers, als er hörte, es habe an der südlichen Küste der Republik Irland ein klein wenig genieselt. Und die Amerikaner wussten, dass der Hass und die Wut und die Angst sich auch bei ihnen einnisten würden. Nur noch ein paar Tage, nur noch ein paar Wochen – und die Industrie, die 70% des Wassers verbrauchte, müsste ihre Produktion einschränken. Die Kurzarbeit, die darauf folgen müsste, würde dem Land Arbeitsunruhen bescheren wie in Frankreich und Spanien. Wer Phantasie besaß, malte sich Wasserkämpfe in den Großstädten aus, Städter gegen Wasser verbrauchende Farmer, reiche Weiße, die sich Wasser kaufen konnten, verteidigten es mit der Waffe gegen arme Schwarze ... Aber noch war es nicht so weit, und Amerika atmete auf, als der Wetterbericht mit einem Kuriosum abschloss: Rancher aus Arizona baten Hopi-Indianer zu sich, um Regentänze aufzuführen. Die belustigten Fernsehzuschauer sahen, wie Rancher und Indianer handelseinig wurden. »Schöne Tänze, Amerika!«, rief der Wettermoderator, spannte seinen Schirm auf und machte mit einem Augenzwinkern ein paar tanzähnliche Schritte.

Während im Hintergrund der Wetterbericht ausgeblendet wurde, schimpfte Juanita Mendez, Elkes Haushälterin, mit ihrem Mann, weil er so lange duschte.

»Weißt du denn nicht, was das Zeug kostet?«, rief sie ins Badezimmer.

Schwarze und Weiße, Hispanos und Asiaten von Florida bis Washington State traten nach der Nachrichtensendung vor das Haus und blickten den immer gleichen Himmel an, den Himmel, den die Europäer »Todeshimmel« nannten. Die Qualität von Blau war eine andere geworden: Blau bedeutete nicht mehr Freiheit, »wild blue yonder«, wie im Luftwaffenlied, nicht mehr die Unendlichkeit, die man sich erobern konnte. Blau bedeutete Durst und Dürre und Feuer und Tod, und es gab nicht wenige, bei denen just in diesem Augenblick die Erkenntnis in Angst umschlug. Die Farbe Grün, ohnehin rar, begann von der Erdoberfläche zu verschwinden. Es gab nur einen Zeitraum, über den man jeden Tag und bei fast jeder Mahlzeit redete: die Zeit seit dem letzten Regenfall. Vielleicht war es der 12. Mai, vielleicht der 8. April oder der 21. Februar. Vielleicht lag das Ereignis schon ein Jahr zurück.

19.15 Uhr.

Im Büro von Mike O'Donnell klingelte das Telefon. Mike legte den Bleistift hin.

»Hallo.«

»Ah, Mike, Sie sind noch da, prima. Hier David. Könnten Sie mal rüberkommen, bitte? Es ist wichtig.«

»Ich mach gerade meinen Bericht fertig, Chef. Wenn es mit dem Bericht noch am Montagmorgen langt.«

»Ja, Montag früh ist Zeit genug. Also bis gleich.«

David Erlebacher, Leiter der Pasadena Laboratories, legte den Hörer hin und lehnte sich zufrieden zurück. Nur noch zwei Monate bis zur Pensionierung, und jetzt, dank der außergewöhnlichen Fähigkeiten seiner Topchemiker Mike O'Donnell und Dr. Elke Harrington, diese Krönung seiner Karriere. Jahre hatte er gehofft, noch mehr als seine Mitarbeiter, Jahre auf diesen glanzvollen Augenblick gewartet. Und nun war er da, und David Erlebacher konnte sich kaum davor zurückhalten, in Jubel auszubrechen. Am Montagmorgen, das nahm er sich vor, würde er sich über das strikte Alkoholverbot in den Pasadena Laboratories hinwegsetzen und allen vierzig Mitarbeitern eine Kiste Champagner, nur vom Feinsten, spendieren.

Mike O'Donnell stand vor der offenen Türe von David Erlebachers Büro. Außer ihnen war niemand mehr im Labor.

»Kommen Sie nur rein, Mike. Hereinspaziert, bitte sehr!«

»Na, Chef, Sie haben aber gute Laune.«

»Raten Sie mal, warum.«

»Ich kann's mir schon denken. Unser, wie soll ich sagen, kleiner Durchbruch hat sogar Ihnen ein Lächeln entlockt.«

»Ein Lächeln? Bei mir lacht jedes Organ. Darüber wollte ich mit Ihnen sprechen, Mike, jetzt wo wir allein sind.«

»Über Ihre Organe?«

»Im Ernst, Mike. Bitte setzen Sie sich. Ich habe gewartet, bis Elke Harrington nach Hause gefahren ist. Ich wollte nur mit Ihnen reden.«

Mike setzte sich gerade hin.

»Ich höre.«

»Unser Gespräch ist vertraulich, Mike.«

»Sie haben mein Wort.«

»Sagen wir es einmal so, Mike. Nicht, dass ich Elke nicht voll traue ...«

Mikes Augen leuchteten. »David, ich lege meine Hand für sie ins Feuer. Sie ist absolut verschwiegen. Sie ist treu. Sie ist ein fantastischer, genialer ...«

»Schon gut, Mike, schon gut. Ich weiß, Sie kommen glänzend mit ihr aus, ich weiß, ich weiß. Aber Sie sind ein richtiger Amerikaner, Ihre Familie ist schon seit Generationen hier. Elke ist erst seit ungefähr zwölf Jahren in Amerika, erst seit sieben Jahren Staatsbürgerin, na ja, Sie wissen schon.«

»Steht Sie unter irgendeinem Verdacht?«

»Um Gottes willen, nein, nichts dergleichen. Ich wollte Ihnen nur sagen: Was ich Ihnen heute zu sagen habe, ist – zunächst – nur für Ihre Ohren bestimmt. Das ist alles.«

»Ach so, na, wenn das alles ist. Wir wissen alle, wie geheim unser Bundesprojekt ist.«

»Das ist der springende Punkt, Mike, genau das ist der springende Punkt.« David Erlebacher setzte sich zurück und machte eine Pause. »Mike, bis zu diesem Augenblick wissen nicht einmal Sie, *wie* geheim das Projekt ist. Zum Beispiel wissen Sie nicht, dass das Projekt unmittelbar dem Präsidenten unterstellt ist.«

»Dem Präsidenten der Vereinigten Staaten?«

»Ja, Mike, Präsident Cole persönlich. Ich erstatte dem nationalen Sicherheitsberater, Brent Hofmeyer, einmal im Monat per Kurier Bericht.«

Mike O'Donnell pfiff durch die Zähne.

David nickte und sagte: »Das ist nicht alles, Mike. Zum Beispiel wissen Sie nicht, dass alle vierzig Mitarbeiter vom Pasadena Lab jedes Jahr vom FBI überprüft werden. Jedes Jahr, Mike – und gründlich.«

»Wie bitte?! Warum denn? Haben wir etwas verbrochen?«

»Ganz und gar nicht. Ihr seid alle in Ordnung. Das war eine Anordnung von Brent Hofmeyer.«

Mike schwieg. Allmählich wurde ihm ganz heiß. Er fuhr mit dem Taschentuch über das Gesicht. David Erlebacher beobachtete ihn genau, dann entspannte sich seine Miene.

»Tja, Mike, da bleibt selbst Ihnen die Sprache weg. Vielleicht dämmert es Ihnen, nicht wahr. Was Sie und Elke hier geleistet haben, ist eine ganz, ganz große Sache, die die Weltgeschichte verändern wird – nicht könnte, wird. Wir können die Wolken zügeln, wir sind die Herren des Regens und damit die Herren des Weltwetters. Unser *Cloud Harnessing Program* hat es geschafft.«

»Ja, ich weiß, David. Trotzdem – ich glaube, ja, hätten Sie für mich bitte ein Glas Wasser?«

David Erlebacher lachte und stand auf. Nachdem Mike den Pappbecher geleert hatte, sagte David: »Ich habe noch viel mehr für Sie. Ich könnte mir denken, dass der Präsident einen kleinen Vortrag hören möchte. Wenn alles gut geht, fliegen wir zwei nächste Woche nach Washington.«

»Nein, David, das werden wir nicht. Ich gehe nicht ohne Elke. Sie ist genauso daran beteiligt wie ich. Nicht ohne Elke.«

David Erlebacher ging zum Fenster. Er schwieg lange. Dann drehte er sich um.

»Na meinetwegen, Mike, meinetwegen. Aber die Sache mit der geheimen jährlichen Überprüfung, das bleibt unter uns, o.k.?«

»O.k., David. Versprochen.«

»So – und jetzt werde ich auf einer sicheren Leitung den Nationalen Sicherheitsberater des Präsidenten anrufen. Ich möchte, dass Sie dabei sind. Oh – das andere Telefon. Moment, Mike.«

Er nahm ab und wurde sofort bleich.

»Was? Was sagen Sie da? Oh Gott! – Ah. – Verstehe. Verstehe. Hm. Aha. Gott sei Dank. Ja, danke, Officer. Detective Hernandez kann mich jederzeit sprechen. Ich stehe immer zur Verfügung, Tag und Nacht. Vielen Dank, Officer.«

Er legte auf und schaute Mike an.

»Was ist los, Chef?«

»Sehen Sie, Mike. Es beginnt schon. Regen Sie sich nicht auf, aber irgendwelche Verrückten haben versucht Elke zu entführen. Sie ist vollkommen unverletzt und in Sicherheit. Die Jungs vom FBI haben sie gerettet. Glauben Sie mir vielleicht jetzt, was hier passieren wird, wenn die Sache einmal bekannt wird?«

Seine Augen funkelten.

Mike war aufgesprungen. Unter seinen Achseln bildeten sich zwei große, kalte Schweißflecken.

23.20 Uhr.

Thomas Jefferson Cole, der erste schwarze Präsident der Vereinigten Staaten von Amerika, schüttelte die Hand des schwedischen Ministerpräsidenten.

»Adjö, min vän«, sagte Präsident Cole und legte seine andere Hand leicht auf dessen Schulter. Der Ministerpräsident strahlte über das ganze Gesicht, als er, zu seiner Überraschung, auf einmal Schwedisch hörte.

»Du kan prata svenska!«, rief er erstaunt.

»En lite«, antwortete Präsident Cole bescheiden.

Beide lachten. Der schwedische Ministerpräsident wusste, dass dieser Mann, der sich so bescheiden gab, diese Zurückhaltung nicht nötig hatte. Er sah nicht nur gut aus: groß gewachsen, athletisch, mit bronzener Hautfarbe, ein grau melierter 56-jähriger Herr, der sich langsam und würdevoll bewegte. Sogar erzkonservative Südstaatler konnten nicht umhin, dem schwarzen Präsidenten Respekt zu bezeugen. Präsident Cole stammte aus den einfachsten Verhältnissen: Sein Vater war meist Fabrikarbeiter, falls er überhaupt Arbeit hatte, aber seine Eltern hatten ihm einen brennenden Ehrgeiz und den Willen eingegeben, auf ehrliche Weise dem Getto der Chicagoer South Side zu entkommen. Mit einem ROTC-Armeestipendium absolvierte er mit Auszeichnung das Jurastudium an der Columbia University in New York, schloss die Militärakademie West Point als Klassenzweiter ab und wurde zum jüngsten Oberst der Marines befördert, wegen erwiesener Tapferkeit vor dem Feind, als er in Vietnam fast alleine den Hügel 742 bei An Loc einnahm. Das brachte ihm außerdem die höchste militärische Auszeichnung ein, den *Congressional Medal of Honor*. Da ihm immer mehr Zweifel am Vietnamengagement kamen (Zweifel, die er ganz für sich behielt), wartete er seine Beförderung zum Brigadegeneral ab, um seinen Abschied vom Marinecorps zu nehmen. Das militärstrategische Genie wandelte sich innerhalb eines Wochenendes zum geschätzten Juniorpartner der überaus angesehenen Anwaltskanzlei Hansen & Greenbaum.

Wenige Jahre später galt er schon als New Yorker Staranwalt, der arme Schwarze und wohlhabende Weiße gleichermaßen gut und erfolgreich verteidigte. Aber die Bilderbuchkarriere, die jeden anderen zufrieden gestellt hätte, genügte Thomas Jefferson Cole nicht. Zu sehr noch saß ihm die Getto-Kindheit in den Gliedern, er hatte zu viele Blicke der Verachtung gespürt, die immer von den Weißen ausgingen. Wegen seines gemäßigten sozialen Engagements war er für die Schwarzen und Liberalen akzeptabel, wegen seiner glanzvollen patriotischen Militärlaufbahn für die Konservativen. Bald schon war der liberale Republikaner der jüngste Kongressabgeordnete. Vier Jahre später wurde er Gouverneur von New York State, und wiederum vier Jahre später war er Präsident. Das Militärgenie, der Staranwalt, das Sprachgenie (ein zweiwöchiger Aufenthalt in Schweden verhalf ihm dazu, mehr oder weniger Schwedisch zu lernen; daneben beherrschte er Vietnamesisch, Französisch, Spanisch, Arabisch und, wie er sagte, »genug Russisch, um mich über Tolstois Eheprobleme zu unterhalten«) wurde in Windeseile zum politischen Strategen.

Wunderbar, dachte Präsident Cole, als er sich umdrehte und die Hand seiner Frau nahm. Die schwedischamerikanischen Beziehungen sind wieder einmal gerettet.

»Ich komme gleich, Anne«, sagte er zu seiner Frau und gab ihr einen Kuss. »Beim Nachtisch hat mir ein Sicherheitsbeamter zugeflüstert, dass Brent im Oval Office auf mich wartet. Was um, ach je, fast halb zwölf noch so dringend sein soll, ist mir ein Rätsel ...«

»Schon gut, Liebling«, sagte Anne.

Brent Hofmeyer, klein, dick, und meist mit vielen Schweißperlen auf der Stirn, stand auf, als Präsident Cole ins Oval Office trat und sich mit einem Seufzer in seinen Schreibtischsessel fallen ließ.

»Na, was gibt's denn, Brent? Wieder die Israelis?«

»Mr President, es kann auch mal gute Nachrichten geben.«

»Oho, Sie machen's aber spannend.«

»Mr President, ich dachte, ich sollte Sie sofort informieren. Ich habe die freudige Mitteilung zu machen, dass das *Cloud Harnessing Program* der Pasadena Laboratories den Durchbruch geschafft hat.«

»Aber Brent, das ist ja fantastisch!«

Die Müdigkeit, die er soeben noch gespürt hatte, war wie weggeblasen. Präsident Cole sprang erregt auf. Er ging ans Fenster und drehte sich abrupt um.

»Das bedeutet, dass die Vereinigten Staaten zum Wohltäter der Menschheit werden können. Wir können Gerechtigkeit walten lassen, wir können jeden Dürrenotstand beseitigen – die Sahelzone vor der Desertifikation retten, die russischen Steppen, sogar die verdorrten schwedischen Wälder!«

»Mr President, die schwedischen Wälder und die Ziegenhirten in Mali sind mir schnuppe. Ich erinnere Sie an Ihre Ausrufung des nationalen Wassernotstands in vier unserer Bundesstaaten heute.«

»Ja natürlich, Brent, natürlich. Die kommen zuerst dran.«

»Ich sehe es etwas anders, Mr President. Die kommen nicht nur zuerst dran; die kommen als Einzige dran, zusammen mit den übrigen 46 Bundesstaaten. Und das wär's.«

Präsident Cole schwieg einen Moment. Dann sagte er kühl: »Brent, was Sie da wollen, ist ungeheuerlich. Das kommt nicht infrage, dass wir das Regenwasser der Welt für uns pachten. Das können Sie vergessen.«

»Mr President, ich denke an unser Land. Ich denke an die starke Farmerlobby, ich denke an die Gewerkschaft der Landarbeiter, ich denke an die Industrie, die bald ihre Produktion einschränken muss. Ich denke an Ihre Wiederwahl in zwei Jahren.«

»Ach, Brent, sie machen's immer so dramatisch.«

Der Wirtschaftsfachmann Brent Hofmeyer, ehemaliger Air-Force-General, ehemaliges Aufsichtsratsmitglied der Weltbank, sah, wie er glaubte, die Welt vollkommen nüchtern. Ich denke, was ich sehe, sagte er immer zu sich. Deswegen schätzen die Menschen mein Urteil. Ich bin ein Schachspieler. Ich überblicke alle Optionen, dann entscheide ich mich für den besten Weg, um zu gewinnen. Ein paar Bauern muss man gelegentlich opfern. Das ist so, wenn man politische Strategie betreibt.

Andere Menschen urteilten schärfer über den nationalen Sicherheitsberater Hofmeyer, während der Präsident beschwichtigend sagte: Das ist sein Job. Der Außenminister, der als zurückhaltend galt, konnte Brent Hofmeyer nicht ausstehen und meinte einmal unter vier Augen zum Präsidenten: »Wenn man Hofmeyer, unbewaffnet, und einen Kodiakbären aus Alaska in einen Raum zusammensperrt, dann gnade Gott dem armen Bären.«

»Ich dramatisiere nie, Mr President«, erwiderte Brent Hofmeyer. Ich sehe nur die Gegebenheiten. Was ich aufgeführt habe, ist nicht alles. Zum Beispiel sehe ich noch die konservativen Republikaner, die es kaum erwarten können, einem schwarzen Präsidenten mangelnden Patriotismus vorzuwerfen. Ich sehe alle Hausbesitzer der Nation, deren Gärten verdorren. Ich sehe militante Terroristen, die sich gerne den Weg zu den Wolken freibomben würden; und sie hätten dieses Mal viele Sympathien, anders als damals bei der Bombe in Oklahoma City.«

»Brent, ich wiederhole: Ein nationaler Alleingang kommt nicht infrage. Die Nato würde auseinander brechen. Die Russen, unsere neuen Freunde, würden toben. Die arabische Welt hätten wir endgültig verloren. Wir könnten die Israelis nicht mehr kontrollieren. Nein, Brent: So einfach geht das nicht. Übrigens, ich weiß gar nicht, was machbar ist und was nicht. Ich brauche mehr Details. Ich will wissen, wie das *Cloud Harnessing Program* funktioniert. Sehen Sie doch bitte zu, dass Anfang nächster Woche Erlebacher und ein oder zwei Wissenschaftler zu einem Vortrag und zu einer Diskussion zu mir kommen, o.k.? Ich nehme mir einen ganzen Tag Zeit, es ist sehr wichtig. Der Außen-, der Innen- und der Landwirtschaftsminister sollen auch teilnehmen. Streng vertraulich, klar.«

Brent nickte.

»Ach, übrigens, Mr President. Ich wollte Sie nicht gleich damit überfallen. Leider gab es auch einen Wermutstropfen bei dieser ganzen guten Sache. Heute Abend hat man vergeblich versucht die Topchemikerin des Projekts in Pasadena zu entführen. Dr. Harrington blieb zum Glück unverletzt. Unsere Jungs vom FBI sind zuverlässig wie immer dazwischengefahren. Vielleicht sehen Sie jetzt, wogegen wir ankämpfen, Mr President. Es geht los, ehe es losgeht.«

»Das ist in der Tat gravierend, Brent. Na ja, das ging noch mal gut. Nächste Woche wollen wir uns erst mal über die Details des Projekts informieren. Dann sehen wir weiter.«

Brent Hofmeyer war unzufrieden mit der Antwort des Präsidenten. Sein stärkstes Argument hob er sich für später auf. Schließlich sagte er: »Jawohl, Mr President. Wir werden sehen.«

DIENSTAG, 20. SEPTEMBER

5.15 Uhr.

Seit drei Nächten, seit seinem Samstagnachtgespräch mit Detective Hernandez, wälzte sich Director David Erlebacher in seinem Bett hin und her. Zum Glück besaß seine Frau Rachel noch mit 60 Jahren einen gesegneten Tiefschlaf, sodass er sie mit seiner Unruhe, seinem Hin- und Herwälzen nicht störte.

Es geht doch immer etwas schief in diesem Saftleben, dachte er. Immer irgendetwas, um einem die Freude zu nehmen. Meine Leute machen die Entdeckung ihres Lebens, meines Lebens, und schon will man die fleißige Elke entführen. Und *das* bedeutet, wiederholte er zum hundertsten Mal, dass es ein Leck gibt, in *meinem* Labor ein Leck! Im Endeffekt bin ich verantwortlich für den Spion, den Gauner, den - den Verräter. Aber wer? Wer denn nur?, fragte er sich nicht nur zum hundertsten, sondern zum tausendsten Mal.

Er und Detective Hernandez hatten unzählige Male die Liste seiner vierzig Mitarbeiter geprüft. Wer hatte den Entführern den heißen Tipp gegeben? Wer hatte ihnen erzählt, was in den Pasadena Laboratories erforscht wurde? Wer hatte ihnen erzählt, dass Dr. Elke Harrington eine Schlüsselfigur darstellte? Wer wusste, wie weltgeschichtlich bedeutsam ihre Entdeckung war? Er und Detective Hernandez reduzierten die Liste auf zwei, drei Leute; dann schließlich nur auf einen einzigen Mitarbeiter. Dieser Mensch hieß Mike O'Donnell. David Erlebacher konnte nach wie vor nicht glauben, dass Mike, der gute Mike, auch nur irgendetwas mit dieser Sache zu tun haben könnte. Erlebacher wusste: Mike vergötterte Elke geradezu. Mike würde nicht zulassen, dass ihr jemand ein Haar krümmte. Und doch ... Mikes ökologisches Gewissen, sein »grüner Blick«, waren bekannt. Sollte sein Gewissen die Oberhand über seinen Verstand gewonnen haben?

Director David Erlebacher setzte sich aufrecht hin, schob das Kopfkissen hinter seinen Rücken und rieb seine Hand gedankenverloren an den weißen Bartstoppeln seines Kinns. Seine Frau schlief ruhig neben ihm. Von draußen drangen die ersten Sonnenstrahlen schräg und golden und verheißungsvoll ins Schlafzimmer.

Alles friedlich, dachte Erlebacher. Es könnte alles so friedlich sein. Mein größter Triumph im Leben. Und wenn einer meiner Mitarbeiter wirklich ein Informant ist, muss ich die Konsequenzen ziehen und meinen Hut nehmen. Zwei Monate vor meiner Pensionierung. Zwei Monate. Aber ruhig Blut. Den Teufel nicht an die Wand malen, Dave. Vielleicht, vielleicht, dachte er hoffnungsvoll, vielleicht löst Hernandez den Fall und kommt zu einem ganz anderen Ergebnis. Mal sehen, ob er den Toten heute identifizieren kann.

Im selben Augenblick, in dem David Erlebacher mit einem Seufzer schwerfällig aufstand, klingelte es an der Haustüre. Detective Hernandez stand davor.

Zur selben Stunde war auch Mike O'Donnell in seinem Junggesellenbett wach, an diesem besonderen Tag, an dem er dem Präsidenten der Vereinigten Staaten von Amerika gegenübertreten sollte. An den Präsidenten und an den bevorstehenden Flug nach Washington verlor er keinen Gedanken. Er starrte die Decke an, die Decke seines »bescheidenen Apartments«, wie er immer sagte. Nur einen Luxus kannte er: englische Antiquitäten. Mikes Apartment hatte nur vier Räume, aber die waren voll gestopft mit Hepplewhite-Kommoden, Sheraton-Stühlen und Adam-Sesseln. Mike besaß sogar einige Sessel, die Thomas Chippendale der Jüngere fabriziert hatte. Mike aß von einem Mahagonitisch aus der Zeit von König George III. und trank seinen Tee aus Wedgwood-Tassen, hergestellt im Jahre 1811. Den Tee schenkte er sich aus einer Stirling-Queen-Anne-Teekanne ein, hergestellt (er las alle Silberstempel mit Leichtigkeit) im Jahre 1709.

Das ist meine Schwäche, sagte er verlegen zu seinen Gästen, wenn sie seine Einrichtung bewunderten. Eine Schwäche, die er sich leisten konnte. Doch nun interessierte ihn diese Schwäche auch nicht im Geringsten.

Er dachte an Elke.

Meine zweite Schwäche, lächelte er und kniff die Augenbrauen zusammen. Meine Schwächen: englische Antiquitäten und Elke. Aber nicht in dieser Reihenfolge. Eine Schwäche – und er lächelte wieder –, die ich mir nicht leisten kann, ich sentimentaler Idiot.

Mike O'Donnell liebte Elke Harrington. Er liebte sie, heimlich, heimlicher als jeder kleine Schüler seine Lehrerin anbetete. Er liebte sie tief und ehrlich, musste seine Gefühle jedoch auf das Gründlichste verstecken. Er verbarg sie manchmal so tief, dass er sie selber nicht fand, wie er sich einredete. Dann gelang es ihm mühelos, mit anderen Frauen ins Bett zu gehen, sie wie verrückt zu bumsen und sogar ein bisschen zärtlich zu sein. Ja, viel mehr war es nicht – nur bumsen und ein bisschen Spaß haben. Zwei-, dreimal klappte es; und dann war Schluss, dann hatte er genug von der Frau, deren Namen er gewissenhaft in sein Adressbuch eingetragen hatte und deren Namen er ebenso gewissenhaft wieder ausstrich. Er vergaß sie sofort, denn bald tauchten seine Gefühle für Elke wieder auf, stark und schmerzhaft. Für

Sekundenbruchteile ließen sie ihn ganz verzweifeln. Vor allen Dingen musste er seine Gefühle vor Elke verstecken. Es gelang ihm – wie er glaubte. Er wusste selbst, wie aussichtslos seine Liebe war, daher unternahm er nie etwas, um die Situation zu ändern: eine absolut hoffnungslose Liebe, wenn es je eine hoffnungslose Liebe gegeben hat.

Sie liebt ihren Bob mit Haut und Haaren, dachte er. Da lässt sich nichts machen.

Nichts hätte ihm klarer sein können und er gestand es sich ohne Umschweife ein. Ein glücklicheres Paar gab es nicht auf Erden, das war Mike schmerzhaft bewusst. Und das Schlimmste: Mike mochte ihren Mann Bob sehr.

Was für ein feiner Kerl, dachte er.

Erst viele Monate, nachdem sich Mike in Elke verliebt hatte, verstand er, warum Bob es ihm leicht machte. Bei ihm, darüber war sich Mike sicher, war Elke in guten Händen.

Ich bin halt ein ewiger Junggeselle. Ich kann mit Kindern nicht viel anfangen. Nur mit Möbeln und chemischen Formeln. Bob ist ein Familienmensch. Der perfekte Ehemann. Und Elke ist die perfekte Frau, Mutter, Kollegin, Wissenschaftlerin.

Nein, nein, dachte Mike. Wenn ich's mir gestehe, ist es schon recht geschehen mit den beiden.

Im selben Augenblick fuhr ihm ein Stich der Angst durch die Brust und er begann zu schwitzen. Es war die Angst um Elke.

Wenn ihr etwas passiert wäre!, dachte er. Ich wäre gestorben. Wenigstens hätte ich dann öffentlich heulen können. Ist ja allgemein bekannt, dass der O'Donnell und die Harringtons dick befreundet sind. Befreundet mit Elke und Bob ...

Mike O'Donnell und Elke Harrington arbeiteten nicht

einfach als Team zusammen, sie *waren* ein eingespieltes, harmonisch funktionierendes Team. Sie mochte ihn sehr – und nicht mehr. Mikes charakterliche Gemeinsamkeiten mit Bob machten es Elke leicht, diesen arglosen, heiteren, fleißigen und zuverlässigen Menschen, dem Intrigen fremd waren, gern zu haben. Mike wusste seine Trauer gut zu verstecken; noch besser, als wenn er ein Trinkproblem gehabt hätte.

Mein »Trinkproblem«, dachte er als er ins Badezimmer ging, heißt einzig und allein Elke.

Obwohl sie seit drei Tagen zum ersten Mal in ihrem Leben vor dem Schlafengehen Beruhigungsmittel einnahm, wachte Elke mit einem Ruck auf. Hellwach sah sie die Ziffern auf ihrem Radiowecker: 5.15 Uhr.

Ach Gott, dachte sie, erst nach fünf. Und heute muss ich vor den Präsidenten treten.

Dann sah sie das Bild vor ihrem geistigen Auge, das sie unsanft geweckt hatte: Sie saß in ihrem Auto, vor Schreck erstarrt, die beiden Entführer schrien auf sie ein. Diese glatt rasierten, hochroten Gesichter, diese beinahe fletschenden weißen Zähne, die sauberen, mit Brillantine zurechtgeklebten Haare. Nie würde dieses Bild aus ihrem Kopf verschwinden.

Manche Bilder leben immer, dachte sie, fast flüsternd.

Erst da bemerkte sie, wie Bob sie liebevoll und besorgt anschaute. Wortlos nahm er sie in den Arm und küsste ihre Stirn. Sie schmiegte sich an ihn. Er streichelte ihre Haare und ihren Oberarm. Elke legte ihre schlanken Hände in Bobs große, warme Hand. Er drückte ihre braunen kleinen Hände und streichelte unablässig ihren Handrücken mit seinem Daumen. Elke schauderte, als die Gesichter ihrer Entführer wieder in ihren Gedanken auftauchten. Bob fühlte das leichte Zittern in Elkes Körper und drückte sie noch fester. Dann legte er seine Hand auf Elkes volle Brust und streichelte ihre Brustwarze. Elke schmiegte sich an Bob, rieb ihre Haare an seinem Hals. Schnell wandte sie ihm das Gesicht zu, öffnete ihren Mund und empfing seine Zungenspitze. Dann spreizte sie ihre Beine und setzte sich auf ihn. Sie streichelte ein paar Mal über sein Glied und führte ihn ein, tief ein in ihren Körper. Erst langsam, dann immer schneller bewegte sie sich rhythmisch im Kreis. Sie war vollkommen nass und sie wusste: Nur mit Bob, das geht nur mit Bob so. Oh Gott – jetzt – jetzt ist es so weit, jetzt!

Wie immer kam sie schnell und leicht, wie immer fühlte sie die Wellen des Glücks in ihrem Körper. Alles Widrige war vergessen, für kurze Zeit. Jetzt kam auch Bob, und sie fühlte ihn ganz in sich, nur ihn, nur diesen Mann wollte sie für immer in sich behalten. Ungern entließ sie ihn, als sie sich erschöpft neben ihn fallen ließ und ihn fest und glücklich umarmte.

Lange hielten sie einander umschlungen. Elke wäre fast wieder eingenickt, als Bob flüsterte: »Es ist alles gut, alles gut, mein Liebes. Jetzt haben wir's überstanden. Und den Beweis werden wir gleich sehen.«

Bob löste sich langsam und behutsam aus der Umarmung und ging zu den Schlafzimmerfenstern. Er schob die Vorhänge einen Spalt beiseite und schaute vor das Haus. Ja, er war zufrieden. Da stand das Polizeiauto. In einer halben Stunde, früher als sonst, würden die beiden FBI-Agenten anfahren und Elke zum Flughafen bringen.

»Alles in Ordnung, Liebes, die Polizei wacht über uns«, sagte Bob. Gut gelaunt fügte er hinzu: »Und heute geht's zum Präsidenten! Aufstehen! Um acht geht der Flieger!«

Elke sprang auf, eilte zu ihm und legte ihre Arme um seinen Hals.

»Weißt du«, sagte sie und lachte. »Trotz dieser entsetzlichen Entführung – ich finde, wir haben's verdammt gut. Wir haben einander und die Kids, wir leben wie die Maden im Speck. Kann man sich mehr wünschen?«, fragte sie und strahlte ihn an.

»Na ja«, meinte er, packte sie, nackt wie sie war, an der Taille und schwang sie einmal durch die Luft im Kreis. »Ein Entführungsversuch weniger, und ich würde mich wohler fühlen!«

Er lachte aus vollem Hals und warf den Kopf zurück. Elke konnte nicht anders: Sie musste geradezu in sein Lachen einstimmen.

Durch das halb geöffnete Fenster hörten Elke und Bob plötzlich Schritte vor dem Haus. Blitzschnell schaute Bob aus dem Fenster nach unten zur Haustüre und sah FBI-Agent Larry Miller davor stehen. Im selben Moment klingelte es.

»Nanu?«, sagte Bob. »Was will der denn schon vor sechs? Zieh dir schnell den Morgenrock an. Wird wohl etwas Wichtiges sein.«

Er schlüpfte schnell in seinen Pyjama, rannte die Treppe hinab und öffnete umständlich die verriegelte Haustüre. Larry Miller trat ein und nickte. Jetzt hastete auch Elke die Treppe hinab und sagte sofort: »Hallo, Larry. Gibt's Neuigkeiten? Setzen Sie sich doch.«

»Danke, Mrs Harrington. Und ob es Neuigkeiten gibt! Durch Fingerabdruckvergleiche haben wir herausgefunden, wer der Tote ist. Er heißt Ray O'Neill aus L. A., ist, äh, war 28 Jahre alt und gehörte zu einer fanatischen und winzigen, na, wie heißt das Ding, ›christlich-fundamentalistischen Ökosekte‹ namens *God's Nature*. Haben Sie je schon so etwas Verrücktes gehört? Ich nicht, und ich dachte, ich kenne das ganze Gesindel. Christen! War ein reiner Zufall, dass wir seine Identität so schnell herausgefunden haben. Trug natürlich keine Papiere bei sich, nichts, und der rote Honda war ganz unchristlich gestohlen. Hat mit 19, vielleicht in seiner vorfundamentalistischen Phase, mal einen Kaufhausdiebstahl begangen und wurde prompt erwischt. Daher haben wir seine Fingerabdrücke. Riesenglück, Ma'am. Wir haben alle 21 Sektenmitglieder verhaftet und quetschen sie aus. Der andere Entführer war natürlich nicht dabei. Von den Verhafteten weiß keiner etwas, die scheinen ernsthaft entsetzt über die Übeltaten ihrer zwei Mitchristen. Es heißt, die beiden Verbrecher hätten sich schon seit zwei, drei Jahren von der Kerngruppe abgesetzt. Die war ihnen zu lasch. Wollten ein bisschen Action, die Jungs. Haben sie auch gekriegt. Den anderen Entführer kennen wir jetzt auch namentlich: Chris Mason aus Phoenix. Aber wer den Entführern den heißen Tipp mit – mit Ihnen gab, Mrs Harrington, das wissen wir noch nicht. Aber wir werden's bald wissen. Kann sich nur noch um Stunden handeln. Dann haben wir die Auflösung. Hernandez ist eifrig wie ein Biber.«

Elke schaute Bob an. Sie war sprachlos. Der Tote hieß also – Ray O'Neill. Der irregeleitete Entführer, der ihretwegen sterben musste. Sie atmete tief ein, fasste schnell nach links und nahm Bobs Hand.

Bob fand als Erster die Sprache wieder. »Aha, aha. Tüchtig, ja tüchtig sind Sie, Sie vom Bureau und Detective Hernandez. Na, so was. Christen. Man stelle sich das vor. Fanatische Christen.«

Agent Miller nickte.

»Ich habe noch eine Überraschung. Erinnern Sie sich an die beiden Abtreibungsärzte, die letztes Jahr kaltblütig ermordet wurden? Sie wurden mit derselben Waffe erschossen, die wir beim toten O'Neill fanden.«

»Oh nein«, meinte Elke langsam.

»Doch«, lächelte Agent Miller. »Ein echter Killer, dieser O'Neill. Ich hab gehört, Sie arbeiten intensiv in der Wetterforschung. Mehr sagt man mir nicht. Na, wie dem auch sei: Die Jungs wollten wohl nicht, dass Sie am Wetter rumpfuschen. Haben sich an Sie gehalten, jetzt wo sie nicht mehr so leicht an die Abtreibungsärzte herankommen.«

»Ja«, sagte Elke trocken. »Offenbar.«

»Agent Miller, sorgen *Sie* dafür, dass keiner von denen jemals wieder auch nur in die Nähe meiner Frau kommt!«, rief Bob.

Larry Miller nickte. Seine Augen blitzten. Doch er zwang sich, höflich zu bleiben. »Keine Angst, Mr Harrington«, erwiderte er kühl. »Jetzt ist alles in Butter.«

Als Elke eine Stunde später in den Wagen der beiden Agenten stieg, die sie zum Flughafen von Los Angeles bringen sollten, bemerkte niemand, wie jede ihrer Bewegungen von einem Paar dunkler Augen verfolgt wurde.

Jeden Tag nahm Bob eine andere Route zum *Jet Propulsion Lab* der NASA, wie ihm angeraten worden war. Auch fuhr er die Kinder täglich auf einer anderen Route in den Kindergarten und in die Schule, und die Haushälterin Juanita Mendez hatte strikte Anweisung, es genauso zu halten, wenn sie die Kinder abholte.

Als Bob eine Stunde nach Elkes Abfahrt mit den Kindern in den Volvo stieg, um Susan in den Kindergarten und Andy in die Schule zu fahren, bemerkte auch er nicht, dass dem Augenpaar hinter einer Hecke keine seiner Bewegungen entging.

7.10 Uhr.

»Es tut mir wirklich Leid, Sie so kurz vor der Beerdigung ihres Bruders hierher gebracht zu haben, Mrs Ortega«, sagte Detective Hernandez. »Es musste leider sein.«

Mrs Ortega, die die Putzkolonne bei den Pasadena Laboratories leitete, war Detective Hernandez' Trumpfkarte. Er fühlte es. Eine, wie er sich sicher war, ziemlich leicht zu spielende Trumpfkarte. Er hatte eins und eins zusammengezählt. Eins und eins, das ergab: Mrs Ortega war Putzkolonnenführerin beim Pasadena Lab; und wie er wenige Stunden zuvor herausgefunden hatte, die Schwester des toten Entführers Ray O'Neill. Mrs Kate Ortega, geborene O'Neill. Eins und eins ergab zwei: eine eindeutige Verbindung zur Entführungstat – wenn ihn nicht alles täuschte.

Seiner Ermittlung war eine lange Debatte zwischen der FBI-Zentrale und dem Los Angeles Police Department vorausgegangen. Wer war denn für den brisanten Fall, der absolutes Fingerspitzengefühl und vollkommene Verschwiegenheit erforderte, zuständig? Da Detective Hernandez bereits ermittelte und im L.A.P.D. großen Respekt genoss (»der Beste der Besten«, meinte sein Vorgesetzter), und da er bereits angeordnet hatte, den nächtlichen Schutz der Familie Harrington von der L.A.P.D. übernehmen zu lassen, ließ man ihn gewähren. Allerdings nicht allein. Man einigte sich die Ermittlung gemeinsam durchzuführen. L.A.P.D. und FBI zusammen.

Detective Hernandez wusste, auf welches Glatteis er sich da begab. Ein Ermittlungsfehler von ihm und er war den Fall los. Das Bureau würde ihm kurzerhand und ohne mit der Wimper zu zucken den spannenden, weiß Gott nicht alltäglichen Fall aus den Händen reißen. Dieser Fehler, das schwor er sich, wird mir nicht unterlaufen. Nicht bei einem solchen Fall.

Nur zu gern hätte er gewusst, was genau in den Pasadena Laboratories erforscht wurde und warum das Projekt von nationalem Interesse war. Er erfuhr nur: Es geht um grundlegende Wetterforschung. Mike O'Donnell und Dr. Elke Harrington, so hieß es, bildeten Herz und Hirn des Projekts. Und mehr brauchte er, bitte sehr, nicht zu wissen. Dass es um eine grundlegende Wetteränderung gehen musste, das reimte er sich selbst zusammen. Ein zweites Mal fragte er nicht nach.

Er ärgerte sich über die Wand des Schweigens, schluckte den Ärger herunter und schaute die kleine rothaarige Frau an, die vor ihm saß.

Nur keinen Fehler, sagte er sich, nur keinen Fehler machen.

Kate Ortega tupfte ihre Augen zum wiederholten Mal mit dem Taschentuch. Sie schnäuzte sich kräftig, presste das Taschentuch fest zusammen und blickte auf, ein wenig benommen. Sie nickte.

»Ist o.k., Detective. Sie haben Ihre Gründe. Mein armer Bruder wird auch ohne mich unter die Erde kommen. Wenn unsere Mama und unser Papa das noch erlebt hätten ...«

»Sie sind die einzige Verwandte von Ray O'Neill, nicht wahr, Mrs Ortega?«

»Ja, ich und mein Mann Emilio. Aber Ray und Emilio haben sich nicht gut miteinander verstanden. Mein Mann ist aus Mexiko, Detective. Katholisch erzogen, wie Ray und ich. Wir waren sehr gute Katholiken. Bis Ray diesem – diesem Mason mit seiner Sekte begegnete. ›Was musst du sein fanático mit Christus?‹, hat mein Mann Emilio immer zu Ray gesagt. ›Die katholische Kirche ist gut, weiß immer, was für dich gut ist.‹«

»Und was erwiderte Ray?«, fragte Detective Hernandez.

Eines war ihm sonnenklar: Die Lösung des Problems lag in der religiösen Auffassung des toten Entführers Ray O'Neill. Detective Hernandez wartete gespannt auf Kate Ortegas Antwort und beugte sich vor. Die Schwester des erschossenen Entführers machte eine Pause. Schließlich sagte sie: »Ach, Detective. Es ist traurig. Und jetzt wo er tot ist, zerreißt es mir das Herz.«

Sie weinte wieder.

»Er hat etwas furchtbar Böses getan, nicht wahr, Detective?«

Der Kriminalbeamte nickte.

»Und er wurde auch gleich dafür bestraft«, fuhr Kate Ortega fort. »Ray sagte zu meinem Mann Emilio: ›Auf deinen Scheißpapst pfeife ich, und auf deine furztrockenen Kardinäle. Ein lascher Haufen. Gott will, dass wir die Erde in den von ihm geschaffenen Naturzustand zurückversetzen. Keine Abtreibungen, keine Experimente, keine Chemie mehr. Gott will, dass wir zum Buch Genesis zurückkehren, denn so schuf Er die Welt. Wir müssen die Sache selbst in die Hand nehmen, Emilio, wir müssen die Technokraten, die Gottes heilige Natur verunstalten und vernichten, und all die Meuchelmörder wie Abtreiber und Gehirnchirurgen und Seelenklempner aus New York, diesem Babel, ausradieren.‹ Ja, Detective, *ausradieren*, das war Rays Wort. *Ausradieren.* Oh mein Gott, verzeih mir. Und ich bin schuld.«

»Sie sind schuld, Mrs Ortega?«

Hernandez konnte sich kaum noch zwingen ruhig zu bleiben. Wie bei jeder Vernehmung läuteten bei ihm jetzt die inneren Alarmglocken, wenn er kurz, ganz kurz vor dem Durchbruch stand. Der Körper von Kate Ortega bebte, als sie sich auf dem Vernehmungsstuhl vornüberbeugte und hemmungslos weinte. Detective Hernandez schwieg. Es gelang ihm, wie immer, sich zu beruhigen. Wie immer wurde es still in ihm, wenn er sich einredete: Nur noch eine Minute, alter Junge, und du weißt alles. Du ahnst sogar, was jetzt gleich kommt. Also ruhig Blut.

Mrs Ortega schnäuzte sich und nickte mehrmals.

»Detective. Ich bin schuld. Verhaften Sie mich, wenn sie wollen. – Man hört so manches, wenn man viele Jahre lang an einem geheimen Ort wie dem Pasadena Lab putzt. Ja, ich geb's zu«, fuhr sie fort. »Ich habe dort Papiere, nur so aus Neugierde, verstehen Sie?, auf einem Stapel neben dem Reißwolf überflogen. Sie sollten wohl gleich vernichtet werden. Und dann sagte einer der Forscher vor ein paar Wochen zu einem anderen Forscher: ›Bald haben wir's, dann ändern wir das Wetter, wie es uns passt.‹ Den Gesprächsfetzen und noch ein paar andere hab ich mitgekriegt. Bin ein neugieriger Mensch. Naiv, ja, das bin ich wohl, aber nicht dumm. Hab zwei und zwei zusammengezählt. Irgendetwas mit den Luftströmungen und dem Regen. Das hab' ich ein paar Tage später dem armen Ray so nebenbei erzählt. Der hat doch jeden Tag zu Gott um Regen gebetet. Wollte eine richtige Sintflut, um uns alle beiseite zu räumen, uns Sünder. Dachte, das würde ihn interessieren. Ich sagte zu ihm: ›Deine Gebete um Regen kannst du dir schenken. Die Leute in den Pasadena Laboratories wollen das Wetter selbst ändern. Die lassen's bald regnen. Gott hilft denen, die sich selber helfen. Die Blonde, die Harrington, die ist der Kopf der Wetterfrösche. Wirst schon sehen!‹ Nun sehe ich's selber: Er tat so, als ob ihn das nicht interessierte. Muss alles aber dem Führer, dem Mason, diesem Hund, erzählt haben. Und der hat wohl die verrückte Entführung geplant. Ray wäre nie auf so etwas gekommen. Der hat dem Mason jedes Wort nachgeplappert. Glauben sie mir, bei meiner Seele, Detective, ich hatte keine Ahnung, was das für Auswirkungen haben würde. Mein armer Ray! Er war doch sonst immer so friedfertig. Hat nie etwas angestellt. Nur einmal einen Ladendiebstahl begangen. Sonst war er immer ein braver Junge. Den Ladendiebstahl - hm - beging er, als er 19 Jahre alt war. Damals war er ganz orientierungslos. Ich hab versucht ihn wieder in die Kirche zurückzuführen. Wie oft. Er wollte aber nicht, seitdem - ach - o.k., ich sag's - seitdem dieser Priester es mal mit mir versucht hat. Ist natürlich abgeblitzt. Ich glaub, Ray war schockierter als ich. ›Ich spucke auf deine schmutzige Kirche‹, sagte Ray höhnisch.«

Detective Hernandez schaute seinem Gegenüber scharf in die Augen. Dann entspannte sich seine Miene. Ja, genau so hatte er es sich gedacht: ein unbedachtsames Wort, ein Zufall, der falsche Adressat. Kein Verrat, keine Spionage; alles banaler, als man angenommen und befürchtet hatte. Er kannte seine Pappenheimer und wusste, wer vor ihm saß: die verzweifelte Schwester eines Toten, die ahnungslos in einen Sündenpfuhl getappt war. Ein Sündenpfuhl, der sich auch noch christlich nannte. Sie tat ihm Leid. Ihr Leben lang würde sie sich Vorwürfe machen, den Tod ihres Bruders verschuldet zu haben.

Wie er es bei Elke Harrington getan hatte, legte er seine Hand väterlich auf den Unterarm von Kate Ortega.

»Mrs Ortega, ich glaube Ihnen. Natürlich werden wir uns Ihre Aussage von Dritten bestätigen lassen. Ihren Mann muss ich leider auch hierher bitten, am besten heute Abend, ja? Es nützt Ihnen nichts, wenn ich Ihnen sage, Sie mögen sich keine Vorwürfe machen. Sie werden es dennoch tun. Sie waren eben allzu neugierig und haben nur eine Regel nicht beachtet: Reden ist Silber, Schweigen ist Gold. Dazu waren Sie ja verpflichtet.«

Die Schwester des toten Entführers nickte. Dicke Tränen rannen an ihrem Gesicht herab.

»Eine letzte Frage, Mrs Ortega. Hat Ray jemals etwas über Dr. Harrington oder das Pasadena Lab gesagt?«

Kate Ortega schüttelte energisch den Kopf.

»Dachte ich mir«, meinte Detective Hernandez zufrieden. »Noch eine Bitte, Mrs Ortega. Sprechen Sie mit niemandem über das, was wir heute gesagt haben. Wir wollen doch nicht noch eine versuchte Entführung und noch mehr Tote, nicht wahr?«

»Ist gut, Detective. Ganz klar. Ist alles schlimm genug.«

»Eben, Mrs Ortega. Sie sind für die Presse nicht zu sprechen, ist das klar? Sie kriegen sonst mächtigen Ärger mit mir. – So, und jetzt werden wir ihre Aussage zu Protokoll geben. Sie haben uns sehr geholfen, Sie waren sehr kooperativ. Dass Anklage gegen Sie erhoben wird, bezweifle ich. Ich werde keinen Haftbefehl gegen Sie ausstellen lassen. Nach der Protokollierung können Sie nach Hause gehen und heute Nachmittag an der Beerdigung Ihres Bruders teilnehmen. Trinken Sie erst mal einen Kaffee, ja? Frank, holst du ...? Danke. Ich gehe kurz nach nebenan, ich muss telefonieren.«

Detective Hernandez stand auf und lächelte aufmunternd. Mrs Ortega nickte wortlos. Hernandez ging ins Büro nebenan und jubelte innerlich. Wie er sich's gedacht hatte.

Ein klarer, einfacher Sachverhalt, dachte er zufrieden. Keine Spione, keine Intrigen. Nur ein paar überflüssige Sätze mit der falschen Person, gedankenlos dahingeworfene Sätze von einer Frau, die ein paar Informationen mehr besaß als der Durchschnittsbürger, und die vor lauter Stolz auf ihr Wissen das Maul nicht halten konnte. Soso. Also am Regen wird da gearbeitet. Können wir gut brauchen.

Detective Hernandez rief zuerst seinen Vorgesetzten an. Sein Chef war begeistert und lobte seinen besten Detective. Hernandez holte seine Erlaubnis ein, Director Erlebacher von der Auflösung des Falles erzählen zu dürfen. Doch zuerst rief Hernandez Larry Miller vom FBI an. Miller nahm die Nachricht ruhig entgegen und teilte Hernandez mit, er könne Mr Erlebacher sofort erreichen, er befinde sich in seiner Nähe.

Kurz vor sechs Uhr morgens hatte Hernandez zum letzten Mal mit David Erlebacher in seinem Heim gesprochen und ihm von der Identifizierung des toten Ray O'Neill erzählt.

David Erlebacher, Mike O'Donnell und Elke Harrington saßen ganz allein in der VIP-Lounge des Flughafens von L. A. Fünf FBI-Agenten waren in der Lounge postiert, drei davon am einzigen Ausgang. Weitere vier Agenten durchsuchten bereits das Gepäck aller Mitreisenden des Washingtonflugs sowie das Flugzeug selbst.

David Erlebachers Handy läutete.

»Aha, aha, ach was! Was Sie nicht sagen. Aha. – Wunderbar. – Wunderbar, Detective, wunderbar! Haben Sie toll gemacht. Da bin ich aber beruhigt. – Kein *richtiges* Leck in meinem Labor. – Aha. – Kaum vorstellbar, wie naiv manche Leute sind. Wie heißt sie noch mal? Ortega, geborene O'Neill. – Ja, ist recht, ich leite die Information zum Weißen Haus weiter. Vielen Dank, Detective Hernandez. Mir fällt ein Stein vom Herzen.«

Er legte auf, lächelte und schaute Elke und Mike an. Sein Blick haftete besonders lang an Mikes Gesicht. David Erlebacher dachte: Bin ich froh. Mike ist unschuldig. Er darf nie wissen, dass wir ihn verdächtigten.

Er sagte: »Kinder, ich hab vielleicht Nachrichten für euch. Der Fall ist gelöst, Hernandez hat gute Arbeit geleistet. Jetzt rufe ich noch vor dem Abflug Brent Hofmeyer im Weißen Haus an und berichte ihm. Hört gut zu, dann muss ich's nicht zweimal erzählen. Gott, bin ich erleichtert.«

Er wählte die Nummer des Nationalen Sicherheitsberaters und dachte befreit: Meinen Hut werde ich nicht nehmen müssen.

15.00 Uhr Washington.

Entgegen seiner Hoffnung hatte es President Cole nicht geschafft, sich den ganzen Tag für das Wetterforschungsprogramm freizunehmen. Das diplomatische Gezerre beim Wasserproblem im Nahen Osten, der eskalierende Konflikt um das verbliebene Jordanwasser, der schon Tage anhielt, hatte ihn den ganzen Morgen in Anspruch genommen. Dafür war es ihm gelungen, sich ab 15 Uhr für den Rest des Nachmittags und für den ganzen Abend freizukämpfen.

Als Elke, Mike und Erlebacher in Washington landeten, verabschiedeten sich die drei mitgereisten FBI-Agenten noch im Flugzeug. Die Agenten Miller und Donahue waren in L. A. geblieben, um dort weiterzuermitteln. Die drei FBI-Agenten übergaben die Bewachung an vier Secret-Service-Agenten. Es erschien Elke, als ob die Anzüge der Secret-Service-Agenten noch dunkler, ihre Gesichter noch steinerner waren als die der FBI-Agenten. Sie merkte sofort: Hier weht ein anderer Wind.

Die Palastgarde, dachte sie.

Die Secret-Service-Agenten sprachen immer wieder

scheinbar vor sich hin, in Wirklichkeit jedoch in winzige, an ihrer Kleidung befestigte Mikrofone; wo diese versteckt waren, sah sie nicht. Sie bemerkte nur die kleinen Knöpfe in den Ohren. Unten an der Gangway standen zwei weitere Agenten, die die drei Forscher mit raschen Schritten zu einer wartenden Limousine auf dem Rollfeld eskortierten.

»Tja, Elke«, lächelte David Erlebacher. »So ist das, wenn man ein VIP ist.«

»Man kann's auch übertreiben, David.«

»Kann man schon, ja. Aber ich glaube, die sind ein bisschen nervös geworden durch den Entführungsversuch. Stellen Sie sich vor, der Präsident erwartet uns und man teilt ihm fünf Minuten vorher mit, sorry, wir seien leider entführt worden. Vielleicht nächstes Jahr. Stellen Sie sich mal die Blamage vor.«

Elke nickte und schwieg. Nicht einmal im Traum hätte sie eine derartige Eskorte für möglich gehalten.

Mit überhöhter Geschwindigkeit, dicht gefolgt von einem weiteren Secret-Service-Wagen, steuerte ein Agent die, wie Elke vermutete, gepanzerte, kugelsichere Limousine, vom Dulles International Airport entlang der Dulles Airport Access Road in Richtung Stadtmitte.

Die Furcht der Agenten vor einem zweiten Entführungsversuch beruhigte und beunruhigte Elke zugleich. Sie verdrängte die Angst und fühlte ihre alte Zähigkeit wiederkehren, während sie aus dem Fenster schaute.

Na ja, dachte sie. Nun kann wohl nichts mehr passieren. Und in wenigen Minuten werde ich vor dem Präsidenten stehen.

Elkes Herz begann ganz leicht zu klopfen, als die Agenten die drei Forscher mit ihren gefüllten Aktentaschen ohne Aufenthalt durch den Westflügel des Weißen Hauses geleiteten. Elke nahm die Gegenstände nicht wahr, an denen sie vorbeirauschten. Aber sie sog die Atmosphäre, die unheimliche Atmosphäre ungeheurer Macht in sich auf. Die Luft in diesem Gebäude knisterte, sie hörte es förmlich.

Um seine Nervosität zu überspielen, betrachtete Mike mit Kennerblick die antiken Möbel, an denen sie vorbeimarschierten. Er fasste sich sofort, als die Vorzimmertüren zum Oval Office aufgingen. Keine zwei Sekunden später wurden die weißen Türflügel zum Oval Office von unsichtbarer Hand zurückgeschlagen. Urplötzlich stand President Cole vor den Forschern. Schräg hinter ihm wartete der Nationale Sicherheitsberater Brent Hofmeyer. President Cole strahlte über das ganze Gesicht und streckte seine Hand vor, die David Erlebacher als Erster ergriff.

»Director Erlebacher«, lachte der Präsident. »Wie schön, Sie wieder zu sehen. Willkommen, herzlich willkommen.« Er wandte sich an Elke. »Ah, Dr. Harrington«, sagte er überaus freundlich. »Ganz besonders Ihnen ein herzliches Willkommen. Sie haben für ihr neues Vaterland am meisten leiden müssen. Dieser unsägliche Entführungsversuch.«

Elke lächelte und nickte. Ihre Stimme versagte fast. »Ich bin zäh, Mr President. Ich hab's gut überstanden. Offenbar das Berufsrisiko von Meteorologinnen.«

Der Präsident lachte. »Nun, wir werden dafür sorgen, dass so etwas nicht wieder passiert. Sie sind mir zu wertvoll. – Ah, Mr O'Donnell, ich freue mich sehr, Sie hier zu sehen. Ihr Durchbruch wird die Welt verändern. Wie die Nation Ihnen allen danken kann, weiß ich nicht. Aber ich weiß, wie *ich* Ihnen danken kann. Sie bleiben heute Nacht als meine Gäste im Weißen Haus. Und für Sie« – er wandte sich an Elke – »habe ich später eine ganz ungewöhnliche kleine Überraschung, die ich erst nach Ihrem Vortrag verraten werde.«

President Cole strahlte sie an. Die Übernachtung im Weißen Haus, die der Präsident als Überraschung hinstellte, war natürlich mit allen Beteiligten abgesprochen worden. Aber was mochte die ganz persönliche Überraschung für sie sein?

Was für ein scharmanter, wunderbarer Mann, fuhr es Elke durch den Kopf. Jetzt verstehe ich, was Charisma bedeutet.

So war es auch: President Cole hatte die drei Besucher sofort in seinen Bann geschlagen, mit einer Mischung aus Scharm, Liebenswürdigkeit, hellwachem Verstand und etwas Unsagbarem. Elke war ganz angetan von ihm; auch Mikes und Erlebachers Augen glänzten, als President Cole Außenminister Shapiro, einen stillen, überaus feinen älteren Herrn, vorstellte.

Für Elke erfolgte der Absturz jäh. Beim ersten Händeschütteln war ihr Brent Hofmeyer sofort unsympathisch. Etwas Hartes, Uneinnehmbares, ja Unmenschliches lag in seinen Zügen. Elke reagierte augenblicklich auf Menschen, und sie spürte hier, direkt vor sich, einen Stein, einen grauen, undurchdringlichen, kalten Granitbrocken.

Elke versuchte den Gedanken zu verdrängen: Vielleicht täusche ich mich auch. Mit solch voreiligen Beurteilungen habe ich schon öfter daneben gelegen, dachte sie.

Elkes erste Reaktion entging weder Mike noch David Erlebacher, doch sie ließen sich nichts anmerken. Zu wichtig war ihnen die gute Atmosphäre, die der Präsident verströmte. Dieser Augenblick war der Höhepunkt in Director Erlebachers Leben. Mit Brent Hofmeyer kam er aus, Sympathie hin oder her, und das genügte ihm. Mike kümmerte sich nicht um Hofmeyer. Gelegentlich entschlüpfte Mikes Augenwinkeln ein schräger Blick auf die prächtigen Möbel im Oval Office.

Nach wenigen Minuten kamen der Innen- und Landwirtschaftsminister hinzu. Kaffee wurde gereicht. Aber schon nach wenigen Minuten räusperte sich der Präsident. Alle schwiegen.

»Falls Sie nicht zu müde sind von Ihrem Flug – nein? – gut, dann würde ich mir gerne jetzt gleich Ihren Vortrag anhören. Ich bin ein neugieriger Mann«, und er wandte sich an Erlebacher, während die übrigen Anwesenden schmunzeln mussten. »Und was Director Erlebacher und seine genialen Naturwissenschaftler herausgefunden haben, wird den Lauf der Weltgeschichte ändern.«

Alle schwiegen respektvoll. Elkes Herz klopfte erneut, während jede Faser ihres Körpers die feierliche Aura des Augenblicks wahrnahm.

Mit einem wohlwollenden Seitenblick auf Elke fuhr der Präsident fort: »Wir Amerikaner haben wie stets Außergewöhnliches geleistet. Die Regierung der Vereinigten Staaten von Amerika wird Ihre Entdeckung für unser Land und für das Wohl der Welt einsetzen.« Ein ebenso rascher Blick folgte zu Brent Hofmeyer, der versuchte, sich dem Blick zu entziehen, indem er seine Schuhe inspizierte.

»Was wir jetzt alle hören werden, unterliegt strengster Geheimhaltung, meine Herren. Beginnen wir also«, beendete President Cole seine knappe Ansprache.

David Erlebacher stand auf, erzählte kurz über die Geschichte des *Cloud Harnessing Program* und vergaß dabei nicht, die großzügige Unterstützung des Präsidenten und die exzellente Zusammenarbeit mit Brent Hofmeyer und dem FBI zu erwähnen. Er berichtete dann über bisherige Versuche Regen zu erzeugen. Die Wassersaatmethode, meinte Erlebacher, nämlich Wasserkonzentration in den Wolken mit Wasser selbst zu erzeugen, habe zu nichts geführt. Auch die Salzsaat, die Zentren zur Tröpfchenformung herstellen sollte, habe wenig Erfolg gezeigt. Erfolg versprechend war hingegen die weit verbreitete Methode mit Trockeneis und Silberjodid. Das Verfahren war, ließ Erlebacher wissen, immerhin billig, besaß aber drei erhebliche Nachteile: Das Silberjodid zerfiel rasch unter Sonneneinwirkung; es vergrößerte die Regenmenge um ungefähr 10% gegenüber der üblichen Niederschlagsmenge; und bei großen globalen Trockenperioden wie der gegenwärtigen sei die Silberjodidsaat nahezu wirkungslos. »Das sieht man ja, meine Herren«, schloss er seine Ansprache. »Oder haben Sie in diesem Jahr hierzulande auch nur einen einzigen Niederschlag bemerkt? Trotz Hopi-Tänze und Silberjodid – kein Regen.«

Heiterkeit machte sich in der Runde breit.

»Die Lage unseres Landes ist ernst. Wie wir uns die sofortige Lösung des Problems vorstellen, das werden Ihnen, Mr President, meine Herren, nun meine Kollegen berichten.«

Erlebacher setzte sich und Elke stand auf. Am Montag hatten sie und Mike ihren Vortrag mit verteilten Rollen, Flipchart-Benutzung und Overhead-Folien zur Erläuterung ihrer Worte eingeübt, bis alles wie am Schnürchen klappte. »Elkes und Mikes Multimedia-Wolkenshow« nannte Mike ihren Vortrag mit einem Grinsen.

Zum Lachen war ihnen aber nicht zumute, als Elke ihren Vortrag vor dieser erlauchten Gesellschaft begann. Von diesem Vortrag hing ihre Zukunft ab. Ihre ersten Worte stockten ein wenig, aber dann sprach sie flüssig und überzeugend. Von Minute zu Minute fühlte sie sich besser, gefasster und immer sicherer.

»Wolken bilden sich, indem Luft sich ausdehnt und abkühlt. Präzise ausgedrückt: So entsteht Kondensation von Wasser.« Sie lachte kurz. »Und genau das wollen wir ja. Jede Kühlung führt zur Kondensation in der Atmosphäre. Die gibt es aber nur, wenn Luft aufsteigt. Uns geht es darum, Luft zu kühlen und gleichzeitig anzuheben, damit zuerst Vaporisierung, dann Liquidisierung entsteht; sprich Regen. In der Troposphäre ...«

»Troposphäre?«, unterbrach sie der Innenminister.

»In der Troposphäre«, erklärte Elke, »entwickelt sich das Wetter. Das ist die Wetterzone. Die Troposphäre erstreckt sich von ca. 2 km bis ca. 12 km über dem Erdboden. Wir nehmen also Einfluss auf die Troposphäre, indem wir großflächig Luft abkühlen und aufsteigen lassen.

Normalerweise ist die Luftfeuchtigkeit ›ungesättigt‹, so nennt man das. Sie erreicht eine Feuchtigkeitssättigung zum Beispiel bei +10 Grad Celsius mit 9 Gramm Kondensation pro Kubikmeter. Bevor es regnet, gelangen Wolken an ihren Sättigungspunkt. Wenn die Kondensation zunimmt, das heißt, wenn die Tröpfchendurchmesser wachsen, werden die Wolken übersättigt – und es regnet ab.«

»Wann ist ein Wolkentröpfchen gesättigt?«, unterbrach sie der Präsident freundlich.

Aha, dachte Elke. Er versteht genau, worum es geht.

Sie sagte: »Die Sättigung tritt ab ungefähr 2 mm Tröpfchendurchmesser ein. Dann werden die Tröpfchen zunehmend instabiler, falls sie nicht vorher kristallisieren – und sie regnen ab. Bei einem Tröpfchendurchmesser von 5 bis maximal 7 mm.«

President Cole hakte nach. »Sie sagen also, Niederschlag ereignet sich, sobald die Tröpfchen der Wolken instabil werden?«

»Exakt, Mr President. Sie können sich denken, dass die Art der Tröpfchenentstehung eine Wissenschaft für sich ist, halb Physik und halb Chemie. Wir konnten auf der Forschung der letzten hundert Jahre aufbauen. Was man bisher aber auch nicht im Ansatz konnte, war den Vorgang zu beherrschen. Aber wir«, sie lächelte Mike und Erlebacher zu, »haben das Problem gelöst, zumindest für den Pazifikraum.«

Sie machte eine kurze Pause. Keiner sprach ein Wort.

»Es gibt nun eine bestimmte Gruppe von Aerosolen, also einfach: eine Partikelgruppe, die so genannten ›hygroskopischen Nuklei ...‹«

»Wie bitte?«, rief der Innenminister dazwischen und erhaschte einen bösen Blick des Landwirtschaftsministers.

»Hygroskopische Nuklei, hier –« sie zeigte auf die Schautafel auf ihrer Flipchart – »habe ich sie aufgeführt. Diese, sagen wir: Aerosole« (der Innenminister nickte dankbar) »sind wesentlich für die Wasserkondensation in der Troposphäre. Es gelang uns letzte Woche, diese Aerosole künstlich herzustellen und sie gleichzeitig mit einer neuen Eigenschaft zu ›impfen‹. Diese Eigenschaft lässt sie extrem schnell abkühlen und extrem schnell in große Höhe, fast bis zur Tropopause, also fast bis auf 12 km Höhe ansteigen. Vergessen Sie nicht: Aufsteigen heißt Kondensation und zugleich Abkühlung. Je höher, desto kälter wird's. Genau das wollen wir zunächst. Kondensieren – aber nur bis zum Sättigungsgrad und zunächst nicht weiter ...«

»Bis 2 mm Tröpfchendurchmesser«, warf der Präsident ein.

»Ja – zunächst nicht weiter. Erst wenn die Wolken extrem schnell angehoben werden, können wir darüber hinausgehen, ohne dass es sofort abregnet, denn dann kristallisieren sie sehr schnell. Wenn sie kristallisieren, regnen die Wolken – noch – nicht ab.«

»Und warum sollen sie nicht gleich abregnen?«, fragte der Landwirtschaftsminister. »Wir brauchen das Zeug sofort.«

»Mr Kowalski«, sagte Elke lächelnd zum Landwirtschaftsminister. »Dann hätten wir den ganzen Niederschlag nur westlich der Rocky Mountains, eine wahre Sintflut in Kalifornien, Oregon und Washington State. Wir lassen die Wolken nur westlich der Rockies entstehen und schicken ungefähr 80 % auf die Reise östlich der Rockys.«

»Ach so«, sagte der Landwirtschaftsminister kleinlaut. »Die Farmen in Iowa brauchen natürlich genauso viel Regen wie die in Washington State.«

»Eben, Mr Kowalski«, meinte Elke. »Durch Bestäubung der Troposphäre mit unseren neuen Aerosolen, dank der U.S. Air Force« – der Präsident nickte zustimmend – »schaffen wir über Kalifornien, Oregon und Washington State großflächig Wolken. Diese neuartige Luftbestäubung ist nur an ein paar ausgewählten Punkten nötig. Bestäubung ist überhaupt kein Problem. In großer Höhe von Kampfjets ausgesät, verteilen sich unsere Aerosole sofort großflächig. Das besorgt der Wind, denn unsere Aerosole haben die weitere Eigenschaft, noch leichter zu sein als bisher bekannte Aerosole – ungefähr 40% leichtgewichtiger. Wir nutzen die natürlichen Winde aus, zum Beispiel den Coromell-Wind, der von Süden über den Golf von Kalifornien weht. Über dem Festland nutzen wir Winde wie etwa den Chinook-Wind, der über die Rockys ostwärts bläst, um die Wolken weiterzutransportieren. Meine Herren: Das war der erste Teil unseres Vortrags, das erste Kunststück. Unsere Aerosolbestäubung kostet übrigens nicht viel mehr als die konventionelle Silberjodidsaat, wenn Sie die Entwicklungskosten abrechnen. Aber unsere Bestäubung ist«, fuhr sie lächelnd fort, »Millionen Mal effektiver.

Über den Weitertransport der Wolken wird Sie mein Kollege unterrichten.«

Sie wollte sich bereits setzen, während Mike aufstand, aber President Cole hob mit einer sachten Bewegung die Hand.

»Dr. Harrington, einen Moment bitte. Diese Formel für die hygroskopischen Nuklei ... das ist doch das Kernstück Ihres Durchbruchs, nicht wahr?«

»Ja, aber nicht nur, wie Ihnen gleich mein Kollege erzählen wird ...«

»Diese Formel, Dr. Harrington«, beharrte der Präsident freundlich. »Ob sie uns diese Formel wohl zur Kenntnis bringen würden?«

Elke schaute kurz zu Mike und Erlebacher. Alle drei grinsten.

»Jetzt verstehe ich gar nichts mehr«, sagte der Innenminister. »Wisse einer, warum Sie so fröhlich grinsen.«

Elke sagte belustigt: »Das können Sie auch gar nicht wissen, Mr Kowalski. Die Formel wollen wir vor Ihren Augen nicht geheim halten.« Sie zeigte auf ein dicht beschriebens Blatt Papier, das sie hochhielt. »Die Formel ist hier, und hier, und hier, und hier. Sie ist fast vier Seiten lang.« Sie hielt alle vier Seiten hoch.

»Aha«, meinte der Außenminister Shapiro zufrieden, der zum ersten Mal sprach. »Ich wette, nicht einmal Brent Hofmeyer versteht sie.«

»Ist nicht nötig«, erwiderte Hofmeyer wie aus der Pistole geschossen. »Dafür stehen die besten Naturwissenschaftler dieses gesegneten Landes ein, und sie sitzen direkt vor uns.«

»Vier Seiten«, sagte der Präsident, um die Kontrahenten zu beruhigen. »Eine gewaltige Leistung. Funktioniert die Kondensation und schnelle Anhebung der Wolken so reibungslos, wie Sie es schildern, Dr. Harrington?«

Von dieser Antwort hing alles – alles – ab.

»Todsicher, Mr President. Es gibt keinerlei Zweifel. An nur vier oder fünf Punkten vor der Küste von San Diego im Süden bis Seattle im Norden ausgesät, und es bilden sich innerhalb von drei bis vier Stunden gewaltige Gewitterwolken.«

»Cumulonimbus-Wolken, nicht wahr?«, fragte der Präsident.

Hoppla, dachte Elke. Sogar bei den Wolken kennt er sich aus.

»Am Anfang, Mr President. Nur am Anfang. Damit es großflächig und lang anhaltend abregnet, zielen wir auf so genannte Nimbosstratus-Wolken ab. Sozusagen eine Nummer größer und mächtiger als Cumulonimbus-Wolken.«

Der Präsident nickte.

Sie setzte sich und Mike fuhr fort, legte Overheadfolien auf und zeigte in aller Ausführlichkeit die Windbewegung von West nach Ost über dem nordamerikanischen Kontinent auf.

»Die gewaltigen Wolkenformationen«, erklärte er weiter, »die wir auf 10–12 km angehoben haben, sind also jetzt zu Eis erstarrt. Ihre Temperatur liegt bei ungefähr -20 Grad Celsius. Wenn sich aber innerhalb der nächsten Stunden der Aggregatszustand nicht ändert, hätten wir ...«

»... Schnee«, ergänzte der Landwirtschaftsminister hoffnungsvoll. »Schnee ist auch Wasser. Ich wäre für alles dankbar«, lachte er, und seine Heiterkeit wirkte ansteckend.

»Leider nicht«, sagte Mike trocken. »Bei diesen hohen

spätsommerlichen Bodentemperaturen wäre die Gefahr der Hagelbildung allzu groß. Das würde unserer Sache nicht dienen, denn ein großer Teil der Ernte würde durch taubeneigroße Eisklumpen vernichtet werden. Nein, nein, das wollen wir nicht. Also treiben wir die Wolken mit den natürlichen Winden erst einmal weiter *und* wir schaffen über der Ostküste ein Luftdruckgebiet, das die Wolken anzieht. Die Luft bewegt sich vom Kalten zum Warmen. Wir schaffen, wieder durch eine zweite, neue Aerosolbestäubung an 4–6 Punkten von Florida bis Maine im Norden einen Luftdruckunterschied. Auch diese Formel ist lang«, lächelte er und hielt zwei eng bedruckte Seiten hoch. »Aber dies ist der leichtere Teil des Unternehmens. Das Schwierigste war, die Wolken erst einmal entstehen zu lassen.«

»Was ich nicht verstehe«, sagte der Außenminister langsam, »ist: Wieso entstehen die Wolken überhaupt? Wo holen Sie sie her?«

»Die Kernfrage des Unternehmens, Mr Secretary. Wir zapfen die Kondensationsreste des Pazifik an. Ganz einfach. Sie wissen ja, dass über den Ozeanen jeden Tag gigantische Verdampfungen stattfinden. Dieses Wasser ziehen wir zusammen.«

»Und wie oft können Sie Wolken schaffen?«, fragte Brent Hofmeyer.

»Maximal zweimal die Woche«, antwortete Mike schnell.

»Also«, fragte Hofmeyer nach, »könnten wir zweimal die Woche den schönsten amerikanischen Regen haben?« Herausfordernd schaute er zum Außenminister hinüber.

»Ja, Mr Hofmeyer, das ginge schon ...«

»Aber das wollen wir nicht, nicht wahr, Mr President?«, fragte der Außenminister.

President Cole schwieg ein paar Sekunden. Anstatt zu antworten, blickte er Mike an und sagte überlegt: »Angenommen, wir möchten unseren alten europäischen Freunden und unseren relativ neuen russischen Freunden Wolken abgeben, was tun wir denn da? Und wie sicher ist unser Angebot?«

Mike überlegte und schaute kurz zu Elke. Sie verstand seinen Wink, stand auf und erklärte: »Das ist einfach, Mr President. Wir unterlassen die zweite Bestäubung über der Ostküste der USA. Es wäre kein Problem, die Wolken wie berichtet über dem Pazifik entstehen zu lassen, sie auf große Höhe anzuheben und dann einfach mit den Höhenwinden bis nach Europa treiben zu lassen ...«

»Allerdings«, unterbrach Mike sie, »würde ein Teil vielleicht schon über Grönland oder über dem Nordatlantik abregnen. Wie gesagt: Allzu lange kann man den kristallinen Sättigungsgrad nicht stabil halten. Aber der Verlust wäre vielleicht 10%, maximal 20% der Regenmenge. Der Rest dürfte in Europa und Nordafrika ankommen und dort von allein abregnen, wegen der natürlichen Luftdruckunterschiede zwischen hoher Wolkenmasse und dem Land des europäisch-russischen Kontinents.«

»Das ist gut«, sagte Außenminister Shapiro schnell und fixierte Brent Hofmeyer.

»Das ist gar nicht gut.« Brent Hofmeyer erhob seine Stimme. »Hier ist das letzte Wort noch nicht gesprochen worden.«

»Genau«, stimmte der Landwirtschaftsminister mit ein.

»Meine Herren, meine Herren«, beschwichtigte der Präsident. »Auch dafür wird sich eine für alle befriedigende Lösung finden. Könnte man denn nicht«, fragte er

Elke, die von seiner Ruhe und Sachlichkeit beeindruckt war, »die Wolken über dem Nordatlantik entstehen lassen, sozusagen als Freundesdienst für Europa und Russland? Wir könnten diese Atlantikwolken ohnehin nicht ausnützen, wegen der starken Westostwinde, also der Winde in Richtung Europa.«

»Oh, Mr President. Das geht leider nicht«, meinte Elke mit Bedauern. »Die Wasserverdunstung über dem Nordatlantik ist viel zu gering für unsere Aerosole, das heißt auf unserem jetzigen Stand der Forschung. Noch brauchen wir den warmen, immensen Pazifik. Der Nordatlantik ist für *uns* – noch – zu kalt.«

»Aha«, meinte der Präsident enttäuscht.

Der Außenminister schwieg. Brent Hofmeyers Augen leuchteten triumphierend.

1 : 0 für Hofmeyer, dachte der nationale Sicherheitsberater. Null Tore für Mr Secretary of State.

»Aber es wäre kein Problem, hier erzeugte Wolken nach Europa, Nordafrika und dem Nahen Osten zu schicken?«, vergewisserte sich der Präsident.

»Nichts leichter als das«, erwiderte Elke schnell und dachte an ihren Vater, den Winzer, der auf der Welt nichts mehr benötigt hätte als kontrollierten Regen.

»Aber ... das werden wir nicht tun«, zischte Hofmeyer.

»Natürlich werden wir das tun; wir sind keine Barbaren, sondern übernehmen Verantwortung in der Welt«, betonte der Außenminister. »Mr President ...«

Brent Hofmeyer wollte dazwischenfahren, aber der Präsident unterbrach den Außenminister und gebot Hofmeyer mit einem scharfen Blick zu schweigen.

»Meine Herren«, sagte President Cole gefasst. »Dies ist nicht der Zeitpunkt, um darüber zu diskutieren. Director Erlebacher, habe ich Sie richtig verstanden: Sie können Wolken über der Westküste entstehen lassen und sie großflächig über die Vereinigten Staaten, von Kalifornien bis nach Maine, abregnen lassen, ja?«

David Erlebacher stand auf und räusperte sich.

»Hundertprozentig, Mr President.«

»Nun sagen Sie mir bitte, was Sie *nicht* können.«

»Mr President, wir können noch nicht sagen, ob Kalifornien oder New England mehr Regen abbekommt. Das werden uns die Erfahrungswerte lehren. Regnen wird es, und nicht wenig, aber vermutlich nicht absolut gleichmäßig. Wir können es einmal mehrere Stunden regnen lassen, darauf wird es hinauflaufen, nicht aber tagelang. Auch können wir uns nicht von den vorhandenen Winden abkoppeln. Wir erzeugen keine Winde. Durch die Erdablenkung ...«

»Ablenkung?«, fragte der Innenminister.

»Durch die Erdrotation gibt es ›abgelenkte‹ Winde von West nach Ost ...«

»Also könnten wir keine Wolken nach Asien, etwa nach Japan schicken?«

»Nein, Mr President. Unmöglich. Allerdings könnten etwa die Chinesen, hätten sie beide Formeln, sich der im pazifischen Raum befindlichen Winde bedienen, den gesamten Pazifik abzapfen und sich vor unseren Augen am Regen gütlich tun.«

Der Präsident erbleichte.

»Sie sehen, meine Herren, wie wichtig die Geheimhaltung ist. Nun – wir können also im Grunde nur die nordwestliche Hemisphäre sozusagen ›bedienen‹, nicht wahr?«

»Genau, Mr President. Von Kalifornien wenigstens bis zum Uralgebirge in Russland und weit nördlich des Äquators, ungefähr bis zum 25. Breitengrad, also auf Höhe von Assiut in Mittelägypten. Weiter südlich reicht das Programm leider nicht, aufgrund der herrschenden

Winde. Allerdings ist die Dürre in Asien nicht so ausgeprägt wie hier. Asien scheint mir nicht das Problem zu sein …«

»Mir auch nicht«, unterbrach ihn Brent Hofmeyer. »Das Problem heißt: Russland.«

President Cole überhörte den Einwurf seines Nationalen Sicherheitsberaters. Außenminister Shapiro schwieg hartnäckig.

Außenminister George Shapiro, ehemaliger Harvardprofessor für Politologie, war ein Schöngeist aus dem Bostoner Geldadel, ein Bach- und Beethovenkenner, ein gebildeter, zurückhaltender Herr von 70 Jahren, der mehreren Administrationen treu und mit Weitblick gedient hatte.

Der Präsident hat Recht, dachte Shapiro. Diesen Wurm zertrete ich später.

Brent Hofmeyer dachte: Dich trete ich noch in den Staub, du Harvardpinkel.

»Es könnte noch ein gravierendes Problem geben«, sagte der Präsident nachdenklich. »Wenn wir nun Ihre Aerosole in großen Quantitäten in die Luft pusten, Director Erlebacher, würden wir da nicht die Ozonschicht, die uns vor UV-Strahlen schützt, verletzen?«

Sogar darüber macht sich der Präsident Sorgen, dachte Elke mit Bewunderung.

Sie war, ohne es selbst zu bemerken, wieder aufgestanden. Alle Blicke richteten sich auf sie, und Erlebacher meinte: »Bitte, Elke.«

»Da können wir Sie vollkommen beruhigen, Mr President«, erklärte Elke. Umweltschutz war für sie eine Herzensangelegenheit. »Die Ozonschicht bildet sich erst in der Stratosphäre, also von 12 km bis 50 km Höhe. Wir bewegen uns mit dem Harnessing Program in der Troposphäre, maximal bis 12 km. Außerdem lösen unsere

Aerosolmoleküle die dreiwertigen Ozonmoleküle nicht auf. Sie können sich nicht miteinander verbinden.«

»Dreiwertig?«, fragte der Innenminister.

»O_3 – Ozon«, erwiderte Elke. »Ich lege meine Hand dafür ins Feuer, dass die neuen Aerosole der Ozonschicht nichts anhaben, im Gegensatz zu den schrecklichen FCKWs. Darüber hinaus wirken unsere Aerosole bereits ab 5 km Höhe, und sie sind bei der Kondensierung und Anhebung der Wolken, bei 11 km, bereits allesamt gefroren. Also keine Interaktionsgefahr.«

»Gut«, seufzte der Präsident erleichtert. »Immerhin ein Problem gelöst. – Meine Herren, haben Sie noch Fragen?«

Eine Pause entstand. Dann sagten der Außenminister und Brent Hofmeyer zur gleichen Zeit: »Ja«. President Cole wies mit einer lässigen Armbewegung in Richtung des Außenministers. Hofmeyer begann innerlich zu kochen, fing sich aber sofort.

»Director Erlebacher«, sagte Außenminister Shapiro ruhig und ernst. »Wie ich höre, haben einige Wissenschaftler vom MIT ihre Ergebnisse, unter größter Verschwiegenheit natürlich, immer wieder regelmäßig überprüft und für gut befunden. Sonst säßen Sie heute nicht hier, und Sie haben dieser Überprüfung ja zugestimmt. Insofern ist der heutige Vortrag für einige von uns in der Substanz nichts Neues. Trotzdem bleibt bei solchen gewaltigen Experimenten immer ein Unsicherheitsfaktor. Deshalb frage ich noch einmal scharf nach: Können wir uns absolut darauf verlassen, dass Ihre Aerosole zweifelsfrei funktionieren?«

Alle Augen richteten sich auf David Erlebacher. Er stand auf und knöpfe sein Jackett zu.

»Mr Secretary of State, Mr President, meine Herren. Wir haben jahrelang auf diesen Durchbruch hingearbeitet. Wir wussten, was wir zu erwarten haben. Nun ist das Ergebnis wie erhofft, aber auch wie erwartet eingetreten. Wir sind uns deshalb so absolut sicher, weil in der physikalischen Chemie gewisse Stoffe oder Partikel gewisse Eigenschaften besitzen. Das bedeutet: Unter denselben Bedingungen reagieren die Aerosole immer gleich, wenn sie diese Eigenschaften haben. Daher kann ich, Mr Secretary, Ihre weiß Gott berechtigte Frage uneingeschränkt mit Ja beantworten. Es gibt nicht den Schatten eines Zweifels.«

Außenminister Shapiro nickte zweimal.

»Meine Frage lautet«, sagte Brent Hofmeyer. »Angenommen, wir möchten in den nächsten Tagen einen Versuch wagen und bald danach einen zweiten usw. – könnten wir das? Haben Sie genug Aerosole produziert?«

»Da kann ich Sie beruhigen, Brent«, meinte David Erlebacher. »Ich wäre nicht hierher gekommen, wenn wir nicht bereits die halbe Tonne produziert hätten, die wir für den ersten Feldversuch brauchen. Der Stoff lagert bei uns in seinem flüssigen Aggregatzustand. Bis Anfang nächster Woche könnten wir die nächste halbe Tonne produzieren, also zweimal die Woche. Obwohl die Formel so kompliziert ist, bildet die Herstellung im Prinzip kein Problem. Ich weiß, Brent, Sie denken an den Sommer 1945, als Amerika tatsächlich nur zwei Atombomben besaß und monatelang keine weitere. Bitte keine Vergleiche! Der Fall liegt anders. Produzieren ist relativ leicht, man muss nur die beiden Formeln kennen, meine Herren!«

Die Anwesenden lachten, die Atmosphäre entspannte sich sofort.

»Sehr gut, Director Erlebacher«, lächelte der Präsident. »Wir vertrauen Ihnen voll und ganz. Weitere Fragen? –

Nein? – Nun denn, meine Herren, was meinen Sie? Wollen wir den Versuch wagen?«

Alle schwiegen. Elke, Mike und Erlebacher hielten den Atem an.

Der Außenminister brach als Erster das Schweigen. »Eine großartige Sache – und wir haben gar keine Wahl, als die Flucht nach vorne anzutreten. Sie haben mich überzeugt, Director Erlebacher. Ich sage Ja.«

Die anderen Teilnehmer nickten – auch der Präsident.

President Cole sagte: »Es sieht so aus, als ob Sie von den Pasadena Laboratories ganze Arbeit geleistet hätten. Brent berichtete mir heute zum Frühstück, die Wissenschaftler vom MIT hätten Ihre Ergebnisse enthusiastisch begrüßt; nun darf ich's Ihnen mit Genugtuung und großer persönlicher Freude bekannt geben. Damit ist die Sache entschieden. Mr Shapiro hat Recht. Wir haben in dieser Notsituation gar keine andere Wahl, machen wir uns nichts vor. Die anwesenden Minister und Sie, Brent, finden sich bitte morgen früh um acht Uhr bei mir ein, um noch einmal zusammen zu beraten. Ich möchte alles überschlafen, sehe aber keine Hindernisse für den ersten Großversuch. Ob wir den Versuch geheim halten oder ihn der Öffentlichkeit präsentieren, möchte ich heute noch nicht entscheiden. Ich tendiere dazu, den Versuch publik zu machen. Aber wie gesagt, dazu möchte ich auch noch meine anderen Berater hören. Heute Abend jedoch«, und er lächelte Elke, Mike und Erlebacher zu, »sind Sie meine Gäste bei einem kleinen Abendessen hier im Weißen Haus. Meine Frau Anne wird entzückt sein, Sie alle kennen zu lernen. Ich freue mich sehr, dass sie heute Nacht bei uns im Weißen Haus übernachten. Ach ja, Dr. Harrington. Sie erinnern sich: Ich versprach Ihnen eine winzige Belohnung für all das Leid, das Sie bereits für ihr neues Vaterland erdulden mussten ...«

Elke nickte erwartungsvoll.

»Dr. Harrington, Sie werden heute Nacht in der Lincoln-Suite übernachten, dem Schlafzimmer meines geliebten Abe Lincoln.«

Elke fiel aus allen Wolken. Welch eine ungeheure Ehre. Sie war sprachlos, denn es war ihr bekannt, wie sehr President Cole den großen Lincoln verehrte. Es hieß, er habe Dutzende von Lincoln-Biografien gelesen und lasse nur ein paar enge Freunde in der Suite übernachten, und das auch nur ungern. Im Grunde wurden Gäste dort selten einquartiert.

»Oh, Mr President ...«, begann Elke.

President Cole bemerkte Elkes Befangenheit und befreite sie umgehend mit einem Scherz aus ihrer Verlegenheit: »Aber alles im Leben hat einen Haken, Dr. Harrington. Sie müssen das Schlafzimmer bis morgens um neun verlassen haben. Um zehn kommen die Touristen.«

Alle lachten. Elke fühlte sich wieder wohl und grinste.

»Aber wenn Sie alle morgen früh um sieben, nach dem Joggen, mit mir frühstücken möchten, werden Sie ohnehin zeitig aufstehen müssen. Ich freue mich, Sie, Dr. Harrington, Director Erlebacher und Sie, Mr O'Donnell, um acht Uhr beim Abendessen zu sehen. Ganz informell.«

Der Vortrag war beendet.

20.00 Uhr.

Erschöpft legte sich Elke quer auf das überdimensionale Lincoln-Bett. Sofort nickte sie ein, so stark war die Anspannung der letzten Stunden in ihr gewesen. Es ist geglückt!, hörte sie sich im Wegdämmern sagen. Sie jubelte innerlich. Noch beim Eindösen schwor sie sich, die nächste greifbare Lincoln-Biografie zu lesen, um auf diese Weise den jetzigen Präsidenten besser zu verstehen.

Beim Abendessen lernte sie ihn besser kennen. Selbst ganz entspannt, legte er, wie Elke fand, eine außerordentliche Würde an den Tag. Er zog sogar den spröden David Erlebacher in seinen Bann. Erlebacher taute auf, wie Elke es niemals vermutet hätte.

Nein, dachte sie, das liegt nicht nur an den exzellenten Weinen, die sie als Winzertochter zu schätzen wusste: ein samtiger Sancerre zu den Krabben und ein ausgereifter, edler Burgunder, ein Vosne-Romanée (auch noch ein Grand Cru und Jahrgang 1997, einer der besten Jahrgänge des letzten Jahrhunderts, wie sie mit Kennerblick feststellte) zum Rehrücken in Wachholderrahmsoße. Nein, an den göttlichen Weinen lag es nicht, dass sich Erlebacher, Mike und Elke wie zu Hause fühlten. Es lag an der tiefen Menschenkenntnis und am Scharm von President Cole. Seine Gattin Anne stand ihm in nichts nach. Sie verkörperte die Menschlichkeit, ja die Menschenliebe und die Toleranz der Erfahrung, die man sich bei einer Idealgroßmutter wünschte. Feinsinnig und gebildet wie der Präsident, umgab auch sie eine Aura liebenswerter Würde.

Aber wie komisch, dachte Elke immer wieder, ich fühle mich ganz locker bei diesen wundervollen Menschen, leicht und gelassen. Alle zehn Minuten dachte sie: Gott, wenn nur Bob hier wäre und diesen Triumph mit mir genießen dürfte!

Als Elke den Präsidenten fragte, welche neue Lincoln-Biografie er empfehlen würde, hatte sie bei ihm endgültig gewonnen. Über nichts und niemanden, nicht einmal über seine Enkel, sprach der Präsident so gerne wie über Lincoln. Selbst Martin Luther King jr. reichte für ihn nicht an Lincoln heran. Der Präsident holte weit aus und sprach lange und kenntnisreich über Lincolns moralische Qualen während des Bürgerkriegs, der Lincoln das Herz zerriss. Elke war fasziniert, hingerissen vom Präsidenten. Von einer Stunde zur anderen wurde sie außerdem zur Bewunderin von Honest Abe aus Illinois. Zugleich spürte sie: Der Präsident spricht nicht über Lincoln, er spricht über sich, denn er weiß genau, was jetzt auf ihn zukommt. Bei diesem Gedanken durchfuhr sie ein Kälteschauer. Es wurde ihr noch bewusster, noch klarer als eine Stunde zuvor auf Lincolns gigantischem Bett, dass sie *die Weltgeschichte hautnah erlebte.*

Dann unterhielten sich Elke und der Präsident über Deutschland, über die schreckliche Dürre, über ihre Arbeit im Labor und schließlich über seine Wiederwahl in zwei Jahren.

David Erlebacher sagte in einer kurzen Gesprächspause, als er und die First Lady ihre Enkel miteinander verglichen hatten: »Wenn es nach mir ginge, Mr President, würde ich Sie alle vier Jahre wieder wählen, hundert Jahre lang.«

Alle lachten.

»Ach, Director Erlebacher, danke«, feixte der Präsident. »Aber acht Jahre insgesamt würden mir genügen.« In sein ansteckendes Lachen stimmten alle Anwesenden mit ein.

»Aber im Ernst, Director Erlebacher, Dr. Harrington, Mr O'Donnell: Diese Dürre hat bereits Ausmaße angenommen, die schnurstracks in die landwirtschaftliche Katastrophe führen. Die Industrie, die siebzig Prozent des Wassers verbraucht, läuft auf halber Kraft und die Gesellschaft kommt fast zum Erliegen. Das übersteht kein Präsident, auch wenn er die Schuld nicht trägt. Meine Wiederwahl«, sagte er bedeutungsvoll, »hängt also in der Tat von Ihnen dreien ab. Klappt der Versuch nicht, brauche ich mich zur Wiederwahl nicht aufstellen zu lassen – falls man mich noch will, was ich bezweifle. Anne und ich dürfen dann ein wenig vorzeitig in Pension gehen.«

Er lächelte seiner Frau zu. Sie verstanden einander mit den Augen, und Elke sah sofort, dass sie miteinander glücklich waren.

Er fuhr fort: »Sie haben mich mit Ihren Ausführungen überzeugt, und unsere eingeweihten und verschwiegenen Wissenschaftler vom MIT haben Ihre Ergebnisse ja bestätigt. Ich sehe dem Versuch gelassen entgegen. Aber selbst wenn alles perfekt klappt, muss ich die internationale Krise, die dem ersten Feldversuch folgen wird, meistern. Es kommen schwierige Zeiten auf uns zu, Dr. Harrington.«

»Oh, Mr President, wenn ich Ihnen helfen ...«

»Sie haben genug geholfen, liebe Mrs Harrington, Sie und alle Ihre hoch talentierten Kollegen. Sie werden mit Ihrem Durchbruch die Weltgeschichte ändern – und Ihnen steht dafür eine nationale Ehrung ins Haus.«

Elke schaute kurz zu Mike. Er war ebenso überrascht wie sie, während Erlebacher nicht ein Fünkchen Erstaunen zeigte.

»Ja, aber natürlich, Dr. Harrington, Mr O'Donnell. Was denken Sie denn? Wissen Sie nicht, was dieses Land Ihnen schuldet? Es ist Ihnen ja wohl klar, was Sie und Ihre Kolleginnen und Kollegen vom Pasadena Lab geleistet haben, oder?«

Elke schwieg. Natürlich war es ihr klar. Und doch – zum dritten Mal an diesem Abend, mitten im Zentrum des Geschehens sitzend, ein Glas Burgunder in der Hand, neben dem mächtigsten Mann der Welt, glaubte sie einen Schlag gegen die Brust zu spüren. Ein Schlag der kristallinen Klarheit, der ihr momentan überdeutlich und doch unwirklich vorkam, wie der Augenblick, als die Gesichter der beiden Entführer unvermittelt auftauchten. Sie schluckte.

Ja, ich habe die Weltgeschichte mit verändert, ich erlebe sie nicht nur, das fühlte sie nun zum ersten Mal voll und ganz.

Und was passiert um Himmels willen jetzt?, fragte sie sich.

MITTWOCH, 21. SEPTEMBER

12.00 Uhr.

Mit Genuss aß David Erlebacher sein Lachssteak in Estragonbutter-Sahnesoße, während das Flugzeug auf halber Strecke zwischen Washington und Los Angeles ruhig dahinflog. Ein voller Erfolg für das *Cloud Harnessing Program,* ein voller Erfolg für seine Mitarbeiter, ein voller Erfolg für ihn selbst. Alles war viel leichter gegangen, als er es sich jemals vorgestellt hatte. Es war nicht schwer gewesen, Überzeugungsarbeit zu leisten. Seine ausführlichen monatlichen Briefings an Brent Hofmeyer und die Überprüfungen durch die Wissenschaftler vom MIT hatten den Boden vorbereitet. Der Präsident wartete nur noch auf die Saat; und nun sollte sie aufgehen. Kein Wunder, denn die Lage näherte sich rasch der Gefahrenmarke. Noch nie in der Menschheitsgeschichte war eine Dürre dieses Ausmaßes erlebt worden. Der Grundwasserspiegel sank rapide. Der Durchbruch seiner Mitarbeiter – mit einem Seitenblick schaute er kurz zu Elke und Mike herüber – kam nicht eine Minute zu früh.

Was für ein glanzvoller Tag, dachte Erlebacher. Und das Allerbeste: Mit nicht einer einzigen Silbe hatte irgendjemand das dumme, allzu dumme Leck mit der Putzkolonnenführerin im Labor erwähnt. Wenn ihr auch sonst nichts passierte: Ihren Job war sie los, dafür würde er sorgen. Offensichtlich war der Präsident es gewohnt, kleinen Hindernissen wie dem Laborleck das richtige Gewicht zuzumessen und sie nicht überzubewerten. Erlebachers Furcht vor Vorwürfen von allerhöchster Stelle war unbegründet gewesen.

Er dachte an seine Frau und lächelte.

Wenn Rachel hört, wie gut alles gelaufen ist, wird sie sich riesig freuen. Alles in Butter – genau wie dieser Lachs.

Laut sagte er: »Ich freue mich sehr, Elke, Mike, nicht nur über die Art, wie unser Programm vom Präsidenten und dem Außenminister aufgenommen wurde. Ganz besonders freue ich mich, dass Sie beide ein so gutes Verhältnis zum Präsidenten und seiner Frau gefunden haben. Wissen Sie, diese eher privaten Dinge spielen eine größere Rolle, als man glaubt. Wenn ich zum Beispiel mit Brent Hofmeyer nicht auskommen könnte, wäre ich meinen Posten los.«

Er schaute Elke vielsagend an und sie verstand seinen Blick.

Mike tat so, als ob er nichts bemerkt hätte. Er sagte grinsend: »Also, Chef, ich kann den Präsidenten gut leiden und ich denke, er mag mich auch. Aber Elke, *du* hast wirklich einen Stein im Brett beim Chief Executive. Wow.«

Elke lächelte. Sie wusste: Mike war kein bisschen eifersüchtig; dazu kannte sie ihn zu gut. Er freut sich für mich, dachte sie.

»Er ist ein feiner Mensch, man spürt es sofort. Und seine Frau ist so etwas von liebenswürdig ...«, begann Elke.

»Ja, und wenn man bedenkt, äh, wie soll ich das sagen. Ich meine, seine Jugend im brutalen schwarzen Getto der Chicagoer South Side, den Rassismus, den Hass, mit dem er fertig werden musste ...«, meinte Mike.

»In der Tat«, sagte David Erlebacher nachdenklich. »Wahrhaft große Menschen erheben sich über solche Dinge, sie haben humanitäre Fernziele im Auge – wie Abe Lincoln, wie Nelson Mandela.«

Elke nickte. Fernziele im Auge zu behalten – nur das

zählte, David hatte Recht. Dabei hatte sie den Entführungsversuch schon fast hinter sich gelassen. Fast. Das Fernziel hieß jetzt: Regen für die Menschheit, Wasser für die Brunnen Nordafrikas, für die Reben Deutschlands, Frankreichs und Italiens, für die ausgedörrten Weizen-, Mais- und Sojabohnenfelder des Mittleren Westens, für Kanadas sterbende Weiten.

Natürlich, dachte sie, wird der Versuch klappen. Das macht mir keine Sorgen. Aber die Politik. Jetzt hält der Präsident ein gewaltiges Machtinstrument in Händen. Er kann im Grunde tun, was er will. Bis der Kongress reagiert, wird es ohnehin zu spät sein. Offenbar gibt's da auf höchster Ebene große Meinungsunterschiede. Shapiro und Hofmeyer sind einander spinnefeind, das habe ich gleich gespürt. Wer wird das Rennen machen? Die beiden üben nur noch mehr Druck auf den armen Präsidenten aus. Und ich – ich habe fleißig dazu beigetragen, dass es so weit gekommen ist. Ganz klar, dachte sie und schaute besorgt aus dem Fenster auf den ewig blauen Himmel, ganz gleich, was der Präsident tut: Eine internationale Krise wird sich in der nächsten Woche einstellen. Verzweifelte Regierungen aus Europa, Nordafrika, der GUS werden den Präsidenten um Regenwasser bedrängen. Und ich, dachte sie, habe meinen Anteil an allem. Tue deine Pflicht, wachse über dich hinaus, und dir wird Belohnung zuteil, hat Papa immer betont. Ja und jetzt: Genau das habe ich getan. Für mein neues Land – und für die Winzer in Deutschland und für die armen Bauern in Russland. Und was geschieht, wenn es eine Katastrophe gibt?

»Elke«, unterbrach Mike ihre Gedanken, denn er hatte ihre Mimik besorgt beobachtet. Keine ihrer Gefühlsregungen entging ihm. »Elke, ist alles o.k.?«

Während Elke, Mike und Erlebacher nach Los Angeles zurückflogen, schaltete Juanita Mendez, Elkes Haushälterin, den Fernseher an, um die 12-Uhr-Nachrichten anzuschauen. Sie stand auf dem Sprung vor dem Apparat, unschlüssig, ob sie sich kurz setzen sollte oder nicht, denn sie sollte Susan um halb eins vom Kindergarten abholen.

Dann entschied sie sich und setzte sich auf die Couch in Elkes und Bobs Wohnzimmer.

Meistens war Juanita keine unschlüssige Person: Sie fasste kräftig zu, erledigte Jobs im Nu, war fleißig und dachte gut mit. Fiel ein Küchenapparat aus, ließ sie ihn so schnell reparieren, dass weder Bob noch Elke etwas bemerkten. Andys Streiche nahm sie gelassen hin, mit Susans wilder Rastlosigkeit konnte sie gut umgehen. Die Kinder liebten sie und sie liebte die Kinder. Inzwischen 52 Jahre alt, erinnerten sie sie an ihre eigenen, längst erwachsenen Töchter. »Ohne Sie, Juanita«, pflegte Elke zu sagen, »wären wir hier aufgeschmissen, das wollen wir einmal deutlich sagen.« Elke sagte es auf vielerlei Weise: Juanita verdiente weit mehr als andere Haushälterinnen, das wusste sie zu schätzen. Und eine nettere Familie war für sie nicht denkbar. »Mir geht's gut bei Ihnen, Mrs Harrington, das wollen wir ebenso deutlich sagen«, war ihre Antwort.

Mal sehen, dachte Juanita, ob etwas über die versuchte Entführung der Señora kommt. So etwas Verrücktes.

Aber der Entführungsversuch war kein Tagesgeschehen mehr. An erster Stelle stand die Dürre und immer nur die Dürre. Juanita sah den atemlosen NBC-Jerusalem-Korrespondenten vom Schauplatz des arabisch-israelischen Aufmarsches berichten. Wie in den frühen Siebzigerjahren des vergangenen Jahrhunderts, so verlautete es, hätte es gestern Nacht zum ersten Mal wieder ein Artillerieduell um das fast ausgetrocknete Bett des Jordanflusses zwischen Israel und Jordanien gegeben. Der Friedensprozess der letzten Jahre war wie vom Winde verweht. Aus dem mit Israel befreundeten Jordanien hatte sich ein erbitterter Gegner entwickelt, und nicht erst seit dem gelungenen Attentat auf König Abdallah vor einem halben Jahr. Jetzt regierten die Militärs im ehemaligen haschemitischen Königreich. Die Militärs, ausgerüstet mit den neuesten Laserpanzern, wollten Krieg, Krieg um das noch verbliebene Jordanwasser.

Dann wurden Farmer aus dem Mittleren Wesen interviewt – wie jeden Tag. »Mr Goodall«, fragte die Reporterin den Mais- und Weizenfarmer aus Iowa, der vor seinem staubtrockenen Feld stand, »wie lange können Sie noch durchhalten?«

Dick Goodall zögerte. »Ich hab neulich gedacht, vielleicht noch ein oder zwei Jahre. Wissen Sie, mein Großvater hat diese Farm aufgebaut, und ich will sie nicht verlieren. Aber jetzt: Wenn nicht ein Wunder geschieht, verliere ich die gesamte Ernte. Und wenn ich die gesamte Sommerernte auch noch verliere, genau wie die Winterweizenernte – dann bin ich fast pleite.«

Er blickte nach oben in den blauen Himmel, und die Kamera machte den Schwenk mit. Dann sah man das Gesicht der Reporterin, in der Hand das Mikrofon, und sie sagte: »Das ist der Zustand von beinahe allen Farmen hier in Iowa, ob groß oder klein, und dies ist eine große Farm. Damit zurück nach Washington.«

Die nächste Einstellung zeigte die Nachrichtensprecherin, die über das Grundwasserproblem in den USA und in Europa berichtete. Überall zeigte sich dasselbe düstere Bild.

»Dass man das Wasserproblem auf unkonventionelle

Weise lösen kann«, fuhr sie mit einem aufmunternden Lächeln fort, »beweist dieser Bericht aus der Antarktis.« Mit Staunen sahen Juanita Mendez und Millionen anderer Amerikaner einen Eisschlepper von der Größe von zehn Baseballfeldern. Er war unterwegs von der Antarktis nach Saudi-Arabien, um das Wasserproblem dort ein wenig zu entschärfen und der stärker werdenden fundamentalistischen Opposition das Wasser sozusagen abzugraben. Mehrere hundert Meter hoch waren Schnee und Eis zu gewaltigen weißen Bergen auf dem ausgedehnten Schlepperdeck aufgetürmt. »Wenn nicht allzu viel wegschmilzt«, meinte der Reporter und zeigte nach oben, »dann werden Djidda und Mekka bald einige Millionen Gallonen vom reinsten und feinsten Trinkwasser bekommen. Im Grunde Luxuswasser; und wer hätte das nicht gern?« Er zwinkerte.

Plötzlich horchte Juanita auf, als die Nachrichtensprecherin vortrug: »Im versuchten Entführungsfall der Naturwissenschaftlerin Elke Harrington aus Pasadena am letzten Samstag tappt die Polizei noch immer im Dunkeln. Nach dem noch flüchtigen Entführer wird in allen Bundesstaaten gefahndet, aber eine heiße Spur findet sich nicht. Das Los Angeles Police Department ließ verlauten, nach wie vor gehe man von einer Verwechslung mit dem berühmten Hollywoodstar Helen Lowe aus. Wie Helen Lowe fährt Dr. Harrington einen weißen Mercedes, ist klein, zierlich, blond und, wie der Pressesprecher des L.A.P.D. betonte, ›sie sieht verdammt gut aus‹. Hollywoodstar Helen Lowe äußerte sich heute Morgen zu dem Fall. Sie sagte und ich zitiere: ›He, Jungs, mich grapscht so schnell keiner.‹« Die Nachrichtensprecherin grinste und wurde dann wieder ernst. »Weitere Nachrichten über aufgrund des Wassermangels entstandene Unruhen in L. A. nach dieser Botschaft.«

Juanita Mendez drückte auf Aus und stand auf.

Das muss ich mir nicht auch noch antun, dachte sie. Noch mehr *teatro*. Ich kann diese *mierda* mit dem Wassermangel nicht mehr hören. Soso. Also eine Verwechslung. Wie kann man die gute Señora mit diesem Flittchen, dieser Lowe-Kuh verwechseln, die den Männern den Kopf verdreht?! Na, so was. Man hat schon Pferde kotzen sehen. So – und jetzt hol ich meinen kleinen Rotschopfengel ab.

Während sie aus dem Haus trat, bemerkte sie das Fernglas nicht, mit dem jede ihrer Bewegungen registriert wurde. Als sie wegfuhr, legte der Mann das Fernglas neben sich auf den Autositz und nickte zweimal zufrieden.

13.00 Uhr.

»Meine Herren«, sagte President Cole in die Runde, die um den Konferenztisch herum versammelt war. »Wir debattieren das Pro und Kontra nun schon den ganzen lieben langen Morgen. Während meiner zweijährigen Präsidentschaft habe ich selten ein Thema diskutiert, das Sie zu solcher Leidenschaft hingerissen hat. Behalten wir doch einen kühlen Kopf in dieser wasserlosen Zeit.«

Ein Schmunzeln ging über die Gesichter der Versammelten.

»Wenn ich Sie richtig verstehe, Mr Shapiro, plädieren Sie aus außenpolitischen Gründen dafür, jeden zweiten Niederschlag nach Europa und nach Russland zu schicken. Das wäre der Sankt-Martins-Weg. Wir teilen fifty-fifty. Ein vernünftiger Vorschlag. Zwei offensichtlich ergiebige Niederschläge pro Woche sind laut Director

Erlebacher möglich. Ich fürchte nur, dass ein starker Niederschlag pro Woche unserer Landwirtschaft nicht genügen würde. Ich bitte den Herrn Landwirtschaftsminister bis Samstag um einen kurzen, aber prägnanten Expertenbericht darüber, welche Regenmengen benötigt werden, um das Grundwasser in ein paar Monaten wieder aufzufüllen - sagt man auffüllen? - und die Landwirtschaft voll funktionsfähig zu halten. Die Industrie und die privaten Haushalte sowieso. Setzen Sie sich bitte mit Director Erlebacher in Verbindung, um eine Einschätzung der zu erwartenden Niederschlagsmenge zu erhalten. Vielen Dank. - Und nun zu Ihnen, Brent. Ich sehe es Ihnen an der Nasenspitze an, dass Sie noch etwas auf dem Herzen haben.«

»Sie kennen mich genau«, lächelte Brent Hofmeyer zufrieden.

Und ich kenne ihn besser, dachte Außenminister Shapiro. Den reaktionären Affen.

»Mr President, meine Herren«, fing Brent an. »Sie wissen, als Nationaler Sicherheitsberater habe ich stets die Rolle des Teufelsadvokaten zu spielen.«

Eine Rolle, die er mit Bravur spielt, dachte Außenminister Shapiro.

»In dieser Rolle muss ich immer das im nationalen Kontext schlimmste Szenario vor Augen haben. Ich *muss* es mir ausmalen. Sie werden sich denken: Er malt sich aus, wie es dürrebedingte Unruhen in den Innenstädten und in den Gettos gibt, er malt sich aufgebrachte Bürgermilizen und radikalisierte Farmer aus, die Wasserreservoire stürmen. Das male ich mir zwar aus, jawohl, und das wird uns in den nächsten Tagen und Wochen noch blühen, meine Herren, falls mich mein Instinkt nicht täuscht.«

Hier machte er eine Pause.

Weiß Gott Instinkt und sonst nichts, dachte der Außenminister.

»Aber all das lässt mich relativ kalt«, fuhr Brent Hofmeyer fort. »Mithilfe der Polizei und notfalls der Nationalgarde lässt sich all das unter Kontrolle bringen. Mit anderen Worten: Eine ernst zu nehmende Revolte fürchte ich nicht. Ich fürchte Schlimmeres.«

Wieder machte er eine bedeutungsvolle Pause.

»Ich fürchte den Umschwung der gewaltigsten amerikanischen Liberalität seit der Roosevelt-Ära, der Liberalität, die Thomas Jefferson Cole ins Amt getragen hat. Die Liberalität Amerikas, die einem schwarzen Präsidenten die beispielloseste Sozial- und Gleichstellungsgesetzgebung seit Kennedy und Johnson durchzusetzen erlaubte. Ich fürchte die Stimmung, die aus dem fortgesetzten Wassermangel entstehen könnte, wenn es heißt: Aber der Präsident hätte uns die doppelte Niederschlagsmenge geben können (der republikanisch dominierte Kongress tut sowieso, was er will) – wenn er mit den stets kläffenden Europäern und dem russischen Bären nicht so nachgiebig gewesen wäre. Ich fürchte den *eigentlichen* Verteilungskampf nicht, Mr President, denn er lässt sich militärisch kontrollieren. Ich fürchte die wankelmütigen Menschen, die ihren Hass auf Sie persönlich als schwarzen Präsidenten konzentrieren werden. Der große Sozialgesetzgeber Lyndon B. Johnson wäre ein ganz, ganz großer Präsident gewesen, hätte ihn nicht der unselige Vietnamkrieg hinweggefegt, wie wir alle wissen. Dieser neue rechte Populismus dieses neuen Jahrhunderts würde Sie in zwei Jahren in Pension schicken, Mr President, und mit Ihnen alles, was Sie für die Rassengleichstellung getan haben. Und das ist nicht wenig.«

Brent Hofmeyer setzte sich. Alle schwiegen. Brent

wusste: Damit habe ich ihn ins Herz getroffen. Der Präsident will den Rassismus in Amerika eigenhändig bekämpfen, indem er ihm mit neuer und bisher erfolgreicher Gesetzgebung den Boden entzieht. Er will wie Lincoln Amerika versöhnen. Ein zweiter Lincoln, ein zweiter Kennedy will er werden. Ich weiß es genau, ich rieche es förmlich. Und genau da treffe ich ihn. Und er wird tun, was *ich* will!

Der Präsident brach das betretene Schweigen. »Das ist in der Tat ein gewichtiges Argument, Brent, und ich bin Ihnen dankbar dafür, mein Teufelsadvokat. Tatsächlich habe auch ich erste Anzeichen für einen grundlegenden Stimmungswandel feststellen müssen.« Er nickte in Richtung des Innenministers, der ebenfalls nickte.

»Wir können offensichtlich heute zu keinem Ergebnis gelangen, meine Herren«, setzte der Präsident müde hinzu. »Warten wir bis zum Wochenende, bedenken wir gut die Worte unseres Nationalen Sicherheitsberaters. Das Ergebnis der Studie des Landwirtschaftsministeriums muss abgewartet werden. Dann setzen wir uns erneut zusammen. Für den Augenblick ist das wohl der beste Weg.«

Brent nickte kurz dem Landwirtschaftsminister zu, der es nicht wagte, Hofmeyers Geste zu erwidern.

»Heute jedoch«, sagte der Präsident, »müssen wir immerhin über einen Punkt Einigung erzielen: Wenn wir den ersten Großversuch am Sonntag starten ... wir sind uns doch einige, dass wir keinen Tag zu verlieren haben, nicht wahr?«

Alle stimmten zu.

»Dann sollten wir uns einig sein: Wird der Versuch vorher publik gemacht oder soll es sozusagen aus heiterem Himmel am Sonntagnachmittag regnen? Mr Lundkvist?« Er wandte sich an den Landwirtschaftsminister.

»Mr President, denken wir bei einem solchen Versuch nur an die Farmer dieses Landes. Wenn wir den Regen urplötzlich und, wie es ja möglich wäre, mit großer Heftigkeit loslassen, könnte mehr zerstört als gerettet werden. Wenn wir den Versuch – heute, ja, ich sage heute Abend – bereits ankündigen, könnten bis Sonntag verstopfte Gräben freigemacht werden, sodass überschüssiges Wasser abfließen kann. Dieses Wasser könnte buchstäblich besser kanalisiert und in Auffangbecken bewahrt werden. Heuernten, sofern es überhaupt noch welche gibt, könnten morgen und übermorgen in aller Ruhe eingefahren werden. Die Abdeckung von Gewächshäusern könnte rechtzeitig wieder angebracht werden, damit Junggemüse vom heftigen Regen nicht erschlagen wird. Wird all das nicht unternommen, muss ein noch größerer Ernteausfall befürchtet werden. Nein, Mr President, wenn Sie mich fragen: Die Ankündigung eines gewaltigen Niederschlags wird unserem Land unendlich nützen.«

Brent Hofmeyer warf dem Landwirtschaftsminister einen finsteren Blick zu. Mr Lundkvist zuckte leicht mit den Achseln.

»Vielen Dank, Mr Lundkvist«, nickte der Präsident. »Das war ein klares Votum. Und außenpolitisch, Mr Shapiro?«

»Wir müssen der Welt reinen Wein einschenken, Mr President. Das sind wir dem Land und der Welt in dieser Situation schuldig. Durch Ehrlichkeit gewinnt man nur. Und außerdem: Ein angekündigter und erfolgreicher Versuch ist zugleich eine amerikanische Machtdemonstration, und das ist nicht von schlechten Eltern, oder?«

Dieser Satz gefiel Brent Hofmeyer zwar, aber er sagte schnell, ehe der Präsident antworten konnte. »Und wenn der Versuch misslingt? Wie stehen wir dann da? Das sage ich Ihnen allen: wie begossene Pudel!«

»Hm«, meinte President Cole. »Aber Director Erlebacher versichert uns hoch und heilig, dass es fleißig regnen wird. Vertrauen wir ihm und der Rückversicherung durch die prominenten MIT-Wissenschaftler. Natürlich, unter uns gesagt, bleibt immer ein Unsicherheitsfaktor ...«

»Und wenn wir uns auf einen Kompromiss einigen?«, warf Außenminister Shapiro ein und lächelte, was bei ihm selten vorkam. »Wie wäre es, Mr President, wenn Sie den Versuch als genau das ankündigen, was er ist: als einen wagemutigen Versuch. Versuche können natürlich misslingen. Das haben Versuche nun mal an sich. Kündigen Sie doch den Versuch *mit Vorsicht* an – versprechen Sie überhaupt nichts, Mr President. Sagen Sie dem Volk ehrlich: Wir *beten*, dass der Versuch gelingen möge, aber wir wissen es nicht. Klappt er nicht, haben wir absolut alles für Mr Lundkvists Farmer getan und haben ein reines Gewissen. An Image werden wir nichts verlieren, wenn wir ehrlich sind. Denken Sie nur an Winston Churchills großartige Blut-, Schweiß- und Tränenrede. Kam in der Notsituation 1940 gut an. Er hat dem Volk nichts vorgemacht. Und wenn der Versuch klappt, über Erwarten gut klappt – dann war Ihre Ansprache der Anfang der Rettung, der erste ehrliche Hoffnungsschimmer für diese trockene Welt. Und *Sie* und nur Sie allein haben dem Land das Wunder beschert.«

»Er hat Recht«, meinte der Innenminister. »So oder so gewinnen wir. Irgendwo und irgendwie wird es ja am Sonntag regnen. Ein bisschen Regen ist schon halb geglückt, oder nicht?«

»Ganz meiner Meinung, Mr Kowalski. Auch Ihnen

stimme ich zu, Mr Shapiro. Andere Meinungen? – Nein? – Dann werde ich noch heute Abend den Versuch im Fernsehen ankündigen und nicht einen Tropfen Wasser versprechen. Haben Sie vielen Dank, meine Herren.«

Alle standen auf.

1 : 0 für dich, du Harvardpinkel, du Ostküsten-Eierkopf, dachte Brent Hofmeyer und warf einen wütenden Blick in Richtung des Außenministers. Der packte seine Akten ruhig ein und verließ den Raum mit beschwingtem Schritt.

16.00 Uhr.

An diesem Nachmittag hörte die Dürre auf eine reine landwirtschaftliche Plage zu sein. Höhere Wasserkosten nahmen die Amerikaner – bisher – gelassen hin. Was sie erschreckte, waren erste Rationierungen, die am Nachmittag dieses 21. September in die Wege geleitet wurden: In mehreren Bundesstaaten wurde das Wasser wie angekündigt zwei Stunden lang für private Haushalte abgedreht. »Eine erste Maßnahme«, betonte der Pressesprecher des Gouverneurs von Kalifornien, »in der Versuchsphase. Bis zum Wochenende soll diese Versuchsphase andauern. Der Gouverneur bedauert diese Maßnahme, sieht aber beim niedrigen Stand der westlichen Wasserreservoire und des kalifornischen Grundwasserspiegels keine andere Möglichkeit.«

Unglücklicherweise unterlief den städtischen Behörden von L. A. dabei ein Missgeschick, das sie, wie es in den Nachrichten hieß, »zutiefst bedauern«. Im armen South Central blieb das Wasser bis zum Abend abgeschaltet, im Norden der Stadt, in Pasadena, in Bel Air, in

Beverly Hills, dauerte die Absperrung nur eine Stunde. Aufgebrachte Schwarze, Latinos und Weiße stürmten im South Central die Wasserhydranten. Nur ein sofortiges Eingreifen der Riot Squad verhinderte Ausschreitungen größeren Ausmaßes. Trotzdem wurden einige wenige chinesische und koreanische Geschäfte geplündert. Es gab einige Verletzte, aber wie durch ein Wunder keine Toten.

Während Dick Goodall zum ersten Mal in seinem Leben den Nachmittag zu Hause im Wohnzimmer seines Farmhauses verbrachte und sich aus Verzweiflung mit seiner Frau Nelle eine Seifenoper ansah, kamen Schwarze der Southern Revival Church in Mississippi und Louisiana zusammen, um für den Regen zu beten. Die Mittwochsmesse in der St.-Patrick-Kathedrale in New York schien wider Erwarten des Monsignore überaus gut besucht zu werden. Katholiken in Detroit und Chicago nahmen zum ersten Mal seit ihrer Kindheit an Nachmittagsmessen nach der Arbeit teil, Messen unter dem Leitwort: Herr, lass es regnen!

In Montana wurde die Nationalgarde aufgerufen, um das Fort-Peck-Reservoir zu schützen, nachdem Aufständische gedroht hatten, mit ihren Tankwagen im Gefolge das Reservoir zu erstürmen. Die Gouverneure von Nevada und Arizona zogen verschreckt nach und schickten die Nationalgarde an den Hoover-Damm und zum Lake Powell. Dem Gouverneur von Utah blieb nichts anderes übrig, als das Nordufer des ohnehin dezimierten Lake Powell von der Utah-Garde bewachen zu lassen.

Ein Rückhaltebecken, ein Staudamm, ein Reservoir nach dem anderen von Maine bis Kalifornien wurden von der Nationalgarde besetzt. Die Straße über den gewaltigen Hoover-Damm wurde aus Sicherheitsgründen gesperrt und von Posten mit Laserwaffen an beiden Enden der Dammstraße bewacht.

In Hollywood versuchte ein Lamborghini-Besitzer sein teures Stück in der Garage selbst zu waschen. Durch ein Garagenfensterchen beobachteten Nachbarskinder den Verstoß gegen die strengen Wassereinsparvorschriften des Gouverneurs und des kalifornischen Senats. Im Nu bildete sich eine aufgebrachte Menge, brach die Garagentüre ein und hätte den unglückseligen Besitzer des edlen Gefährts gelyncht, wäre eine zufällig vorbeifahrende Polizeistreife nicht dazwischengegangen.

Schon seit Stunden tanzten Hopi-Indianer Regentänze auf den Ranches von Arizona und New Mexico; vergebens.

Mit Müh und Not gelang es den Rangers, einen Waldbrand im Sequoia-Nationalpark von Kalifornien und im Carson National Forest von New Mexico zu verhindern.

Nur ein Funke hätte genügt. Ein Funke in den Wäldern und auf den Feldern und in den Gettos der Armen und auf den Farmen und Ranches der guten und schlechten Bürger von Amerika. Ein Funke in den Gärten der Vororte, ein Funke in den Köpfen und in den Herzen der Menschen.

Seit den Sechzehnuhrnachrichten gaben die Nachrichtensprecherinnen und -sprecher aller amerikanischen Fernsehkanäle zu jeder geschlagenen Stunde die mysteriösen Sätze von sich: »President Cole wird um 20 Uhr eine Fernsehansprache an das Volk über den Wassernotstand halten. Die Pressesprecherin des Weißen Hauses betonte, die Ansprache des Präsidenten sei von außerordentlicher nationaler Bedeutung.«

»Ich kann mir denken, was das mal wieder heißt«, sagte Dick Goodall zu seiner Frau Nelle. »Jetzt ist der Ofen aus. Jetzt verkündet er den totalen nationalen Notstand. Jetzt geht uns der Arsch auf Grund. Jetzt können wir einpacken, Nelle.«

Nelle griff nach seiner Hand und schaute ihn wortlos an. In ihren Augen standen große, helle Tränen.

20.00 Uhr.

President Cole ließ es sich nicht nehmen, zwei ganze Stunden lang an seiner kurzen, aber prägnanten Ansprache an das amerikanische Volk zu arbeiten. Bei wichtigen Anlässen galten seine Redenschreiber als die bestbezahlten Arbeitslosen in Amerika. Thomas Jefferson Cole feilte und feilte an jedem Satz, an jeder Formulierung, an jedem Wort, bis er sich zufrieden gab. Und es dauerte lange, ehe ein Perfektionist wie der Präsident zufrieden war. Am späten Nachmittag erprobte er die Liveansprache an seiner Frau Anne und seiner Sekretärin. Ganze Tage verbrachte er im Konferenzraum des Nationalen Sicherheitsrats im Westflügel des Weißen Hauses. Aber für seine Liveansprache bestand er darauf, hinter dem Schreibtisch im Oval Office zu sitzen.

Anne und seine ihm treu ergeben Sekretärin Grace Williams waren ebenso verblüfft wie begeistert von der bedeutenden Ansprache, die sie als Erste vernehmen durften und die als »Regenmacher-Rede« in die amerikanische Geschichte des 21. Jahrhunderts eingehen sollte. Als die Fernsehanstalten um 18 Uhr eintrafen, um mit dem Aufbau ihrer Kameras und sonstigen Geräte zu beginnen, strahlte der Präsident vor Zufriedenheit. Jedes Wort saß, jede Silbe zählte – wer nicht genau zuhörte, war selbst schuld. Knapp, aber prägnant – so lautete seine Devise bei Reden und Ansprachen. Die heutige Ansprache würde historisch sein, dessen war er sich sicher, und er fühlte sich der historischen Stunde gewachsen.

Für das Ereignis war Mike O'Donnell bei Elke und Bob eingeladen. Mike saß in einem gemütlichen Ohrensessel, schräg gegenüber von Elke und Bob, die auf der Couch saßen. Als Mike das Paar lachend und einträchtig nebeneinander sitzen sah, dachte er, während er über einen Witz von Bob grinste: das perfekte Paar. Das perfekte Ehepaar, die perfekte Ehe. Es kotzt einen an. Bob hat einen Dusel, das gibt's gar nicht.

»He, Mike«, sagte Bob gut gelaunt, »was schaust du so ernst? Du weißt doch, was jetzt gleich kommen wird. Die Krönung deines Lebens, Mann!«

»Ich weiß, ich weiß, Bob. Ich frage mich nur immer wieder, ob alles auch so gelingen wird, wie wir annehmen. Steckt nicht schon im harmlosen Sätzchen: ›Wir nehmen an‹ eine ganze Welt von Unwissenheit?«

»Oho«, lachte Bob, »das klingt doch eher nach meiner trübsinnigen deutschen Philosophin, äh, Meteorologin ...«

»Ach Bob«, lächelte Elke und kniff ihn in den Arm. »Ruhe jetzt, Jungs, es geht los. Keine Silbe bitte.«

»Meine Damen und Herren, Sie sehen eine landesweit ausgestrahlte Liveansprache des Präsidenten der Vereinigten Staaten von Amerika.«

President Cole kam ins Bild.

»Meine amerikanischen Mitbürgerinnen und Mitbürger«, begann der Präsident gemessen und schaute unverwandt in das Kameraauge. »Ich habe diese Form der Ansprache gewählt, da ich Ihnen eine Mitteilung von größter Wichtigkeit und Dringlichkeit machen möchte. Was ich Ihnen heute Abend zu sagen habe, wird Sie sehr überraschen.

Meine amerikanischen Mitbürgerinnen und Mitbürger: Sie haben alle bis zum heutigen Tag die Folgen der schrecklichen Dürre, die insbesondere die nördliche Hemisphäre befallen hat, am eigenen Leib erfahren. Am 17. September sah ich mich gezwungen den nationalen Notstand in vier unserer Bundesstaaten auszurufen. Unsere Landwirtschaft – machen wir uns nichts vor – steht vor dem Ruin. Unsere Industrie müsste, falls keine Abhilfe kommt, in den nächsten Wochen ihre Produktion erheblich drosseln. Weitere Einschränkungen, auch für private Haushalte, würden folgen – falls keine Abhilfe kommt. Nichts ist dringender vonnöten – nicht nur für uns Amerikaner, sondern für Europäer, Russen, Nordafrikaner. Leider bin ich nicht in der Lage das Dürreproblem, das weltweit geradewegs in die Menschheitskatastrophe führt, für das Ausland zu lösen. Aber ich biete Ihnen heute Abend einen winzig kleinen Hoffnungsschimmer an, liebe Amerikanerinnen und Amerikaner. Nicht mehr: einen Hoffnungsschimmer.

Unter meiner persönlichen Aufsicht arbeitet seit ungefähr zwei Jahren ein streng geheimes Regierungsinstitut an einer effektiven Lösung des Regenmangels für den nordamerikanischen Kontinent. Wenn es in diesem Lande jemals ein geheimes Programm gegeben hat, liebe Mitbürgerinnen und Mitbürger, dann war es dieses. Ich sah mich zu äußerster Geheimhaltung genötigt, da das Programm, das *Cloud Harnessing Program*, von einer absolut revolutionären Tragweite ist.

In der letzten Woche hat unser Institut den Durchbruch erzielt. Sie sehen: Ich informiere Sie sofort darüber, höchste Eile scheint mir geboten. Unser Institut hat eine neue Form der Luftbestäubung entwickelt, die großflächig Wolken aus der pazifischen Verdunstung schafft und zu gewaltigen Gewitterwolken konzentriert. Diese Wolken werden wir am nächsten Sonntag, am

25. September, westlich der Rocky Mountains, von San Diego im Süden bis Seattle im Norden, entstehen lassen. In einem komplizierten Verfahren von Luftdruckunterschieden werden wir einen Großteil dieser Gewitterwolken quasi über die Rockys ziehen. Falls dieser erste Versuch gelingt, wird es am Sonntag von San Francisco bis nach Maine und hinab bis nach Miami regnen. Über Niederschlagsmengen möchte ich keine Angaben machen. Ja, wir können Ihnen in aller Offenheit nicht einmal sagen, ob der Versuch überhaupt gelingt. Trotz dieser großen Unsicherheit habe ich heute entschieden, Ihnen unseren Großversuch anzukündigen, damit sich unsere geplagten Farmer auf einen eventuellen Niederschlag größeren Ausmaßes vorbereiten können.

Für dieses geheime Regierungsprogramm trage ich allein die Verantwortung. Meine amerikanischen Mitbürgerinnen und Mitbürger: Falls dieser Versuch gelingt oder nur zum Teil gelingt, haben wir alle gewonnen. Falls er misslingt, tragen Sie unser gemeinsames Unglück mit mir, und ich werde Ihr Unglück mit Ihnen tragen. Tragen wir im Falle des Misslingens die unsagbare Enttäuschung zusammen. Ein Versuch ist immer nur ein Versuch. Sein Misslingen liegt ebenso nahe wie sein Gelingen.

Erhoffen Sie alles, erwarten Sie nichts.

Ein großer Präsident des letzten Jahrhunderts, John F. Kennedy, sagte zu den Amerikanern: Fragt nicht, was euer Land für euch tun kann; fragt, was ihr für euer Land tun könnt. Heute Abend – möge mir mein Vorgänger im Amt gnädig sein – wandle ich dieses beredte Wort um: Ihr, die ihr für dieses gesegnete, große Land Opfer gebracht habt, sollt vom Land belohnt werden; so Gott will. Gott schütze unser geliebtes Amerika vom Atlantik bis zum Pazifik, das Land von Washington und Lincoln, von Weiß, Schwarz, Rot und Gelb! Gott stehe uns am nächsten Sonntag bei!«

Der Präsident blickte ernst, ohne zu lächeln, aber zuversichtlich in die Kameras, als der Schnitt kam und die roten On-Lichter der Kameras erlöschten. President Cole atmete schwer aus und blieb sitzen. Die Würfel waren gefallen.

Die Kameraleute und Tontechniker klatschten spontan Beifall, und Anne Cole eilte mit Tränen in den Augen zu ihrem erschöpften Mann, um ihn zu umarmen.

»Gott stehe *uns* bei«, meinte Mike nervös. »Puh. Also das war die große Ansprache. Brillant, was meinst du, Bob?«

»Unbedingt, ja, ein echter *Firesidechat.* Eine wahrhaft große Verzweiflungsansprache, sehr gekonnt, sehr zurückhaltend. Man glaubt fast, wir wären im Krieg; sind wir auf gewisse Weise auch«, sagte Bob nachdenklich.

Er blickte zuerst zu Elke, dann zu Mike und sagte weiter: »Und jetzt seid ihr dran.«

Elke schwieg und fühlte eine Gänsehaut. Sie nahm Bobs Hand und drückte sie fest.

Zuhause, vor dem Fernseher, knipste David Erlebacher den Apparat aus, blickte seine Frau Rachel an und sagte kühl: »Er scheint recht skeptisch zu sein. Aber diese Ansprache ist eine Meisterleistung im Understatement, das muss ich ihm lassen. Lieber nichts versprechen, er hat Recht; ein kluger Schachzug, was meinst du?«

Rachel Erlebacher nickte: »Aber er sagte ›Institut‹. Seid ihr ein Institut?«

»Man kann uns alles nennen, es spielt keine Rolle. Und wenn der Versuch am Sonntag nicht klappt, wird man uns alles nennen. Dann trete ich zurück. Das Wort Institut benützt der Präsident nur, um uns zu tarnen. ›Regierungsinstitut‹ war das Wort. Die Presse wird uns jetzt in Washington suchen. Kannst du dir vorstellen, was hier in Pasadena los wäre, wenn wir bekannt würden? Bin gespannt, wie lange wir unsere Existenz hier noch geheim halten können, jetzt wo die Katze aus dem Sack ist.«

Vornübergebeugt vor dem Fernseher sitzend, rief Detective Hernandez: »Mich laust der Affe! Hui! *Das* war es also!«

»Schatz, hast du was gesagt?«, fragte seine Frau aus dem Badezimmer. »Ist was?«

Fast die gleichen Worte wie Detective Hernandez gebrauchte Larry Miller. Er saß an seinem dienstfreien Abend mit seinem FBI-Kollegen Jim Donahue an der Bar seines Hotels in Pasadena und schaute zum Fernsehapparat über der Bar hoch. Larry warf Jim einen Blick zu, der besagte: Hoppla.

»Mich lausen tausend Affen! Jetzt wissen wir's genau«, meinte Agent Miller und nippte an seinem Whisky.

»Mhm«, grinste Donahue. »Ein ganz wichtiges Persönchen, unsere knackige Freundin. Bin auf Sonntag gespannt.«

»Die kriegt das hin. Die Weiber kenn ich. Wenn eine Frau solch einen zielstrebigen Gang hat und nicht mal für 'ne Nanosekunde in ihrem arbeitsreichen Leben flirtet, dann weiß sie, was sie tut. Die kriegt das hin, da hab ich keine Zweifel.«

»Kann sein, kann nicht sein«, sagte Donahue mit einem Unterton. »Wie wär's mit 'ner Wette? Ich sage: Die Scheiße geht weiter und es regnet nicht.«

»Und ich sage: Es schüttet, und zwar von Boston bis Seattle. Was gilt die Wette?«

»'ne Flasche erstklassigen schottischen Malt-Whisky.«

»O.k., Partner. Abgemacht.«

»Abgemacht.«

Elkes Haushälterin Juanita Mendez hörte ihren Mann sagen: »He, mich trifft der Schlag! El presidente wird's regnen lassen!«

Sie nickte: »Santa María, möge es gelingen.«

Dick Goodall staunte seine Frau Nelle an: »Soll das ein Witz sein?! Der Mann will's regnen lassen. Das kann doch nicht wahr sein. Ich glaub erst, was ich sehe!«

»Das hat er ja auch gesagt«, meinte Nelle Goodall vorsichtig. »Ist nur ein Versuch. Kann sehr wohl misslingen. Oh, Dick, aber ich denke, die Chancen stehen gut. Der Präsident würde doch so etwas nicht ankündigen, wenn die Chancen nicht gut stünden. Der ist viel zu klug, um uns auf der Nase herumzutanzen.«

»Das will ich ihm auch nicht geraten haben. Ist ja irre. Nein, vielleicht nicht. Der Präsident is'n alter Soldat – der ist Realist. Mein Gott, Nelle ...«

»... wenn es klappt, Dick, sind wir gerettet.«

Sie blickten einander an und beide hatten Tränen in den Augen.

Die amerikanische Presse und die Massenmedien waren für kurze Zeit sprachlos. Dann brach, wenige Minuten nach halb neun Washingtoner Zeit, ein Sturm von Fragen, Diskussionsbeiträgen und Kommentaren in den Medien los, ein Sturm, den es seit einem historischen Ereignis wie der Ermordung von John F. Kennedy nicht gegeben hatte. Nach einer kurzen Orientierungsphase begrüßten Medien und Presse – in eilends gedruckten Nachtausgaben – die historische Ansprache. Das geflügelte Wort von der »Regenmacher-Rede« machte schnell die Runde. Eminent zitierbare Sätze wie »Erhoffen Sie alles, erwarten Sie nichts« wurden tausendfach zitiert und von Schöngeistern goutiert, während Farmer sich um hübsche Worte nicht scherten. Die Voraussicht des Präsidenten wurde gelobt, man nannte ihn »mutig«, »weit blickend«, sogar »genial«. Viele Kommentatoren sprachen nur vom Mut des soldatischen Heroen T. J. Cole, einen solch gewaltigen Versuch – auf die Gefahr des Misslingens hin – überhaupt anzukündigen. Andere kümmerten sich nicht um Worte, sondern versuchten die Chancen für einen Regen abzuwägen. Wieder andere lobten Coles segensreiche und das Land einende Administration – einmal wieder einend; man sprach von der rettenden Kavallerie in letzter Sekunde.

Die rechtsradikalen, regierungsfeindlichen Militaristen verkrochen sich; die Armen warteten skeptisch ab; die Religiösen beteten noch inbrünstiger; die Presseleute verlangten Informationen und bekamen sie nicht, was ihrer Pro-Cole-Gestimmtheit keinen Abbruch tat. Insgeheim ärgerten sich die Herausgeber der *New York Times* und der *Washington Post* über ihre verblüffende Unwissenheit und fragten sich, wieso ihnen dieses Regierungsprogramm völlig unbekannt geblieben war. Sie setzten ein Heer von Reportern nach Washington in Bewegung. Gleichzeitig jedoch schrieben diese und andere Zeitungen von einer Ansprache, die Roosevelts *Firesidechats* und Churchills große Kriegsreden vereinigte. Überhaupt hörte und las man nur vom großen Vereiniger Cole, der, so kalauerte ein Leitartikeler, mit Riesenschritten in die Fußstapfen seines Vorbilds Lincoln trat. Die Meinungsumfragen wiesen eine neunzigprozentige Zustimmung zum Präsidenten auf.

Amerika fieberte dem Sonntag entgegen.

Die europäischen Medien und Presseorgane reagierten zurückhaltend bis ungläubig. Wo der Präsident beim Wort genommen wurde, und das war nicht oft, mischte sich Neid in die Kommentare.

Es gab einen, der sich die aufgezeichnete Fernsehansprache um 6 Uhr vor dem Frühstück servieren ließ und der unablässig den Kopf schüttelte; einen, der aus dem Staunen nicht herauskam: Grigorij Karenin, Präsident der russischen Föderation. Seine Stimmung wurde, trotz Würstchen mit Erbsen zum Frühstück, von Stunde zu Stunde finsterer.

SONNTAG, 25. SEPTEMBER

10.50 Uhr.

Elke blickte kurz zu Mike. Er erwiderte ihren Blick, wie er jeden Blick von ihr erwiderte. Er nickte stumm und sie verstand: Jetzt wird's ernst. Elke fühlte plötzlich einen trockenen Kloß im Hals und schluckte kräftig. Jetzt ging es um die Wurst, um alles, wofür sie sich eingesetzt hatte; um ihre Zukunft, um die Zukunft Amerikas, sogar um die Zukunft der Welt.

Am Tag zuvor waren dic großen Behälter unter strengen Sicherheitsvorkehrungen in umgerüstete alte F-16-Kampfjets an vier Luftwaffenstützpunkten jeweils an der Ost- und Westküste der USA geladen worden. Die Piloten wurden zu absolutem Stillschweigen über ihre Geheimmission verpflichtet. Um 9 Uhr morgens war der Start angesagt; kurz danach in 4-7 km Höhe Luftsaat an der Westküste, Luftsaat um 14 Uhr Ortszeit an der Ostküste, um den benötigten Luftdruckunterschied herzustellen.

Seit über einer Stunde war gesät worden, in vier breiten Streifen knapp vor der Pazifikküste. Noch bewegte sich nichts. Selbst die Luft schien innezuhalten - kein nennenswerter Wind, kein Nebel, kein Wölkchen. Nichts.

Elke wartete hinter ihrem großen, aufgeräumten Schreibtisch und biss sich leicht auf die Unterlippe. Noch zehn Minuten bis zur nächsten Meldung von acht Messstationen auf der kalifornischen Seite der Rocky Mountains. Pünktlich zu jeder halben Stunde kamen die Funkmeldungen. 10 Uhr: nichts. 10.30 Uhr: nichts. Und 11 Uhr? Elke ertappte sich, wie sie schon wieder zur allzu gut lesbaren Wanduhr hinaufsah. Noch acht Minuten.

Mike wollte sie nicht allein lassen, aber ein Anruf von Erlebacher rief ihn ab. Außer Elke, Mike und Erlebacher waren alle Kolleginnen und Kollegen gekommen; sie unterhielten sich mit gedämpfter Stimme. Alle hatten sich am Sonntag die Zeit genommen, um beim Sieg – oder bei der Niederlage – des Programms dabei zu sein. Doch die Kollegen wagten nicht Elke in ihrem Büro zu stören. So blieb sie allein an ihrem Schreibtisch, schaute auf den braun bewachsenen Innenhof, auf die einsame, halb tote Palme, auf den Strohrasen.

Und wenn es nicht gelingt, sagte sie zu sich und biss sich nochmals leicht auf die Unterlippe. Wenn es nicht gelingt, dann geschieht mir recht: das Wetter beherrschen zu wollen! Was für ein Irrsinn, wenn man es sich einmal überlegt. Gott zu spielen. Viel zu spät will ich's für meinen längst toten Papa wieder gutmachen, für ihn, der nichts mehr spürt und nichts mehr will; sinnlose Wiedergutmachung. Für meinen Papa, für jeden Farmer käme ein bestellter Regen einem Segen gleich. Und jetzt ist es so weit. Oder auch nicht. Ja, sagte sie sich, Gott spielen. Das ist es doch. Der Reiz daran. Es stimmt. Gott spielen.

Sie schaute zur Uhr hoch. Noch zwei Minuten.

Gott spielen.

Mike trat ins Zimmer. Ein Blick genügte, und er wusste Bescheid. »Elke – ganz ruhig!«, sagte er, aber ihr entging auch seine Anspannung nicht. »Es hat doch keinen Sinn, hier am Telefon auszuharren. Komm doch auch rüber in den Funkraum. Dann gehen wir wenigstens zusammen unter.«

»Ach Mike ... na gut!« Sie gab sich einen Ruck, lächelte und stand schwungvoll auf. Noch eine Minute.

Zusammen gingen sie in den Funkraum. Mike ließ Elke den Vortritt.

Wie kann ein solch herrlicher Kopf solche Zweifel haben?, dachte Mike, als Elke vor ihm herging. Ich kenne sie genau. Am liebsten würde sie alles abblasen, alles aufgeben, sich verkriechen. Aber sie gestattet es sich nicht. Sie gestattet sich keine Blöße. »Augen zu und durch« lautet ihr Motto.

11 Uhr.

Zeitgleich mit dem Sekundenzeiger, der die volle Stunde anzeigte, betraten Mike und Elke den Funkraum. David Erlebacher stand stramm neben dem Radioempfänger und lauschte. Als er Elke sah, legte er den Zeigefinger an die Lippen und drehte den Daumen nach oben, eine volkstümliche Geste, die Elke noch nie bei ihm gesehen hatte. Auch er war so nervös, dass er aus der Rolle zu fallen begann.

Thumbs up, dachte sie. Heißt das ...?

Und dann hörte sie es selbst: ein Druckabfall in San Diego, dann L. A., dann San Francisco, Seattle ... Das Barometer fiel. Noch nicht dramatisch, nein. Aber es fiel entlang der gesamten Pazifikküste.

Erlebacher zeigte noch einmal mit dem Daumen nach oben. Mike lächelte, aber Elke gestattete es sich noch nicht. Sie behielt ihre ernste Miene bei.

Nur ein kleiner Barometerabfall, dachte sie. Nur ein paar Millibar. Viel zu früh zum Jubeln, viel zu früh. Vielleicht ist das ein Anfang. Oder auch nicht.

14.00 Uhr.

Mächtige Wolken türmten sich von San Francisco bis Chicago auf: zuerst weiß, dann grauweiß, schließlich schwarzgrau. Und noch immer bauten sie sich zu beiden Seiten der Rocky Mountains auf. Bald waren die Ausläufer der Wolken bis Chicago vorgeprescht und trieben höher und immer höher, bis nach Detroit und weiter ostwärts bis Washington und hinab bis Atlanta. Kein Laut war von ihnen zu hören, noch kein Blitz war zu sehen, noch kein Donner zu hören. Riesige runde Berge, in abweisende Schwärze übergehend, bauschten sich auf bis zur Tropopause. Für Elke, Mike und Bob und die Kinder, für Farmer Goodall und alle ängstlich wartenden Menschen, die aus dem Haus gingen, sahen und staunten, geschah etwas noch nie da Gewesenes. Innerhalb von einer Stunde waren dichte Watteberge entstanden, die sich befreiend vom ewig blauen Himmel abhoben. Und dann stiegen sie rasant in die Höhe, wurden dichter und immer dichter; Wolken, deren bizarr stiller und schneller Aufbau gerade durch seine absolute Lautlosigkeit Ehrfurcht gebot.

»Das ist ja unheimlich«, sagte der siebenjährige Andy.

Bob legte den Arm um den Jungen und drückte die kleine Susan an sich, die kein Wort von sich gab.

Wenn du wüsstest, Junge, dachte Bob, dass Mom einen erheblichen Anteil an diesen Wolkenschlössern hat. Wenn du wüsstest ...

»Jeff«, sagte President Coles Frau Anne ins Haustelefon. »Kann ich kurz runterkommen? Ich würde gern mit dir erleben, was sich da zusammenbraut.«

Hand in Hand traten der Präsident und die First Lady aus dem Oval Office und machten einen kurzen Spaziergang auf dem beigefarbenen Rasen des Weißen Hauses; einen jener kurzen, spontanen Spaziergänge, die jedes Mal die Secret-Service-Agenten das Fürchten lehrten.

»Bei Gott, Anne«, sagte President Cole, »wenn das keinen Niederschlag gibt, fresse ich einen Besen.«

»Director Erlebacher und diese reizende Dr. Harrington haben nicht zu viel versprochen, nicht wahr?«

»Abwarten, Anne. Abwarten.«

»Ich rieche noch keinen Regen«, brummte Dick Goodall, als Nelle flüsterte: »Gott, lass es regnen, lass es regnen.«

Überall in Amerika, von Maine bis zum Golf von Kalifornien, verrenkten sich die Menschen schier die Hälse, weil sie minutenlang nach oben starrten. Passanten blieben stehen, Sonntagsspaziergänger im Park, Kinder auf den Spielplätzen, Väter und Teenager in den Softballanlagen; sogar Baseballspieler mitten im Spiel warfen schnelle Blicke nach oben. Den Zuschauern auf den Rängen erging es nicht anders.

Amerika hielt den Atem an.

Im Kreml ließ sich Präsident Grigorij Karenin stündlich über die Wettersituation im Land der amerikanischen Freunde unterrichten. Eines wusste er: Mit jedem Regentropfen über Amerika würden seine Chancen schwinden die russische Regierung stabil zu halten – *falls* es den Amerikanern allen Ernstes gelang, Regen zu erzeugen. Falls. Mit Widerwillen nahm er die hastig übersetzten Wetterberichte zur Kenntnis.

16.37 Uhr.

Fast zeitgleich, vom Golf von Kalifornien bis zur Cape-Cod-Bucht in Massachusetts, senkte sich ein grauer Wasservorhang über die Vereinigten Staaten von Amerika. Die dicken Tropfen schienen nicht zu fallen; sie waren urplötzlich da, wie man es noch niemals erlebt hatte.

Ganz Amerika rannte auf die Straße, in die Gärten, aus dem Haus; nur wenige spannten ihren Regenschirm auf. Viele Menschen ließen sich bis auf die Haut durchnässen, aber sie störten sich nicht daran.

Im Oval Office klingelte das Telefon, und Anne sagte unter Tränen zu ihrem Mann: »Oh, Jeff, Amerika ist gerettet!«

Selbst für einen alten Soldaten wie President Cole war es schwer, die Tränen zu unterdrücken.

»Gott sei Dank«, sagte der Präsident leise.

Neben ihm stand Brent Hofmeyer und lächelte.

Und jetzt, dachte Hofmeyer, Phase zwei.

Elke, Mike und die anderen Kollegen standen im Innenhof des Pasadena Lab und ließen den Regen auf ihre Schirme prasseln.

»Geschafft, geschafft, wir haben's geschafft!«, rief Mike und umarmte David Erlebacher, der Mike in seiner Begeisterung nicht abwehren konnte. Dann wandte sich Mike zu Elke und schaute ihr in die Augen. Elke bemerkte ein merkwürdiges, wildes Leuchten in ihnen, ehe sie sich von Mike umarmt sah. Er presste sie fest an sich und lachte.

Als er sie losließ, dachte Mike: ein zweites Mal. Nur noch ein zweites Mal dich so fest drücken dürfen. Aber das war's wohl.

Schnell blickte er nach oben und hörte die herrlichen kleinen Rinnsale, die auf allen Seiten seines Schirmes herabflossen.

Es ist gut, alles gut, beruhigte sich Elke.

Im Regen unter einem großen schwarzen Schirm stehend hielt David Erlebacher eine kleine Ansprache.

»Liebe Mitarbeiterinnen und Mitarbeiter! Was Sie geleistet haben, das spüren Sie jetzt am eigenen Leib.

Ohne Sie säße Amerika für immer auf dem Trockenen. Ihnen allen danke ich von ganzem Herzen. Unser Land dankt Ihnen allen. Bitte, kommen Sie doch alle kurz in mein Büro. Wenn wir uns reinquetschen, wird's uns wärmer werden. Der Champagner steht bereit. Kommen Sie schnell ins Trockene. Ich will hier keine Erkältungen haben!«

Alle lachten und drängten sich eilig in Director Erlebachers geräumiges Büro. Beim ersten Korkenknallen läutete das abhörsichere Telefon. Mike stand daneben und nahm ab.

»Hallo. Oh – oh ja. Guten Tag, Sir. Einen Moment bitte. David? President Cole.«

Hastig nahm David Erlebacher den Hörer in die Hand. Alle Umstehenden schwiegen sofort und hörten gebannt zu.

»Oh, guten Tag, Mr President. – Kann man wohl sagen, Sir. – Oh, oh, oh bitte. Ja, ja, hm – vielen Dank, Sir. Ja. – Ja. – Ja, natürlich, gerne. Ich werde es sofort ausrichten. Sie sind alle hier versammelt und hören uns zu. – Haben Sie vielen Dank für Ihren Anruf und für Ihre lieben Worte, und bitte einen schönen Gruß an Brent. – Der nächste Regen fällt am Mittwoch, jawohl, Sir. Auf Wiedersehen, Mr President.«

Im selben Augenblick, als der Hörer auf die Gabel gelegt wurde, brach ein Jubel aus unter den vierzig Mitarbeitern der Pasadena Lab.

»Ruhe – bitte – ach, jetzt habe ich doch glatt vergessen, das Telefon auf Konferenzschaltung zu legen, sonst hätten Sie alle selbst hören können, na ja. Also. Wie Sie sich denken können, drückt President Cole Ihnen allen seinen aufrichtigsten und herzlichsten Dank aus. Das waren seine Worte: ›aufrichtigst und herzlichst‹. Dann sagte er noch, ich zitiere: ›Sagen Sie ihnen bitte, Sie seien die größten Wissenschaftler seit Einstein. Sie haben Amerika gerettet.‹«

Die Mitarbeiter jubelten erneut, und Elke klatschte Beifall wie alle anderen.

Wie Kinder sprangen der Farmer Dick Goodall und seine Frau Nelle ein paar Mal in die Höhe, bevor sie einander umarmten.

»Ya-hoo!«, rief Goodall. »Die Farm ist gerettet. Das haben wir President Cole zu verdanken. Dem großen Soldaten Cole!«

»Sie hat's geschafft!«, rief Detective Hernandez.

»Wer?«, fragte seine Frau, die mit ihrem Mann zusammen am Fenster stand und den Regen beobachtete.

»Sie haben's geschafft, die vom Regierungsinstitut«, meinte er, und seine Frau lachte, ohne genau zu wissen warum.

Sie lachte ebenso wie Juanita Mendez, die mit ihrem Mann in ihrem kleinen Garten stand.

»Santa María, ich danke dir«, flüsterte sie, Hand in Hand mit ihrem Mann.

Einander fremde Leute fielen sich um den Hals, schrien einander Glückwünsche zu, knieten mitten auf dem Gehsteig und dankten Gott, lagen auf den Knien in Tempeln, Kirchen und vor Altären und Tabernakeln, um Gott zu preisen. Hunderttausende tanzten ausgelassen auf den Straßen der Innenstädte, der Kleinstädte, der Vororte. Sie traten freudig wie Kinder in die Pfützen, die Kinder machten es ihnen nach, und Erwachsene und Kinder bespritzten einander wie beim Strandurlaub. Autofahrer fuhren hupend durch die Straßen. Einige

Kirchenglocken läuteten. Und alle lachten. Nur einer in L. A. lachte nicht.

»Fuck!«, stieß FBI-Agent Jim Donahue hervor. »Die Flasche superteuren Malt-Whisky bin ich los.«

Larry Miller grinste und klopfte ihm auf die Schulter.

In Moskau verfinsterte sich die Miene von Präsident Karenin so sehr, dass sie zu Stein wurde. Die freudigen Kommentare der amerikanischen Nachrichtensprecher schnitten ihm in die Seele. Er begann zu erbleichen, als der amerikanische Regen nach einer Stunde, nach zwei Stunden noch immer anhielt. Erst nach einem Glas Wodka bekam sein Gesicht wieder Farbe.

Und wir? Und wir?, dachte er. Wir gehen leer aus, sie haben alles, wie gehabt. Das kann in der Duma morgen heiter werden.

Es sollte einer der schlimmsten Tage seines Lebens werden.

21.45 Uhr.

Larry Miller und Jim Donahue warteten in der Empfangshalle des Pasadena Lab auf Elke. Als sie aus dem Aufzug trat, schüttelten ihr die Agenten die Hand.

»Wir gratulieren, Mrs Harrington. Das Land ist Ihnen zu großem Dank verpflichtet.«

Elke lachte, ein wenig verlegen. »Vielen Dank, Larry, Jim. Den anderen Kollegen hier müssten Sie auch danken. Ich bin nur eines der Rädchen im Getriebe.«

»Mhm. Ziemlich großes Rad, wette ich.«

»Ich wette gar nichts mehr«, meinte Agent Donahue mit gespielt verärgertem Ton.

»Wie das?«, fragte Elke.

»Wir haben um 'ne Flasche echten Malt-Whisky gewettet, Ma'am, dass es heute regnet – oder auch nicht. Ich hab gewonnen, Jim hielt dagegen«, erklärte Miller grinsend.

Elke lachte. »Ach so. Tut mir Leid, Jim.«

»Schon gut, Mrs Harrington«, meinte Donahue. »Aber bitte keine Erfolge mehr.«

»Doch, Jim, ich muss Sie enttäuschen. Wetten Sie nicht noch einmal. Bald regnet's wieder.«

»Ah – wann?«

»Ich hab wohl schon zu viel gesagt, Jungs. Der Präsident wird's ankündigen.«

Die Agenten nickten.

»He, Jim«, meinte Miller feixend, als er die Türe für Elke aufhielt, »wir könnten ja wetten, *wann* es regnet ...«

»Nein danke«, brummte Donahue.

Als sie das Gebäude verließen, tröpfelte es noch ein wenig. Ein Niederschlag von über zwei Stunden. Elke war mehr als zufrieden. In ihrem Wagen, den Miller jetzt immer fuhr, schloss sie die vor Anstrengung müden Augen.

Geschafft, wirklich geschafft. Der Traum ist in Erfüllung gegangen, dachte sie, wie im Märchen. Ende gut, alles gut. Jetzt hängt alles vom Präsidenten und nur vom Präsidenten ab, wie viel vom Segen Europa, Nordafrika, der Nahe Osten und die GUS-Staaten bekommen.

Bei aller Freude fühlte sie ein tief sitzendes Unbehagen: Und wenn die Krise nicht zu meistern sein wird? Wenn wir den Schneeball ins Rollen gebracht haben, der eine Lawine auslöst? Was dann?, dachte sie.

»Ihr Mann wird sicher auf Sie warten, Mrs Harrington«, sagte Agent Miller.

»Oh – oh ja, natürlich. Er hat mich vorher angerufen und gesagt, ich soll nicht zu viel Champagner trinken, er werde heute den besten Moët et Chandon aufmachen. Dabei trinke ich doch fast keinen Alkohol, eigentlich nur mal ein Glas Wein. Hab schon mein Quantum für heute. Kommen Sie beide doch auf einen Sprung mit rein, für vier reicht die Flasche noch ...«

Sie hielt mitten im Satz inne. Alle Fenster des Hauses waren dunkel, nichts regte sich in ihrem großen Haus.

Agent Miller brachte den Wagen vor dem Haus zum Stehen und schaltete die Scheinwerfer sofort aus.

»Psst.«

Elkes Herz begann zu klopfen. Die Agenten beobachteten das Haus. Nichts regte sich, das Haus schien wie ausgestorben.

»Das verstehe ich nicht ... es wird doch nichts ...«, presste sie hervor, beinahe im Flüsterton.

Die Agenten antworteten nicht.

»Geh du zuerst, Jim. Sichere den Eingang von außen. Ich komm schnell mit Mrs Harrington nach.«

»O.k. Ich gehe – jetzt!«

Mit einem Satz sprang Donahue aus dem Wagen und rannte mit entsicherter Waffe in der Hand, Deckung hinter braunen Büschen suchend, auf die große dunkelgrüne Haustüre mit dem goldenen englischen Türklopfer zu. Er presste sich mit dem Rücken neben der Haustüre an die Hauswand, die Dienstwaffe in beiden Händen. Dann nickte er Miller zu.

»Los!«

Agent Miller schob Elke beinahe aus dem Auto, nahm sie mit der Linken leicht am Ellbogen. In der Rechten hielt er die entsicherte Waffe hoch. Er und Elke rannten auf die Haustüre zu. Noch zehn Meter. Noch fünf Meter. Noch zwei Meter.

Im selben Augenblick wurde die Haustüre aufgerissen, alle Lichter im ganzen Haus gingen plötzlich an. Ein

Chor von Freunden und Nachbarn rief: »*Surprise! Surprise!* – Überraschung!« Sogleich ertönte das Lied aus zwanzig Kehlen: »For she's a jolly good fellow, for she's a jolly good fellow, for she's …«

Elke stand wie elektrisiert, dann fiel sie Bob in die Arme. Die Agenten steckten ihre Waffen wieder in ihre Holster zurück und schauten ungläubig.

Als das Lied ausklang, stieß Miller wütend hervor: »Mr Harrington, tun Sie so etwas nie wieder!«

Bevor Bob antworten konnte, drehten er und Donahue sich um und gingen mit schnellen Schritten aufgebracht zu ihrem Dienstwagen.

»Oje, Bob …«, sagte Elke und drückte ihren Mann fest an sich.

»Au weia, da bin ich wohl zu weit gegangen. Der ist echt sauer. Hm.«

Bob drückte sie nochmals fest und flüsterte. »Ich hab nichts gesagt. Sie denken alle, du arbeitest mit der Air Force zusammen und hättest die Behälter für die Regenjets gebaut.«

Dann lachte er aus vollem Hals. Freunde und Susan und Andy drängten sich um Elke und gratulierten ihr – zu ihrem Behälter, und alle gingen wieder ins Haus.

Mit Ferngläsern sah ein Augenpaar alles, was vorgefallen war. Die Augen verfolgten das davonfahrende Auto der Agenten, beobachteten zum wiederholten Mal das vor dem Haus einparkende Polizeiauto. Die Ohren des Mannes registrierten einmal wieder das Klickgeräusch der Haustüre, als sie ins Schloss fiel. Auge und Hirn nahmen die neu installierte Alarmanlage wahr, sahen Bobs bekanntes Gesicht und seinen dunkelblauen Volvo, der in der Auffahrt stand.

MONTAG, 26. SEPTEMBER

7.30 Uhr.

»Meine Damen und Herren«, sagte President Cole, »ich habe Sie vom Kabinett heute Morgen so früh rufen lassen, weil es um eine Entscheidung von größter Tragweite für unser Land und für die Welt geht. Daher habe ich auch die Vizepräsidentin, die Sprecherin des Kongresses und den Oppositionsführer eingeladen. In dieser strittigen Frage müssen wir Einigung erzielen, hier und heute, bis 11 Uhr. Um 12 Uhr werde ich die angekündigte Pressekonferenz halten und unsere Entscheidung über den Niederschlag im internationalen Maßstab bekannt geben. Verlieren wir also keine Zeit. Um eines soll es heute Morgen nicht gehen, Mr Lundkvist.« Der Präsident lächelte dem Landwirtschaftsminister zu. »Nämlich um den nächsten großflächigen Niederschlag. Auf der Pressekonferenz werde ich den nächsten Großregen, wie mit Mr Erlebacher vereinbart, für Mittwoch ankündigen.«

Mr Lundkvist lächelte zufrieden und nickte mehrmals.

»Ich habe Ihnen allen gestern«, fuhr der Präsident fort, »eine Kopie der Studie des Landwirtschaftsministeriums zukommen lassen.«

Ein Lächeln, kaum wahrnehmbar, huschte über das Gesicht von Brent Hofmeyer.

»Ich fasse das Fazit kurz zusammen: Um das Grundwasser wieder auf sein benötigtes Niveau anzuheben, damit der Ernteertrag gesichert wird, bräuchten wir, so heißt es in der Studie, ich zitiere, ›eine wöchentliche Niederschlagsmenge von 30 mm pro Quadratmeter. Dabei ist die hohe Verdunstung nicht eingerechnet.‹ Am besten seien ›tägliche, abendliche, geringe Niederschläge‹.

Nun, die Tageszeit festzulegen, ist ganz unmöglich. Auf die wöchentliche Niederschlagsmenge kommen wir sehr wohl, wenn wir den Niederschlag von gestern im Landesdurchschnitt einbeziehen und hochrechnen. Wir schaffen im Durchschnitt 30–40 mm pro Quadratmeter in der Woche, bei durchschnittlich 15–20 mm pro Niederschlag. Mit anderen Worten: Wir brauchen zwar den Niederschlag selbst vollständig, könnten aber dennoch etwas davon an die Not leidende nördliche Hemisphäre abgeben – Europa, Nordafrika, der Nahe Osten, die GUS-Staaten. Ich bitte Sie um Ihre Meinung dazu. Ich habe lange genug gesprochen. Mr Shapiro, bitte.«

Außenminister Shapiro schwieg ein paar bedeutungsvolle Sekunden, blickte langsam, nachdenklich und besorgt in die Runde und dann zum Präsidenten: »Mr President, liebe Kolleginnen und Kollegen«, begann er, und ein Raunen ging durch die Versammlung, denn ein Wort wie »liebe ...« hatte Shapiro, der steife und zurückhaltende alte Herr, noch nie benützt. »Sie wissen alle, dass es gestern Nacht zum ersten Mal seit über vierzig Jahren wieder zu einem Artilleriegefecht um das fast ausgetrocknete Bett des Jordanflusses gekommen ist. Ein Krieg zwischen der jordanischen Junta zusammen mit Palästina gegen Israel steht unmittelbar bevor. Die innenpolitische Lage von Präsident Karenin in Moskau ist mehr als prekär. Sein Stuhl wackelt bereits. Gott stehe uns bei, falls Frundowski an die Macht kommt. Dass gemäßigte Regimes wie etwa Tunesien von der reaktionär-fundamentalistischen Opposition hinweggefegt werden können, die bekanntlich einen direkten Draht zu Allah in den Wolken besitzt, will ich gar nicht betonen. Und warum das alles? Wegen des katastrophalen Wassermangels der nördlichen Hemisphäre, wie Sie sehr wohl wissen. Als einzig übrig gebliebene, verantwortungsvolle Großmacht müssen wir auf irgendeine Weise unsere Wolken von Irland bis Sibirien und hinab bis zur Sahara teilen. Ich sage nicht: fifty-fifty, denn wir brauchen die Niederschlagsmenge fast allein, wie der Bericht des Landwirtschaftsministeriums nachweist. Aber wir müssen, *müssen* schlichtweg den anderen Not leidenden Staaten, unseren Freunden und zum Teil unseren Verbündeten, einen guten und rettenden Anteil am Regen schenken. Ein lokaler Wasserkrieg nach dem anderen kann leicht in einen internationalen Flächenbrand ausarten. Aus Gründen der Selbsterhaltung und der klugen Außenpolitik plädiere ich nachhaltig dafür, mit Regen nicht zu geizen.«

Zum ersten Mal in der Krise meldete sich die elegante Vizepräsidentin zu Wort.

»Ich sekundiere Mr Shapiro. Kein vernünftiger Mensch kann dem widersprechen. Die stündlich eingehenden Nachrichten aus dem Nahen Osten mahnen uns unsere internationale Pflicht wahrzunehmen. Die Frage, die sich einzig und allein für mich stellt, lautet: *Wie viel* Regen, also: Den *wievielten* Niederschlag lassen wir über den Atlantik gen Osten ziehen?«

Plötzlich brach ein Stimmensturm los, alle redeten durcheinander und gleichzeitig. Ein Sprecher nach dem anderen untermauerte seine Aussage mit Fakten über die benötigte Niederschlagsmenge. Jeder dritte, dann jeder vierte, dann jeder sechste Niederschlag sollte gen Osten, über den Nordatlantik, geschickt werden. Die Diskussion wogte drei Stunden lang hin und her. Nur drei Personen griffen nicht ein: der Präsident, Außenminister Shapiro und Brent Hofmeyer. Der Sicherheitsberater schwieg, schien sich sogar zu amüsieren über die immer emotionaler werdende Debatte. Er wartete ab, bis die Kontrahenten ausdiskutiert hatten, bis ihnen die Luft ausging, bis sie ermattet in ihren Sesseln saßen, mit hochroten Gesichtern, die Krawattenknoten gelockert. Er wartete, bis es so furchtbar eilte, dass er sich ohne Schwierigkeiten Gehör verschaffen konnte. Um 10.34 Uhr sah er seine Zeit gekommen.

»Ich habe eine ganz andere, bessere Idee«, meinte Hofmeyer ruhig.

Oh Gott, jetzt kommt's, dachte Außenminister Shapiro. Jetzt kommt er aus der Deckung hervor.

Fast erleichtert fragte der Präsident: »Ja? Ja bitte, Brent. Nur zu.«

In knappen Sätzen legte der Nationale Sicherheitsberater seinen Plan dar.

Das darf doch nicht wahr sein, dachte Außenminister Shapiro.

Nach einer halbstündigen, intensiven Kabinettsdebatte wurde Brent Hofmeyers Plan angenommen.

»Ich glaube nicht, dass ich das unterschreiben kann, Mr President«, sagte der Außenminister entschieden und stand auf.

»Das müssen Sie auch nicht, Mr Shapiro«, entgegnete der Präsident kühl. »Ich muss es unterschreiben, nicht Sie.«

»Ich übernehme keine Verantwortung dafür, Mr President. Ich habe Sie gewarnt. Ich werde zu dieser Sache öffentlich schweigen, Sir.«

»Tun Sie das, Mr Shapiro«, meinte der Präsident leise und mit Bedauern in der Stimme. »Ich habe keine andere Wahl. Ich bin zuerst Präsident aller Amerikanerinnen und Amerikaner, nicht der Tunesier. Es tut mir Leid, wenn wir in dieser Frage nicht einig sind. Ich wünsche Ihnen, trotz unserer Differenzen, alles Gute für Ihre bevorstehende Reise nach Israel und Jordanien. Gott schütze Sie, Mr Shapiro.«

»Und Gott stehe *Ihnen* bei, Mr President«, murmelte der Außenminister besorgt.

Es hat geklappt, es hat geklappt, dachte Brent Hofmeyer.

11.35 Uhr.

»Hallo, Nick«, sagte Brent Hofmeyer leise. »Ich bin jetzt in einer Telefonzelle. Wir können frei sprechen.«

»Hallo, Brent. Erfolg gehabt?«

»Alles in Butter, Nick«, lächelte Hofmeyer. »Du wirst es gleich bei seiner Pressekonferenz hören. Harte Bedingungen für die Russkis. Sie werden empört reagieren. Die Sache wird sich weiter hochschaukeln. Wir werden aufrüsten müssen, Nick. Tut mir Leid!«

»Großartig, Brent, großartig. Das wird die Waagschale zugunsten unserer neuen MX4-Rakete neigen. Großartig, Brent. Du bist unser Mann. Vereinbarungsgemäß überweisen wir die Summe von ...«

»Schon gut, Nick. Hier keine Zahlen.«

»O.k., also auf das vereinbarte Konto.«

»O.k., und vielen Dank«, lächelte Brent wieder.

»*Wir* haben zu danken. Eine letzte Frage: Wie hast du das hingekriegt?«

»Berufsgeheimnis, Nick.«

»Wie du meinst. Bis bald.«

»Bis bald, Nick.«

Zufrieden legte Brent Hofmeyer den Hörer auf. Wieder 750 000 Dollar auf seinem Schweizer Nummernkonto. Jetzt, jetzt endlich war er steinreich. Sein Lebensziel war erreicht.

Er verließ die Telefonzelle und eilte zurück in sein Büro. Dort nahm er ein Aktenstück aus seinem Schreibtisch, entfernte den Dossierumschlag »Top Secret« und schob Blatt für Blatt in den Reißwolf. Mein kleines Berufsgeheimnis, dachte er. Die Papiere, die vom CIA stammten, trugen die Überschrift: »Bedrohliche Lage in Russland. Eiliger Bericht an den Präsidenten«.

Es war der einzige, aber ausschlaggebende CIA-Bericht über die überaus bedrohliche Lage Russlands, falls es in den nächsten Wochen einen erzwungenen Regierungswechsel im Kreml geben sollte.

President Cole hatte diesen Bericht nie zu Gesicht bekommen.

12.00 Uhr.

»Meine Damen und Herren, der Präsident der Vereinigten Staaten von Amerika«, verkündete die Pressesprecherin des Weißen Hauses.

Alle Anwesenden erhoben sich von ihren Plätzen. President Cole trat an das Pult.

»Guten Morgen, meine Damen und Herren. Dass Sie eine Menge Fragen haben, insbesondere zur Regenpolitik und zum Nahen Osten, kann ich mir denken. Gedulden Sie sich bitte ungefähr zehn Minuten. Ich habe eine wichtige Erklärung vorzutragen.

Nach dem, ich darf wohl sagen, spektakulären Erfolg unseres nationalen Niederschlags gestern werden wir das *Cloud Harnessing Program* natürlich fortsetzen. Wir haben uns dafür entschieden, jeweils am Sonntag und am Mittwoch, also zweimal die Woche, Regen zu erzeugen und so unserem Land zu dienen ...«

Spontan klatschten die Journalisten Beifall, der langsam verebbte. President Cole hielt inne. Seine Augen funkelten und er genoss den Applaus sichtlich.

»... Wie sie sich denken können, stehen bei mir seit gestern Abend die Telefonleitungen nicht still. Ich habe Konsultationen mit dem Kongress, meinen Kabinettsmitgliedern und den Präsidenten in Europa, Russland und Nordafrika geführt. Mit anderen Worten: Wir als einzige noch verbliebene Supermacht können und dürfen das Regenwasser der nördlichen Hemisphäre nicht für uns allein pachten. Diese Administration hat sich in Abstimmung mit dem Kongress auf die folgende nationale Politik der Regenverwertung geeinigt: Jeder sechste großflächige Niederschlag kann zu einem Preis, der zu diskutieren sein wird, von der EU, den GUS-Staaten, den Staaten des Nahen Ostens und Nordafrika gekauft werden. Der Erlös wird allen amerikanischen Farmern zugute kommen. Es wird also ein nationaler Fonds gebildet werden unter Aufsicht des Landwirtschaftsministers, Mr Lundkvist.

Noch ein Wort zur Kriegsgefahr im Nahen Osten. Mr Shapiro fliegt heute nach Tel Aviv und übermorgen nach Amman. Wir werden unser Bestes tun, um die Situation am Jordan zu entschärfen.

Und nun könnte ich mir vorstellen, dass Sie meine Ankündigung nicht ganz kalt gelassen hat. Ich will Sie nicht – sagen wir – im Regen stehen lassen. Ja – Ms LaRue!«

»Mr President, wir beglückwünschen Sie, wir beglückwünschen uns alle zum Erfolg des *Cloud Harnessing Program*. Meine Zeitung teilt Ihre Meinung, dass wir den Niederschlag irgendwie mit anderen Staaten teilen müssen. Aber sehen Sie denn keine internationalen Verwicklungen beim *Verkauf* jedes sechsten Großniederschlags? Muss es denn ein *Verkauf* sein? Können wir das Wasser nicht *verschenken?*«

Sie hat den Finger auf den wunden Punkt gelegt,

schoss es President Cole durch den Kopf. Tage später sollte er noch oft an Martine LaRues Frage und an ihre stille, nachdenkliche Reaktion auf seine Antwort denken.

»Ich will Ihnen gestehen, Ms LaRue, dass diese Administration und die Kongressführer keinen anderen Weg sehen. Mit diesem Kompromiss nützen wir unseren Farmern, unseren Haushalten und unserer Industrie, und wir helfen anderen Staaten. Die Vereinigten Staaten von Amerika sind kein Wohltätigkeitsverein. Unsere Staatskassen sind leer. Das Haushaltsdefizit beträgt 20 Milliarden Dollar, aufgrund der lang anhaltenden Dürre. Ich wiederhole: Wir verkaufen jeden sechsten Großniederschlag zu einem akzeptablen Preis, den der Kongress und ich gemeinsam festlegen werden. Weitere Fragen? Mr Richardson.«

Es folgten Fragen zu Niederschlagsmengen, zum nationalen Fonds für Not leidende Farmer, zur Nahostsituation, zur neuartigen Luftbestäubung, zum Machtverlust von Präsident Karenin in Moskau, zum Fundamentalismus in Marokko, Tunesien und Ägypten sowie zu den neuen Laserpanzern der jordanischen Junta.

Eine Frage tauchte in unterschiedlicher Formulierung zweimal auf: Werden andere Staaten, insbesondere Russland, den Kauf des Regenwassers nicht als nationale Demütigung betrachten? President Cole schmetterte jedes Mal die Frage ab; und es war ihm unwohl dabei. Er sagte zu den Journalisten: »Ich bin für mein Land zuständig, nicht für die Gefühle von Politikern anderer Länder. Es ist meine Pflicht, zunächst für mein eigenes Land zu sorgen. Dafür haben Sie mich zu Ihrem Präsidenten gemacht.«

Kurz vor dem Ende der Pressekonferenz rief Martine LaRue von der *New York Times*: »Mr President – halt!

Ich habe noch zwei sehr wichtige Fragen und ich bitte Sie um eine ehrliche Antwort.«

»Aber Ms LaRue, *Ihnen* kann ich doch keine Bitte abschlagen. Habe ich Sie jemals angeschwindelt?«

Erheiterung machte sich in der Runde breit.

»Danke, Mr President. Die *New York Times* weiß Ihre Politik der Ehrlichkeit zu schätzen. Meine erste Frage lautet: Könnte sich dieses von Ihnen so genannte ›Regierungsinstitut‹ etwa in Pasadena befinden?«

Der Präsident schluckte kurz und fing sich wieder.

»Jawohl, Ms LaRue, das Institut liegt in Pasadena. Meine Gegenfrage, und ich erbitte mir eine ehrliche Antwort auch von Ihnen: Woher wissen Sie das?«

»Aber Mr President«, lächelte die gewiefte Journalistin. »Es war ganz leicht. Man musste am Wochenende lediglich die militärischen Flughäfen an der Ost- und Westküste beobachten und die Luftbestäubungsfracht zurückverfolgen.«

»Aha«, meinte der Präsident und errötete. »Nur Sie, Ms LaRue, kommen auf solche Ideen. Hoffentlich stellen Sie Ihre detektivischen Künste gelegentlich der New Yorker Polizei zur Verfügung. Ihre zweite Frage?«

»Wenn Präsident Karenin aufgrund Ihrer Wasserverkaufspolitik entmachtet wird und ein Kryptofaschist wie Frundowski in den Präsidentenpalast des Kreml torpediert wird – sehen Sie eine Kriegsgefahr zwischen uns und Russland?«

»Aber ich bitte Sie«, lächelte der Präsident und seine Miene entspannte sich. »Der Kalte Krieg gehört in die Geschichtsbücher. Dort soll er auch bleiben. Wir sind doch heutzutage vernünftige Menschen.«

Im Gemeinschaftsraum des Pasadena Lab betätigte David Erlebacher die Fernbedienung des Breitleinwandfernsehers und schaltete den Apparat ab. Er stand auf und wandte sich, ein wenig entgeistert, seinen Mitarbeitern zu.

»Liebe Kolleginnen und Kollegen«, begann er, sichtlich um Fassung bemüht. »Sie haben es gehört. Schlechte Nachrichten, weiß Gott. Ganz gleich, was Sie über diese Regenverkaufspolitik des Präsidenten denken mögen – ich erwarte von Ihnen absolutes Stillschweigen darüber. Es steht uns nicht zu, den Präsidenten zu kritisieren. Keine Silbe zur Presse, ist das klar? – Sie haben's gehört: Wir sind aufgeflogen. In kurzer Zeit wird hier die Hölle los sein. Die Presse wird Sie bestürmen. Ich erwarte drei Dinge von Ihnen: schweigen, schweigen und nochmals schweigen!«

Elke nickte mechanisch. Aus Verblüffung über die Regenverkaufspolitik des Präsidenten brachte sie ohnehin keine Silbe hervor. Mike, sonst für seine Schlagfertigkeit bekannt, sagte ebenfalls kein Wort.

Und man hat uns nicht einmal gefragt, dachte Elke.

Farmer Dick Goodall schaute seine Frau Nelle an und sagte bewundernd: »Der Mann ist in Ordnung. Wir sind wirklich gerettet. Und eine Finanzspritze gibt's auch noch obendrauf. Das ist der beste Präsident seit ... seit ...«

»... seit Franklin Roosevelt«, ergänzte Nelle und strahlte über das ganze Gesicht.

Und mein Garten, dachte Juanita Mendez, der wird's vielleicht doch noch überleben. Die Rosenbüsche scheinen sich schon ein bisschen zu erholen.

16.07 Uhr.

Im Weißen Haus war man überrascht über die unfreundliche Reaktion der Welt auf die amerikanische Regenverkaufspolitik. Französische Kommunisten und Gewerkschaftsbosse, deutsche Ökologen und griechische Liberale riefen zum Boykott der amerikanischen Importe auf. Westeuropäische, weißrussische und russische Kommentatoren sprachen von der Arroganz des Weltpolizisten, von der Gier nach noch mehr Dollars, von der Hybris der Macht. Der Vatikan geißelte die Selbstsucht Amerikas und rief den Präsidenten auf brüderlich zu teilen. »Und uns bleibt, wie immer, fast nichts«, sagten Fernsehkommentatoren aus den Maghrebstaaten, aus Ägypten, aus der Türkei – und aus Russland. Nachdenkliche amerikanische Kommentatoren distanzierten sich von der Verkaufspolitik und forderten kostenlose Regenabgabe. Aber ihre Stimmen gingen unter in der Masse der überwältigenden amerikanischen und kanadischen Zustimmung zur nationalen Regenverkaufspolitik.

Die Regierungen aller Länder schwiegen vorerst. Die EU-Staaten beriefen noch für den Abend eine Dringlichkeitssitzung in Brüssel ein.

Noch von der Verkaufspolitik geschockt, sah Elke vom Gang aus der dichter werdenden Reporteransammlung vor dem Haupttor des Pasadena Lab zu. Auch Mike kam aus dem Labor und sagte: »Jetzt geht's rund ...«

»Aber wie kann er *unseren* Regen *verkaufen?*«, fragte Elke unvermittelt und heftig. »Was denkt er sich dabei? Wie ...«

»Tja, Elke«, meinte Mike und versuchte zu lächeln. »Das ist wohl die Kunst der Politik. Offensichtlich ein Kompromiss mit dem Kongress. Die Farmerlobby, die vielen Industrielobbys ... du weißt ja. Ich denke, Cole hat es besonders schwer, als Schwarzer, da muss er erst recht für sein Land eintreten. Bis zum heutigen Tag hat er Außerordentliches geleistet. Man muss seine gesamte Amtsführung zusammennehmen. Bisher eine verdammt gute Bilanz.«

»Ja schon, natürlich. Aber ...«

»Übrigens, Elke, ich hab gerade Nachrichten gehört. Israel hat wieder Teile der Westbank besetzt. Vorwärtsverteidigung, denke ich.«

»Oh, nein.«

»Es kommt noch schlimmer. Du weißt doch – der Antarktisschlepper mit dem Packeis für Saudi-Arabien? Der ist gerade im Indischen Ozean gekapert worden. Man vermutet, der Irak steckt dahinter. Saudi-Arabien hat deswegen eine Dringlichkeitssitzung des UN-Sicherheitsrats gefordert. Die Franzosen stimmen zu, aber nur, wenn die amerikanische Regenverkaufspolitik auch diskutiert wird.«

»Aber Mike, das ist ja schrecklich! Das Ganze hat einen ... einen Schneeballeffekt. Mein Gott. Und wir haben die Lawine losgetreten.«

Mike nahm Elkes Hand in seine. Ihm wurde ganz heiß. Aber Elke war so besorgt, dass sie seine Geste überhaupt nicht registrierte.

21.00 Uhr Moskauer Zeit.

Präsident Grigorij Karenin schwitzte aus allen Poren, trotz der Machtfülle des Präsidenten der Russischen Föderation. Grigorij Karenin stand am Rednerpult der russischen Staatsduma. Von 450 Abgeordneten waren 426 anwesend. Der Präsident wusste, was die hohe Anwesenheitsquote bedeutete.

»Bitte, meine Damen und Herren Abgeordneten, ich bitte um Ruhe«, sagte der Vorsitzende der Staatsduma, Iwan Michailow, verärgert ins Mikrofon. Bitte wiederholen Sie Ihre Frage, Abgeordneter Frundowski.«

Gespannt wartete Karenin, am Rednerpult stehend, auf die Frage, die er tatsächlich nicht verstanden hatte, weil sie im Tumult der Abgeordnetenrufe untergegangen war.

Vladimir Frundowski, Vorsitzender und Abgeordneter der Russischen Mutterlandspartei aus der kleinen Republik Udmurtien, östlich von Moskau, Exgeneral, in Afghanistan ausgezeichnet, war 51 Jahre alt und befand sich – im Gegensatz zum 74-jährigen Präsidenten – auf dem Höhepunkt seiner körperlich-seelischen Verfassung. Instinktiv spürte er die Macht. Nichts anderes interessierte ihn. Der Sohn eines Eisenbahnarbeiters war bis zur Auflösung der Sowjetunion im Jahr 1991 hoher Militär, trat in die rassistisch-antisemitische Pamjat-Bewegung ein, brachte es bis zum Vizeführer, um in einem spektakulären Akt wieder auszutreten, als der Antisemitismus dieser radikalen Partei zu ihrer Ächtung führte. Frundowski erkannte die Gunst der Stunde nach der Verfassungsreform von 1993 und gründete seine eigene Partei. Seine neue Russische Mutterlandspartei milderte die Exzesse der Pamjat-Bewegung. Sie gab sich staatstragend und vereinigte viele Elemente: monarchistisches Gedankengut (indem sie für eine konstitutionelle Monarchie eintrat), faschistische Herrschaftsideen (absolute politische Macht für einen Präsidenten, der völkisch zu handeln habe und Schwarze und Juden zur Auswanderung zwingen müsse), schließlich stalinistische Gebote (Vorherrschaft der Partei, *seiner* Partei, innerhalb der Grenzen der ehemaligen Sowjetunion, die im Volksinteresse die notwendigen Verstaatlichungen durchzuführen habe, zur Not mit Gewalt). »Wir räumen auf!«, lautete Frundowskis Devise. Niemand zweifelte daran, sollte er jemals an die Macht kommen. In den letzten Wahlen erhielt seine Partei 32 % der Wählerstimmen eines seit der großen Wirtschaftskrise von 1998 wirtschaftlich darniederliegenden Volkes. Damit war die Russische Mutterlandspartei zweitstärkste Fraktion nach Karenins Partei des Demokratischen Friedens. »Besser das alte Sowjetsystem als das lasche Friedensgesabbere der Partei des Demokratischen Arschkriechens«, lautete ein Satz, den Frundowski gerne wiederholte – was ihm von Altkommunisten viele Stimmen einbrachte. Frundowski war klein, erstaunlich schlank und ging kerzengerade. Er sagte, was er dachte; scheinbar. Das machte ihn in dürftiger wirtschaftlicher Zeit zum Volkshelden. Ohne das künstliche Lächeln der meisten anderen Politiker aufzusetzen, verstand er es, sich das Image der Vertrauenswürdigkeit zu verleihen.

»Ich frage Sie noch einmal, Präsident Karenin: Was haben Sie getan, um den amerikanischen Präsidenten in der Regenverkaufspolitik umzustimmen?«

Präsident Karenin schluckte.

»Ich habe mit ihm gesprochen und ihm die katastrophale wirtschaftliche Lage unserer Landwirtschaft geschildert, Herr Abgeordneter.«

»Sie haben – höre ich richtig? – Sie haben lediglich mit ihm *gesprochen*?«

»So ist es.«

»Und das Ergebnis?«

»Ich habe mit ihm gesprochen, bevor die Regenverkaufspolitik beschlossen wurde. Ich werde heute wieder mit ihm sprechen.«

»Ihr freundschaftliches Geplapper scheint nicht viel zu nützen, Herr Präsident. Ein ziemlich niederschmetterndes Ergebnis. Wir können nämlich keinen Regen kaufen. Wir sind pleite. Und außerdem empfindet die russische Volksseele das Ansinnen eines Regenkaufs als nationale Demütigung. Herr Präsident: Wenn Sie morgen Vormittag kein anderes Ergebnis vorweisen können, werden wir die Vertrauensfrage stellen.«

»Tun Sie, was Sie nicht lassen können.«

Frundowski setzte sich grinsend. Mit jeder Stunde wuchs seine Machtbasis in der Staatsduma und im Föderationsrat. Immer mehr Abgeordnete liefen zu seinem rechtsmonarchistischen Bündnis über – heimlich oder offen. Nichts hätte Grigorij Karenin klarer sein können. Als er unter Geschrei vom Rednerpult trat, spürte er in der rechten Achselhöhle Schweiß. Er beschloss President Cole sofort anzurufen.

Wieder in seinem Büro, ließ er sich ein halbes Glas Wodka einschenken, überprüfte mechanisch seinen Herzschrittmacher und verlangte eine Verbindung nach Washington.

Präsident Karenin war ein Mensch, der sich immer Sorgen machte. Er machte sich Sorgen, weil er kein Machtpolitiker war. Deshalb hatte ihn seine Partei, die liberale Partei des Demokratischen Friedens, zum Präsidentschaftskandidaten nominiert. Nach den schlechten Erfahrungen mit dem autokratischen Präsidenten Jelzin im letzten Jahrhundert war die außerordentliche Machtfülle des Präsidenten beschnitten worden. Einen Alleinherrscher wollte die Mehrheit der Wähler nicht mehr. Russland sehnte sich nach einem gütigen Großvater, nach einem sorgenden Landesvater. Den bekam das Land in der Person von Grigorij Karenin. Er sorgte sich um das Wohl der Rentner und erhöhte ihre Renten, um das Wohl der überarbeiteten Frauen und reduzierte ihre Arbeitszeit auf 35 Stunden bei vollem Lohnausgleich. Er sorgte sich um das seelische Gleichgewicht der Wodka trinkenden Männer und setzte beispiellose Anti-Alkohol-Kampagnen durch, die von Psychologen geleitet wurden. Ohne sich an die Macht zu drängen war er, ein ehemaliger Grundschullehrer und später Erziehungsminister in der Jelzin-Regierung, prädestiniert für die Herausforderung, die sich ihm beim Amtsantritt stellte: den wirtschaftlichen Umbau Russlands voranzutreiben ohne die soziale Komponente zu vernachlässigen. Klein, dick und glatzköpfig, entsprach er der russischen Seele. Bei seinem Amtsantritt war er ein beliebter Politiker. Er nahm die Menschen Russlands ernst, und das spürten die Wähler. Floskeln kamen nicht über seine Lippen. Deswegen verstand er sich so gut mit President Cole. Sie schenkten einander reinen Wein ein. Grigorij Karenin war – ein Mensch. Mit diesem Pfund wucherte seine Partei, nicht er selbst. Nur eines besaß Karenin nicht: den politischen Instinkt für die Machterhaltung.

Und wenn ich abtreten muss, dachte er, dann trete ich eben ab.

Er seufzte. Das Klingeln seines roten Telefons, das die Verbindung nach Washington anzeigte, schreckte ihn hoch aus seiner Grübelei.

»Oh, hallo, Thomas Georgowitsch, ich muss dringend mit dir sprechen. Wie geht es dir?«

»Hallo, lieber Grigorij Pawlowitsch, danke – gesundheitlich bestens, dir auch – ja?«, fragte President Cole auf Russisch.

»Gesundheitlich geht's gut, die alte Pumpe macht gut mit. Aber politisch, Thomas Georgowitsch, politisch. Du weißt vermutlich, was morgen auf mich zukommt ...«

»Hab's vor fünf Minuten auf CNN gehört, ja. Die Vertrauensabstimmung. Aber die wirst du spielend überstehen, nehmen wir hier an.«

»Eben nicht. Thomas Georgowitsch, mit einem alten Freund rede ich immer offen. Diese Regenverkaufspolitik – das war mehr als unklug. Das ist demütigend und unangebracht. Wenn ich bis morgen kein anderes Gesprächsergebnis vorweisen kann, werde ich meinen Hut nehmen müssen. Frundowski wird einen Großteil meiner eigenen Parteifreunde auf seine Seite gezogen haben. Ich dramatisiere nicht. Deine Politik ist mein Sargnagel, das Tüpfelchen auf dem ›i‹.«

»Aber Grigorij ...«

»Doch, Thomas Georgowitsch, ich mache mir und dir nichts vor. Ich fürchte, dieser verrückte Frundowski wird noch heute Abend seine Mehrheit in der Staatsduma in der Tasche haben.«

»Und die, wie viele waren es noch? 178? Ja, 178 Abgeordnete des Föderationsrats, des Oberhauses. Der Föderationsrat müsste doch erst einem Amtsenthebungsverfahren zustimmen.«

»Das wird er. Im Föderationsrat sieht es für meine liberale Partei noch schlimmer aus.«

President Cole schwieg bestürzt.

»Grigorij Pawlowitsch, dass es so schlimm steht, darüber hat man mich nicht informiert.«

Brent Hofmeyer, der neben dem Telefon stand und sich das Gespräch übersetzen ließ, verriet sich mit keiner Miene. Er dachte an die abertausende kleiner Papierschnipsel, die einmal den dringlichen CIA-Bericht ausgemacht hatten.

»Seit gestern hat sich hier einiges geändert, Thomas Georgowitsch. Frundowskis Hassbotschaft, die die niederen Instinkte anspricht, hat das Fass zum Überlaufen gebracht.«

»Er dramatisiert«, flüsterte Brent Hofmeyer. »Er benützt die Lage als Druckmittel.«

President Cole zuckte mit den Achseln.

»Grigorij Pawlowitsch, kommen wir zum Anfang unseres Gesprächs zurück. Ich muss dir offen sagen, dass diese Regenverkaufspolitik ein Kompromiss ist, mit dem ich nicht glücklich war und bin. Nur so war es möglich, die amerikanische Farmerlobby und zugleich die Opposition im Kongress zu besänftigen. In dieser Sache brauche ich die Demokraten. Ich musste einen nationalen Konsens herbeiführen, und das habe ich erreicht. An diesem Kompromiss darf nicht gerüttelt werden. Es tut mir Leid. Ich kann nicht mehr zurück. Nur eines verspreche ich dir von ganzem Herzen: Im Kongress werde ich mich für überaus niedrige Regengebühren einsetzen. Wir werden die Welt nicht ausbeuten.«

»Oh, Thomas Georgowitsch, das genügt nicht. Man wird mich morgen kreuzigen.«

»Wir sehen das hier nicht so dramatisch.«

Präsident Karenin lachte. »Ist das dein letztes Wort, Thomas?«

»Es tut mir Leid, Grigorij. Ja, das ist mein letztes Wort. Ich habe dem nichts mehr hinzuzufügen.«

»Auf Wiedersehen, mein alter Freund. Dieses eine Mal hast du mich im Stich gelassen. Du wirst morgen Abend einen anderen Gesprächspartner im Kreml vorfinden.«

Er legte auf.

19.00 Uhr kalifornische Zeit.

Director David Erlebacher trat als Erster vor die wartenden Mikrofone. Die Kameras surrten. Blitzlichter blendeten den scheuen Erlebacher, die Reporter riefen durcheinander.

»Um Sie zu besänftigen, meine Damen und Herren

von der Presse: Mein Name ist David Erlebacher. Ich leite die Pasadena Laboratorys. Wie Sie wissen, ist meinen tüchtigen Mitarbeitern der Durchbruch in unserem *Cloud Harnessing Program* gelungen. Meine Mitarbeiter stehen Ihnen für Interviews nicht zur Verfügung, und ich ebenso wenig. Alle Verlautbarungen, die uns betreffen, werden sie von der Pressesprecherin des Weißen Hauses ...«

»... aber die hält dicht!«, rief eine Reporterin.

Gelächter, Geschrei.

»... hören«, fuhr Erlebacher unbeirrt fort. »Wir sind President Cole unmittelbar unterstellt. Nur er hat das Recht, Einzelheiten unseres Programms zu erläutern. Es tut mir wirklich Leid, Sie enttäuschen zu müssen, aber ich habe den Ausführungen des Präsidenten nichts hinzuzufügen.«

Enttäuschte »Ohs« und »Ahs« waren zu hören.

»Mr Erlebacher«, rief eine besonders fixe Reporterin der *Los Angeles Times*. »Mit was bestäuben Sie die Luft?«

»Kein Kommentar.«

»Mr Erlebacher, Sir!«, rief ein anderer Reporter. »Demnach war die versuchte Entführung Ihrer Mitarbeiterin keine Verwechslung mit dem Filmstar Helen Lowe?!«

Man hörte noch Erlebachers »Kein Kommentar«, als Reporter Elke bemerkten, die zusammen mit den Agenten Miller und Donahue versuchte seitlich an der Menschenmenge vorbeizuschleichen.

»Da ist sie, da ist sie!«, schrien viele Stimmen gleichzeitig. Die Presseleute stürzten sich förmlich auf Elke. Mit Mühe gelang es den Agenten, sich einen Weg bis zum Auto zu bahnen. Als Elke endlich im Wagen saß und Agent Miller davonbrauste, dachte Elke: Das ist ja schrecklich. Das darf doch nicht wahr sein.

»Puh«, meinte Miller. »Ich werde Verstärkung anfordern, Ma'am.«

»Danke, Larry, das wird jetzt wohl nötig sein.«

»Ich fürchte, es wird noch schlimmer kommen«, sagte Agent Donahue. »Mal sehen, wie's in 646 Judson Avenue aussieht.«

Er täuschte sich nicht. Elkes Wagen kam nicht in die Einfahrt ihres Hauses. Ihr Haus war von Dutzenden Presseleuten und Paparazzi umgeben. In Begleitung der Agenten rannte Elke quer über den braunen Rasen ins Haus, wo sie von Bob in die Arme genommen wurde.

»Ich sehe schon die Story«, sagte ein zufriedener Paparazzo mit Teleobjektiv. »Zuerst kommt mein Foto, dann steht darunter: ›Und diese schöne Frau, die Regenmacherin, wollte man entführen!‹«

Der Mann neben dem Paparazzo nickte ihm freundlich und aufmunternd zu. Er trug einen gefälschten CBS-Ausweis an der Tasche seines strahlend weißen Hemdes.

DIENSTAG, 27. SEPTEMBER

17.00 Uhr Moskauer Zeit.

»Meine Damen und Herren Abgeordneten, bitte – bitte«, beschwor der Vorsitzende der Staatsduma die Anwesenden. Allmählich ebbte der Tumult ab. Der Vorsitzende der Staatsduma, Iwan Michailow, wartete noch ein paar Sekunden, ehe er den Satz aussprach, der ihm schwer über die Lippen kam: »Wir gelangen jetzt zur Vertrauensabstimmung über den Präsidenten der Russischen Föderation, Grigorij Karenin. Falls der Präsident der Russischen Föderation Ihr Vertrauen besitzt, drücken Sie bitte auf ›Ja‹. Falls der Präsident der Russischen Föderation Ihr Vertrauen nicht besitzt, drücken Sie bitte auf ›Nein‹. Beginnen Sie – jetzt.«

Auf der Tribüne vor dem russischen Parlament sitzend, warf Präsident Karenin noch einen Blick auf seinen jungen Premierminister Pjotr Michailow, Sohn des Vorsitzenden der Staatsduma. Der junge Politiker, ein fähiger Wirtschaftsexperte, versuchte dem Präsidenten aufmunternd zuzulächeln. Aber das Lächeln geriet schief.

Ein junges und bedeutendes Talent, dachte Präsident Karenin, und nun erwischt es dich und meine ganze Mannschaft gleich mit. Jetzt, dachte er besorgt, kommt das Ende. Was soll's – ich bin alt genug, ich kann abtreten. Aber Russland? Dieser Wahnsinnige, dieser Frundowski wird uns vom Regen in die Traufe führen, in null Komma nichts.

Mechanisch legte er seine rechte Handfläche auf seinen Herzschrittmacher. Sein Herz schlug ein wenig höher, nur ein wenig.

Wäre das nicht ein Witz?, dachte er. Wenn ich jetzt zusammenklappen würde, jetzt tot wäre. Das wäre ein Triumph ohnegleichen für diesen kleinen Hitler. Nein, nein, nein! Den Gefallen tue ich ihm nicht, dem Hund, dieser Hyäne.

Sein müdes Herz beruhigte sich. Karenin blickte auf und schaute besonnen, beinahe herausfordernd in die Runde.

Ich werde mit Würde untergehen, sagte sich Karenin. Es bleibt mir sowieso nichts anderes übrig. Ich muss und ich kann.

»Ich verkünde jetzt das Ergebnis der Misstrauensabstimmung der Staatsduma an diesem 27. September«, sagte der Vorsitzende der Duma mit Unbehagen.

Seine Worte gingen unter im Tumult, als die großen roten Buchstaben am Kopfende der Duma auf der Abstimmungstafel aufleuchteten. Präsident Karenin schaute unverwandt geradeaus; er war sich zu schade, um auch nur den Kopf zu wenden, damit er die elektronische Tafel ablesen konnte.

Der Vorsitzende sagte. »Von insgesamt 450 Abgeordneten waren 443 anwesend. Damit ist die Abstimmung gültig. Ihr Misstrauen gegen den Präsidenten der Russischen Föderation haben davon 391 Abgeordnete, ihr Vertrauen 52 Abgeordnete ausgesprochen. Nachdem der Föderationsrat vor einer Stunde mit 152 : 26 ebenfalls sein Misstrauen ausgesprochen hat, ist der Präsident der Russischen Föderation und somit seine gesamte Regierung amtsenthoben.« Die Stimme des Dumavorsitzenden zitterte bei diesen Worten. Die Karriere seines Sohnes war ebenfalls zu Ende. »Der Präsident wird gebeten sein Büro sofort zu räumen und ...«

Präsident Karenin stand auf, und mit ihm sein junger Premierminister. Wortlos verließen sie den Saal.

Das Gejohle in der Duma wollte nicht enden. Frundowski konnte sich kaum retten vor Glückwünschen. Parteifreunde umarmten ihn nach russischer Sitte; plötzlich waren sieben, acht, zehn riesige Blumensträuße da, die dem kleinen Frundowski in die Hand gedrückt wurden.

Fünf Minuten später wurde er zum Interimspräsidenten bis zu den nächsten Duma-Wahlen, die zwei Monate später stattfinden sollten, ernannt. Diese Abstimmung fiel ebenfalls 391 : 52 aus.

In seiner kurzen Ansprache an die Abgeordneten versprach er nur eines, und er hielt sein Versprechen: »Ich werde sofort handeln, meine Damen und Herren Abgeordnete. Ich werde den amerikanischen Präsidenten in die Knie zwingen und uns Regenwasser im Überfluss bescheren. Das schwöre ich bei meiner russischen Seele!«

Die Abgeordneten jubelten.

Eine Viertelstunde später bestätigte der Föderationsrat die Ernennung Vladimir Frundowskis zum Staatspräsidenten der Russischen Föderation bis zu den nächsten allgemeinen Wahlen.

Als der abgesetzte Präsident sein riesiges Büro betrat, war die Palastgarde bereits dabei, seine Akten und Papiere, seine Füller und alle seine Habseligkeiten einzupacken. Sie salutierten kurz und machten sich schweigend wieder an die Arbeit. Karenin hörte, wie emsige Putzfrauen das Bad putzten – für seinen Nachfolger.

Er blieb ernüchtert stehen. Dann winkte er ein letztes Mal seinen Fahrer herbei und sagte leise: »Juri, bitte zu meiner Privatdatscha.«

Zwanzig Minuten später stand Präsident Frundowski auf der Schwelle zu seinem neuen Amtsbüro. Er blickte umher und grinste. Er hatte noch nicht einmal die Zeit gehabt einen Premierminister zu ernennen.

Der Premierminister bin vorerst ich, dachte er. Ich mache alles, ich, ich, ich. Ich weiß, was ich tue. Keine Stunde im Amt und schon gibt's Taten – endlich. Jetzt kommt Russland, du amerikanischer Hundsfott. Jetzt komme ich!

Er rief nach einem Dolmetscher und ließ sich nach Washington durchstellen. Sein treuer Adjutant und kräftig gebauter Leibwächter, der auch Vladimir hieß, stand in Habachtstellung hinter ihm.

Kaum hatte sich Frundowski gesetzt, klingelte das rote Telefon. Frundowski nahm ab.

»Spreche ich mit Vladimir Frundowski?«, sagte die bestürzte Stimme von President Cole. »Wir hörten soeben von Ihrer Wahl zum Interimspräsidenten der ...«

»Hier spricht Präsident Frundowski. Ich stelle klar, Mr Cole: Mit meinem Amtsantritt hat sich etwas in der Weltgeschichte geändert. Sie und Ihr Land haben der neuen russischen Volksgemeinschaft kein Diktat mehr aufzuzwingen. Ist das klar?« Ohne eine Antwort abzuwarten fuhr er fort: »Wir hätten gerne gute Beziehungen mit den USA gehabt. Aber durch Ihre für uns demütigende Forderung, jeden sechsten Großniederschlag zu kaufen, haben Sie mich zu Ihrem Feind gemacht. Ich verlange, dass Sie Ihre Regenverkaufspolitik bedingungslos zurücknehmen und einen Regenvertrag mit uns aushandeln. Habe ich mich deutlich genug ausgedrückt?«

President Cole schwieg. Brent Hofmeyer ließ sich die letzten Sätze übersetzen. Er holte Luft, um etwas zu sagen, aber President Cole winkte ab. Er hatte sich wieder gefasst.

»Mr Cole?«

»Mr Frundowski, ich höre sie gut. Die Regenverkaufspolitik unseres Landes stellt einen Kompromiss dar zwischen mir, der Exekutive, und dem Kongress. Bedenken Sie auch bitte die enormen Forschungskosten, die diese Administration in die Regenerzeugung gesteckt hat. Die Verkaufspolitik scheint mir nicht ungerecht. Der Endpreis wird sich auf einem für Ihr Land angemessenen Niveau ...«

»Sie verstehen mich nicht, amerikanischer Präsident. Es geht nicht um die Summe. Ihre Vorgänger haben uns im Kalten Krieg gedemütigt. Nach dem Ende der Sowjetzeit haben Sie uns wirtschaftlich gedemütigt und uns alle Kredite aufgekündigt. An unserer Wirtschaftskrise von 1998 ist Ihr Land schuld. Nein, nein, amerikanischer Präsident: Noch einmal passiert uns das nicht. Sie werden Ihre Regenverkaufspolitik sofort und bedingungslos zurücknehmen.«

President Cole schüttelte den Kopf. »Eines habe ich als alter Soldat gelernt, Mr Frundowski: Man nimmt nichts zurück. Das müssten Sie als dekorierter Afghanistankämpfer wissen. Sie sind doch auch ein alter Soldat, nicht wahr?«

»Kommen Sie mir nicht mit dem Schwindel: von Soldat zu Soldat. Das verfängt bei mir nicht. Ich frage Sie ein letztes Mal, amerikanischer Präsident: Werden Sie Ihre Regenverkaufspolitik zurücknehmen oder nicht?«

»Nein, natürlich nicht. Die Regenverkaufspolitik findet breite Zustimmung in diesem Land. Ich bin Präsident aller Amerikanerinnen und Amerikaner ...«

»Und ich bin der neue Präsident aller Russen!«, schrie Frundowski ins Telefon. »Ihre Politik bedeutet Krieg!«

»Wie bitte?«

»Hör jetzt genau zu, schwarzer amerikanischer Präsident«, betonte Frundowski, nun wieder mit ruhiger und eiskalter Stimme. »Ich gebe dir bis – bis – 8 Uhr

Washingtoner Zeit am Donnerstag, dem – 29. September, um uns die Wolkenformel zu überreichen. Geschieht das nicht, werde ich mit der russischen Nuklearstreitmacht dein reiches Land vernichten. Vernichten!«

»Mr Frundowski! Sind Sie von allen guten Geistern ...«

»So redet kein Schwarzer mit mir! Für alle begriffsstutzigen Schwarzen wiederhole ich: Etwas weniger als 48 Stunden, bis Donnerstag, den 29. September, übermorgen, 8 Uhr deine Zeit in Washington! Entweder die Formel – oder ein sofortiger Nuklearschlag!«

»Aber Mr Frundowski ...!«

Frundowski legte auf. Er grinste seinen Adjutanten an und sagte: »So! So macht man Politik!«

11.45 Uhr Washingtoner Zeit.

Erschüttert und überaus langsam legte President Cole den Hörer des roten Telefons auf. Brent Hofmeyer schwieg und dachte: Soll ich mich freuen oder habe ich meinen Auftrag übererfüllt?

Zur Dolmetscherin sagte der Präsident müde; »Joy, bitte bestätigen Sie, ob ich auf Russisch richtig gehört habe.«

Nach einer Minute wusste der Präsident Bescheid.

»Ich habe also korrekt verstanden. Tja, Brent, was tun? Wie Lenin einmal schrieb.«

»Die russische Botschaft ...«

»Ja natürlich. Lassen sie den russischen Botschafter erst einmal vorladen. Wir brauchen schriftliche Bestätigung.«

Sofort rief Brent Hofmeyer die russische Botschaft an. Eine Minute später legte er auf.

»Der russische Botschafter ist geschasst worden.«

»Hm«, meinte der Präsident. »Der Mann arbeitet schnell. Das muss man ihm lassen. Zu schnell.«

Das Telefon läutete. Brent nahm augenblicklich ab und sagte nur: »Ist gut. Er soll sofort kommen.« Langsam legte er wieder auf.

Zum Präsidenten sagte er ernst: »Es war die russische Botschaft. Der neue russische Botschafter möchte uns eine dringende Note seiner Regierung überbringen.«

»Hm«, sagte President Cole. »Möchte wissen, wo der Frundowski in einer Minute einen neuen kompetenten Botschafter herzaubert.«

Brent Hofmeyer zuckte mit den Schultern.

Wenige Minuten zuvor war der neue Botschafter noch Attaché für russisch-amerikanische Sportereignisse gewesen; ein Frundowski-Mann mit Haut und Haaren. Der drahtige, braun gebrannte junge Mann, der noch nicht einmal die Zeit gehabt hatte eine Krawatte umzubinden, erschien zwanzig Minuten später im Jogginganzug im Weißen Haus. Mit keiner Miene verriet er die Bedeutung des Schreibens, das er in Händen hielt. Ohne zu lächeln, wortlos, überreichte er dem Präsidenten das Schreiben. Der überflog es und sagte zu Brent Hofmeyer: »Wir haben richtig gehört.« Und zu dem jungen Mann gewandt: »Sie wissen vom Inhalt dieses Schreibens?«

»Natürlich, Mr President.«

»Glauben Sie nicht, dass Ihr neuer Interimspräsident ein bisschen zu weit geht, Herr Botschafter?«

»Ich habe keine Meinung. Ich gehorche meiner Regierung.«

»Aha, aha«, meinte der Präsident. »Ich verstehe. Nun gut, zumindest für den Augenblick. Bitte berichten Sie Ihrem – Ihrem Präsidenten, dass wir sein Schreiben mit Bedauern zur Kenntnis nehmen. Ich denke, er weiß nicht, was er tut. Berichten Sie, dass sich an meiner Meinung nichts geändert hat. Es bleibt bei der Regenverkaufspolitik. Wir werden angemessen auf diese aberwitzige Note antworten. Angemessen.«

Der junge Botschafter nickte, machte militärisch kehrt und entfernte sich mit überlangen Schritten. President Cole war aufgestanden und sah ihm kopfschüttelnd nach.

»Ich kann es nicht glauben, Brent, ich kann es nicht glauben.«

»Wir müssen es glauben, Mr President.«

»Mit diesem Roboter von Frundowskis Gnaden können wir nicht einmal, wie es Usus ist, diplomatisch verhandeln. – Nun ja. Ich gehe zunächst davon aus: Frundowski ist ein Irrer. Er wirft uns bedenkenlos in die Zeit des Kalten Krieges zurück, weil er gar keine Skrupel besitzt. Er riskiert alles. Doch wir legen die Hände nicht in den Schoß. Wir handeln sofort. Lassen Sie – lassen Sie im Konferenzraum des Nationalen Sicherheitsrats hier die Joint Chiefs of Staff, die Oberbefehlshaber aller Streitkräfte, den Verteidigungsminister, den Vizeaußenminister, mal überlegen – den FBI- und CIA-Chef zusammenrufen, die Vizepräsidentin, Sie natürlich. Noch jemand?«

»Am besten noch den Chef der Nationalen Militärischen Befehlszentrale im Pentagon.«

»Ja richtig. Und Mr Shapiro soll umgehend aus Israel zurückfliegen.«

Brent Hofmeyer nickte. Wenn ich das nur verzögern könnte, dachte er. Aber das fällt auf. Nein. Soll der alte Shapiro zurückkommen. Wird ohnehin zu spät sein. Die Weichen werden heute gestellt!

Nur mühsam konnte er ein Lächeln verbergen, als er zum Telefonhörer griff.

»Wann soll ich sie alle bestellen?«

»In«, der Präsident schaute auf die Uhr, »sagen wir in einer Stunde. Höchste Dringlichkeit, klar.«

»Klar.«

»Ach, und Brent. Ich möchte bis heute Abend ein Psychoporträt von der CIA über Frundowski vorliegen haben.«

»Ich sorge dafür.«

12.00 Uhr Pasadena.

Nach dem Duschen und Rasieren zog Chris Mason sein weißes Hemd und eine beige Sommerhose an. Mit seinen Beobachtungen war er zufrieden. Er kannte den Weg der Personen, denen er folgen würde, kannte jede Ampel und jedes Eckchen in der Gegend, durch die er fahren würde. Zur Sicherheit hatte er auch Fluchtwege ausgekundschaftet; für alle Fälle. Eine Pleite wie beim letzten Mal würde ihm nicht noch einmal passieren. Jetzt war er allein, hatte alles, aber auch alles unter Kontrolle.

Er überprüfte zum letzten Mal die Essensvorräte, die Schlösser an den Türen seines abgelegenen Wochenendhauses. Dann ließ er sich neben seinem Bett auf die Knie fallen und faltete die Hände.

Herr, betete er, was ich jetzt tue, geschieht zum Besten dieser deiner Welt. Wir müssen aufräumen mit den Gotteslästerern, den Abtreibungsärzten, denjenigen, die am Wetter deines einst göttlichen Planeten herumpfuschen. Dass wir, deine treuesten Diener, nun zu diesen Mitteln greifen müssen, beweist, wie unerträglich die Situation in diesem Land geworden ist. Dein Wille geschehe, Herr. Amen.

Er setzte sich in seinen Wagen, einen gestohlenen Lincoln. Ein letztes Mal überprüfte er seine Waffe, die er neben sich auf den Sitz legte. Es war eine 44er-Magnum.

13.00 Uhr Washington.

In knappen, beinahe militärisch harten Worten umriss der Präsident die Situation. In der Kommandozentrale des Nationalen Sicherheitsrats im Untergeschoss des Westflügels im Weißen Haus hätte man eine Stecknadel fallen hören können.

»So wie ich es sehe«, schloss der Präsident seine kleine Ansprache, »müssen wir erst einmal überlegen, welche Optionen gegeben sind, ehe wir den nationalen Alarmzustand ausrufen. Geben wir uns maximal zwei Stunden. Danach, falls wir den militärischen Weg einschlagen, möchte ich den genauen Zustand unserer atomaren Bereitschaft erfahren.«

Der Präsident hatte seine Fassung wiedergewonnen.

Die Vizepräsidentin ergriff als Erste das Wort. »Wir könnten natürlich nochmals versuchen, Frundowski umzustimmen, Jeff, nachdem wir CIA-Psychologen zu Rate gezogen haben.«

»Das werden wir auch, Mary. Aber ich gebe uns keinerlei Chance einen – einen Wahnsinnigen wie ihn zur Vernunft zu bringen ...«

Das abhörsichere Telefon läutete. Brent Hofmeyer nahm ab, während alle anderen erwartungsvoll, noch geschockt von den Worten des Präsidenten, zuhörten.

»Ich verstehe«, sagte Brent und wandte sich an die Versammelten. »Mr President, Vizepräsidentin, meine Herren. Unsere Satellitenüberwachung meldet verstärkte Aktivität bei allen russischen Raketenbasen sowie bei der U-Boot-Flotte in Murmansk und Wladiwostok.«

»Mit anderen Worten: Sie machen sich bereit. Bald werden sie ihre SS-19-, SS-24- und SS-25-ICBMs neu programmieren. Also können wir den Kerl nicht mehr umstimmen«, sagte der Präsident enttäuscht. »Option Nummer 1 ist bereits gescheitert. Aber warten wir erst genauere Berichte ab. In den nächsten Minuten können wir uns weitere Optionen überlegen. Brent, ja?«

»Sie werden es nicht gerne hören, Mr President – aber wir könnten den Wahnsinnigen ausschalten ...«

»Sie meinen umbringen? Ein Attentat? Abgesehen davon, dass wir kaum an den Kerl herankommen werden, möchte ich nicht der erste Präsident sein, der den Befehl zu einem Staatsattentat gibt. Der Exekutivbefehl Nummer ... Nummer 12333 meines Vorgängers schließt jedes Staatsattentat und jede Beteiligung an einem Attentat durch die amerikanische Regierung aus. Ich halte mich an diesen Exekutivbefehl. Nein, Brent: Kommt nicht infrage.«

Steven Ford, der Vizeaußenminister, meldete sich zu Wort: »Ich glaube, ich spreche im Namen von Mr Shapiro, wenn ich sage: Wir könnten die Regenverkaufspolitik zurücknehmen und jeden dritten oder vierten Großniederschlag in die GUS-Staaten schicken. Wir könnten das mit der gefahrvollen internationalen Lage begründen, uns als vernünftige, verantwortungsvolle Regierung hinstellen im Kontrast zu dem Faschisten im Kreml.«

»Also wieder ein München 1938?«, schoss es aus Brent Hofmeyer heraus. »Klein beigeben? Ist es das, was Sie und Mr Shapiro wollen? Einen gewaltigen Rückzieher machen, ja?«

»Keinen Rückzieher, Mr Hofmeyer«, antwortete der Vizeaußenminister gereizt, »sondern verantwortungsvolle Politik.«

»Bitte, bitte, meine Herren«, sagte der Präsident ruhig. »Es gilt hier, alle Optionen abzuwägen. Ich gehe davon aus, dass der neue russische Präsident es nicht bis zum Äußersten kommen lassen wird. Insofern bräuchten wir zum jetzigen Zeitpunkt noch nicht an eine Revision der Regenverkaufspolitik zu denken. In diesem Punkt haben Sie Recht, Brent: Man darf Größenwahnsinnigen niemals nachgeben. Das wäre nur ein Anfang. Ich bin dagegen, Mr Ford. Zumindest unter den jetzigen Bedingungen. Wir werden nun die Offensive übernehmen und uns militärisch schützen, den ersten konkreten Schritt unternehmen, unsere Macht zeigen, sozusagen mit dem Säbel rasseln, um dem – dem Kerl die Grenzen seiner Macht zu zeigen. Sogar Hitler war immer erstaunlich einsichtig, wenn man ihn militärisch in seine Schranken wies, was leider allzu spät geschah. Wir bleiben also vorerst bei unserer ablehnenden Politik. Von welcher Seite droht unserem Land die größte Gefahr?«

Admiral Schmitt, Vorsitzender des obersten militärischen Rats, des Joint Chief of Staff und zugleich Oberbefehlshaber aller Seestreitkräfte, ergriff das Wort und sagte, ohne auch nur nachdenken zu müssen: »Von See aus, Mr President. Ein russisches U-Boot der Yankee-Klasse im Nordatlantik oder gar vor unserer Küste gäbe uns eine Vorwarnzeit von genau acht Minuten – oder weniger.«

»Acht Minuten?«, fragte der Präsident ungläubig. Und als der Admiral nickte, fuhr der Präsident fort: »Also acht Minuten. Damit wären wir noch leichter von Frundowski erpressbar, als ich befürchtet hatte. Hm. Und, Admiral Schmitt, ist zurzeit ein russisches Yankee-U-Boot im Nordatlantik?«

»Ja, Mr President. Ein einziges. Der Pazifikraum ist zurzeit ganz frei. Alle russischen U-Boote der Delta- und Yankee-Klasse liegen in Murmansk und Wladiwostock fest vor Anker. Schätzungsweise nur 10% von ihnen sind überhaupt einsatzfähig – mit anderen Worten: 4–5 nukleartaktisch einsetzbare U-Boote.«

»Aha. Dann sollten wir dafür sorgen, dass die U-Boote Murmansk und Wladiwostok nicht verlassen. Lässt sich das machen, Maurice?«

Maurice Dixon, der übergewichtige Verteidigungsminister, war ein ganz und gar unmilitanter Mann, der am liebsten auf seiner Heimorgel spielte. Mit dem Präsidenten verstand er sich gut, sie galten in Regierungskreisen als »Freunde« und vertrauten einander vollkommen. Der Verteidigungsminister hielt sich gerne im Hintergrund, ergriff aber energisch das Ruder, wenn er Not am Mann sah. Die Notsituation war nun eingetreten.

»Nun Jeff, von unseren 22 Trident-U-Booten sind 15, vielleicht 18 gerade einsatzfähig. Bezüglich der genauen Ortung der U-Boote bin ich im Augenblick überfragt. Aber im Prinzip wäre es leicht, zwei russische Häfen innerhalb von Stunden abzuriegeln. Um sicherzugehen, sollten wir übrigens auch den Bosporus und die Gibraltarenge von der Sechsten Flotte abriegeln lassen, vielleicht mithilfe der Royal Navy. Die gesamte russische Schwarzmeerflotte wäre damit neutralisiert, ohne einen Schuss abzufeuern.«

»Dann tun wir das alles, und zwar sofort. Danke, Maurice. Bitte erteile den Befehl. Ich gehe von Ihrem Einverständnis aus, Generäle, Mary, Admiral Schmitt? – Danke. – Nun etwas Schwierigeres: das russische U-Boot vor unserer Küste. Die unmittelbarste Gefahr. Ich bitte um Vorschläge. Admiral.«

»Zwei Trident-U-Boote patrouillieren vor der amerikanischen Ostküste, die U.S.S. Thomas Jefferson und die U.S.S. General Grant. Sie könnten das russische U-Boot der Yankee-Klasse leicht ausschalten.«

»Ausschalten? Was meinen Sie mit ›ausschalten‹, Admiral Schmitt?«

»Es gibt nur einen Weg, ein U-Boot auszuschalten, Mr President.«

»Admiral, das ist ein kriegerischer Akt …«

»Vielleicht wäre dieser isolierte Akt genau die richtige Antwort auf den Größenwahn des russischen Möchtegern-Hitlers«, unterbrach Brent Hofmeyer den Präsidenten. »Im U-Boot-Krieg ist ein Angriff etwas anderes als auf dem Land. Ein U-Boot verschwindet. Lautlos. Na und? Wer weiß davon, tief unten im Meer? Nur der Kreml erfährt davon. Frundowski wird sich hüten den Verlust an die große Glocke zu hängen. Das wäre seine erste Niederlage. Er wird den Wink verstehen, nur er. Mr President, er *braucht* diesen Wink! Das wissen Sie so gut wie ich. Damit könnten wir die Krise womöglich beenden, sofort beenden.«

»Brent, wenn ich diesen Befehl gebe, verurteile ich 150 unschuldige Russen zum Tode. Bedenken Sie das bitte.«

»Ich habe es bedacht, Mr President. Wir müssen den Weltkrieg verhindern. Es führt kein anderer Weg daran vorbei.«

»Sehen Sie das auch so, Mary, meine Herren?«

Das abhörsichere Telefon zum Pentagon läutete. Die Vizepräsidentin, Mary Galsworthy, nahm ab und erbleichte.

»Jeff, meine Herren«, sagte sie nach dem Auflegen, »alle russischen Streitkräfte sind in höchste Alarmbereitschaft versetzt worden. Die CIA meldet die Reprogrammierung der russischen Atomraketen.«

Alle schwiegen betreten.

Nach einer nur halbstündigen Debatte, in der der Vizeaußenminister aufgrund der neuen CIA-Meldung klein beigeben musste, war die Entscheidung gefallen.

»Maurice, löse bitte sofort ›Geronimo‹ aus und informiere unsere Verbündeten«, sagte der Präsident entschlossen zum Verteidigungsminister. »›Geronimo‹ für alle Streitkräfte. Zeitgleich geben Sie, Admiral, der U.S.S. Grant und der U.S.S. Jefferson den Befehl das russische U-Boot der Yankee-Klasse zu versenken.«

Er stand rasch auf. »Ich werde in einer nationalen Ansprache dem Volk die Lage erklären, dabei aber mit keiner Silbe auf das russische U-Boot eingehen. Die – Ausschaltung des U-Boots bleibt vorerst geheim. – Wir treffen uns heute Abend wieder, Mary, meine Herren, hier um 20 Uhr, um die Lage zu besprechen. Maurice, Admiral, alles Nötige möge ohne Verzögerung veranlasst werden.«

Der Verteidigungsminister und Admiral Schmitt nickten und eilten aus dem Raum.

In den nächsten Minuten setzte sich die gewaltigste Streitmacht, die es jemals gegeben hatte, in Bewegung: 50 noch verbliebene, aber umgerüstete alte B-52-Bomber mit Luft-Boden-Raketen, den Air Launched Cruisemissiles (ALCMs), 100 B-1B-Bomber mit Atombomben, 140 Stealth-Bomber, die selbst in 1000m Höhe über Moskau vom russischen Radar nicht erfassbar wären, 15–20 Trident U-Boote mit atomaren Gefechtsköpfen an Bord, den D-5 SLBMs (Sea Launched Ballistic Missiles), die jedes Ziel in Russland auf 100 Meter genau treffen konnten – inklusive landgestützte Raketenbasen, die man »gehärtet« nannte. Die gut bestückte, treffsichere und stets einsatzbereite amerikanische Tiefseeflotte war Amerikas tödlichste Waffe. Russlands veraltete und reduzierte Marine hatte dieser Macht nichts entgegenzusetzen. Darüber hinaus verfügten die amerikanischen Lenkwaffen-Zerstörer und Kreuzer durch Cruisemissiles, die nun atomare Gefechtsköpfe erhielten, über eine ungeheure Flexibilität. Die beiden Flugzeugträger, die U.S.S. Washington der sechsten Flotte im Mittelmeer mit 50 Jagdbombern und die U.S.S. Nimitz der Fünften Flotte im Persischen Golf mit 85 Jagdbombern, wurden gefechtsklar gemacht, ebenso die gesamte Siebte Flotte im Pazifikraum.

Ein Wort des Verteidigungsministers hatte genügt: »Geronimo«, sagte er ins Telefon, als ein Major Williams der Nationalen Militärischen Befehlszentrale abnahm. Maurice Dixon sprach über eine abhörsichere Leitung und nannte nicht einmal seinen Namen. Major Williams zögerte nur für den Bruchteil einer Sekunde. Dann schoss es aus ihm heraus: »Yes Sir!« und er gab den Code in seinen Computer ein, während der Verteidigungsminister wortlos auflegte. »Geronimo« war der Code für die höchste nationale Alarmstufe aller Streitkräfte. Dieser Anruf setzte automatisch die Reprogrammierung aller Minuteman-, Midgetman- und MX-Raketen im ganzen Land in Gang. Ihr Ziel: Russland. Alle Cruisemissiles wurden innerhalb weniger Stunden auf verschiedene Ziele in Russland programmiert. Die konventionellen Nato-Bodenstreitkräfte versetzte man in höchste Alarmbereitschaft, indem bis zum Abend sieben Panzerdivisionen an der deutschen Ostgrenze aufmarschierten, wo sie sich mit polnischen und tschechischen Streitkräften vereinigten.

Einhundert Sekunden, nachdem die Bordcomputer auf der U.S.S. Grant und der U.S.S. Jefferson die Funksprüche des Pentagon entschlüsselt hatten, lag derselbe Befehl auf den kleinen Schreibtischen der beiden Kapitäne. Dreißig Sekunden später funkten die beiden U-Boote zurück: »Befehl verstanden. Wird ausgeführt. Vessel in DEFCON – das Schiff ist gefechtsklar.«

General Evans, Oberbefehlshaber der Luftstreitkräfte

im Strategic Air Command, fasste sich an die Stirn, als er den Befehl der höchsten nationalen Verteidigungsstufe erhielt. Er traute seinen Augen kaum, als er auf dem Monitor las: »Geronimo. Dies ist keine Übung.« Sofort setzte er eine Luftstreitmacht in Gang, deren geballte Kraft selbst ihm den Atem nahm; Dutzende von B-52-, Stealth- und B1-B-Bombern stiegen innerhalb von Minuten auf. Acht der allerneuesten F-30-Jagdbomberstaffeln waren bereits im Nordatlantik- und Pazifikraum in der Luft. Und das war nur die erste Bereitschaftswelle.

Nach der Unterzeichnung des START-II-Abkommens von 1992 durch die Präsidenten Bush und Jelzin verfügten die USA noch immer über 3500 atomare Gefechtsköpfe, genauso viel wie Russland. Mit dem Unterschied, dass sich die russischen Gefechtsköpfe auf bodengestützte Raketenbasen, die zum Teil nicht mehr funktionabel waren, und auf veraltete Langstreckenbomber der Blackjack- und Bären-Klasse verteilten – die zu langsam waren, um für das weit entfernte Amerika eine Bedrohung darzustellen.

Mit der Abriegelung der russischen Atom-U-Boothäfen hatte President Cole die unmittelbarste Gefahr für die USA und die Speerspitze der russischen Marine ausgeschaltet.

Kurz bevor er um 16 Uhr vor die Fernsehkameras trat, um der Nation die höchste Alarmstufe bekannt zu geben, läutete das abhörsichere Telefon, das mit dem Pentagon verbunden war. Brent Hofmeyer war sofort zur Stelle und nahm ab: »Ja, ja, ja – er ist hier, ja, sehr gut. Vielen Dank, Mr Dixon.«

Er legte auf und berichtete: »Der Verteidigungsminister meldet, die U.S.S. Jefferson habe das russische U-Boot um 15.52 Uhr 340 Seemeilen OSO von Cape Cod versenkt. Nach dem Schiffsschraubenmuster zu urteilen ist – war es die *Juri Gagarin*.«

President Cole unterdrückte einen Ausruf. Er nickte und senkte den Kopf.

15.35 Uhr Pasadena.

»Hola, meine lieben Kinder«, rief Juanita Mendez und nahm Susan in die Arme. Seit er in die zweite Klasse ging, wollte Andy nicht mehr gedrückt werden.

»Also, Señor Harrington junior«, lächelte Juanita mit gespieltem Ernst. »Bitte erzählen Sie mir von Ihrem aufregenden Schultag, Señor.«

»Nein, nein«, rief Susan dazwischen. »Ich zuerst, bitte, liebe, liebe Juanita, ja?«

»Ein Cowboy lässt der jungen Dame den Vortritt, nicht wahr?«, fragte Juanita. »Sie ist ja auch noch im Kindergarten.«

»Si, hombre«, meinte Andy ernst.

»*Señora*, Señora ist das richtige Wort. *Du* bist der ›hombre‹, hombre. Na, euch bring ich noch perfektes Spanisch bei. Da wird eure Mutter, die gute Señora, aber staunen, was? Wenigstens eine Sache auf der Welt, die sie nicht kann. So, und jetzt ab nach Hause. Mr Jim wartet schon.«

»Hallo, Jim«, begrüßten die Kinder Jim Donahue, der sich sogleich ans Lenkrad setzte und den Motor anließ. Dann stiegen die Kinder und Juanita hinten ein und begannen sich laut und fröhlich miteinander zu unterhalten. Agent Jim Donahue nahm regen Anteil an der Konversation, verlor das Umfeld aber nicht aus den Augen. Andy erzählte gerade von einem Streich, den sie einer Lehrerin gespielt hatten, als Jim Donahue an einer

Ampel anhielt und den Kopf nach hinten wandte, um Andys Erzählung zu lauschen. Daher bemerkte er den schwarzen Lincoln nicht, der fast lautlos neben seinem Dienstwagen stoppte. Chris Mason stieg unbemerkt aus, öffnete mit geübtem Griff den Kofferraum und entsicherte seine Waffe. Er richtete den langen, mit einem Schalldämpfer versehenen Lauf auf Agent Donahues Schläfe. Jim bemerkte die Waffe zu spät. Er machte nur eine einzige schnelle Bewegung zu seinem Schulterholster. Mason hatte bereits zweimal abgedrückt. Jim Donahues Oberkörper wurde durch die Wucht des Aufpralls nach rechts auf den Beifahrersitz geworfen. Mason beugte sich in den Wagen, der einen kurzen Satz machte und dann stehen blieb. Juanita Mendez hatte gar keine Zeit aufzuschreien. Urplötzlich, mitten in der drolligen Erzählung Andys, sah sie einen Pistolenlauf auf ihr Gesicht gerichtet. Ehe sie etwas verstand, machte es »pock«. Sie schnellte zuerst nach hinten und dann nach vorne, mit einem großen roten Loch in der Stirn, direkt zwischen den Augen. Starr vor Schreck, ohne selbst aufschreien zu können in dem Entsetzen, das sie nicht begriffen, wurden die Kinder widerstandslos aus dem Wagen gezerrt und in den Kofferraum des Lincoln gestoßen. Der Kofferraumdeckel schloss sich sofort über ihnen; Dunkelheit. Mason steckte die Waffe ein, setzte sich auf den Fahrersitz und brauste davon, ohne dass ihn irgendjemand aufhielt. Zu dieser heißen Tageszeit war kaum jemand auf der Straße. Der Lincoln verschwand um die Ecke.

Erst eine Viertelstunde später wurde der Vorfall der Polizei in Pasadena gemeldet.

16.10 Uhr Pasadena.

Solange sie lebte, sollte Elke Harrington an die Nachmittagsstunden des 27. September mit Schaudern, ja mit Entsetzen zurückdenken. In diesen Nachmittagsstunden vermeinte sie einen apokalyptischen Reiter nach dem anderen zu hören, der ohne Gnade auf sie zu galoppierte, in einer Angriffswelle nach der anderen. Diese teuflischen Reiter, so schien es ihr, wischten innerhalb von Minuten ihr ganzes, jahrelang währendes Glück hinweg. Zuerst nur voller Angst, am Schluss des Nachmittags in heller Panik, wiederholte sie, ohne dass ihr dies bewusst wurde, für sich einen einzigen Satz: Das macht bescheiden. Das macht bescheiden.

Es begann mit den Nachmittagsnachrichten: Trotz der Vermittlungsbemühungen von Außenminister Shapiro drohte an der israelischen Ostgrenze ein Krieg auf breiter Front auszubrechen. Der Eisschlepper, der für Saudi-Arabien bestimmt war und der im Indischen Ozean gekapert worden war, tauchte im irakischen Hafen Basra auf. Der Irak war also der Pirat, und Saudi-Arabien konnte von den USA nur mit Mühe zurückgehalten werden dem Irak den Krieg zu erklären. Elkes Sorge wuchs, als sie die Nachricht von Präsident Karenins Absetzung und von der Amtseinsetzung des »verrückten Frundowski« hörte, wie er jetzt in der westlichen Welt genannt wurde. Dann sah sie die kurze Ansprache von President Cole, der von der nuklearen Drohung durch Frundowski berichtete und den Alarmzustand aller alliierten Streitkräfte bekannt gab.

Was sie nicht wusste: Mit keiner Silbe hatte der Präsident das Ultimatum Frundowskis erwähnt, um einer allgemeinen Panik vorzubeugen. Nur der Krisenstab im Weißen Haus war davon unterrichtet.

»Mike, Mike, er will unsere Formel, der Wahnsinnige im Kreml!«, rief sie. Mike verschlug es die Sprache: Ihm fiel nichts mehr ein, um Elke zu beruhigen, um das Entsetzliche, das sie beide losgetreten hatten, von sich auf die anderen abzuwälzen, nur um die Sorge erträglich zu machen.

Mike nickte und während er nickte, platze David Erlebacher in den Vortragssaal mit dem Breitleinwandfernseher. Erlebacher rief hastig, noch an der Türe stehend: »Liebe Mitarbeiterinnen und Mitarbeiter! Sie haben es jetzt selbst gehört. Wegen unserer Regenverkaufspolitik droht uns ein Atomkrieg. Ab sofort wird unser Laborgelände von Spezialeinheiten abgeschirmt! Sie alle werden verstärkt vom FBI beschützt werden. Bitte kooperieren Sie mit dem FBI und den Militärbehörden. Kommen Sie, kommen Sie, schauen Sie alle mal aus dem Fenster! Je früher Sie das Schauspiel sehen, desto eher werden Sie sich beruhigen.«

Elke, Mike und alle Kollegen drängten aus dem Saal und eilten an die Fenster im Korridor. Elke fuhr mit der Handfläche an den offenen Mund. Das Pasadena Lab wurde weiträumig von den Marines, die mit Panzern aufgefahren waren, abgeschirmt. Mehrere hundert Soldaten knieten und hockten in voller Kampfmontur an der Grundstücksgrenze sowie an allen markanten Punkten auf dem Gelände. Wachen mit Flakwesten standen zu zehnt vor jedem Eingang. Wie durch ein Wunder waren die Pressevertreter verschwunden.

So weit ist es also gekommen, dachte Elke.

Dann hörte sie die Worte ihrer Sekretärin, die sie niemals vergessen sollte: »Elke, dringender Anruf von Bob. In deinem Büro.«

»Danke, Kay«, antwortete sie beunruhigt und rannte in ihr Büro. Mike folgte ihr.

Was denn noch, was denn noch, dachte sie unterwegs. Das langt doch wohl als Tagesration. Soldaten überall und ein Weltkrieg unmittelbar bevorstehend, alles wegen der Regensache. Was noch?

Im Stehen griff sie nach dem Hörer.

Dann hörte sie es; hörte schon am Tonfall Bobs, dass sich Schreckliches ereignet haben musste.

»Honey, ich bin's«, sagte der sonst immer so heitere Bob mit ernster Stimme. »Setz dich.«

Sie setzte sich.

»Bob, um Gottes willen, was ist? Was?«

»Larry kommt gleich, um dich abzuholen. Die Polizei ...«

»*Was ist?!*«

»Elke – die Kids sind entführt worden.«

»Was? Nein!! *Entführt?*«

Bob konnte die eigenen Tränen nicht mehr zurückhalten, als er Elkes Schluchzen hörte.

Erst eine halbe Minute später konnte er reden und Elke hörte seine Worte wie Hammerschläge: »Bin noch bei der NASA ... komme gleich heim ... Susan ... Andy ... spurlos verschwunden ... dachten zuerst an Mord ... dann kam Larry hinzu und Hernandez ... eindeutig gekidnappt ... man weiß noch nichts ... es kommt noch schlimmer, halt dich fest: Juanita ist tot ... und Agent Donahue ... beide erschossen ...«

Elke sackte in sich zusammen, sah ohne zu sehen Mike an der Türe stehen und schrie: »Nein! Nein! Nein! Susan! Andy!«

Dann fiel ihr der Hörer aus der Hand. Sie legte den Kopf in die Armbeuge auf den Schreibtisch und weinte hemmungslos. Mike nahm den Hörer in die Hand und flüsterte: »Bob? Bob, bist du's? Was? – Wie? Oh nein, nein. – Das ist nicht möglich. Nein. Oh Gott. O.k. Bob, ich pass auf sie auf. Ja. – Ja. – Bis der Agent kommt, klar, Bob.«

Er legte auf, ging in die Hocke und legte den Arm um Elkes Schultern.

Was macht sie nur durch, was macht diese Frau nur durch, dachte er. Das ist ja ein Alptraum.

Dasselbe dachte Agent Larry Miller, als er in Begleitung zweier weiterer Agenten und mit Militäreskorte in das Gelände des Pasadena Lab einfuhr.

Das ist ein Alptraum, ein Superdoppelshit! Shit, shit, shit! Mein bester Kumpel, mein guter Jim tot. Diesen Killer, dieses Schwein hol ich mir, das schwöre ich bei allen Heiligen. Und die Kids gekidnappt. Dieses Schwein kauf ich mir.

19.00 Uhr Washington.

President Cole schloss den Aktendeckel des CIA-Porträts über Vladimir Frundowski, drehte seinen Schreibtischsessel um 180 Grad und blickte nachdenklich aus dem Fenster.

Also ein Mann mit schweren Persönlichkeitsdefekten. Neigt zur Gewalttätigkeit, dachte er. Soll im Afghanistankrieg Widerstandskämpfer auf bestialische Weise umgebracht haben. Schlägt seine Frau. Gott sei Dank hat der Mann keine Kinder. Kleiner, massiger Körperbau, 1 Meter 60. Kompensiert seine kleine Statur mit Gewalt und völliger Rücksichtslosigkeit. Ein paar russische Gegner im politischen Geschäft soll er auch um die Ecke gebracht haben. Kennt keine Rücksichten, wenn es um seine Machtziele geht. Aber was sind seine Ziele in diesem Duell?, fragte sich Cole.

Seine Sekretärin unterbrach den Gedankenfluss.

»Sir, Sie hatten nach dem CIA-Chef verlangt. Soll er ...?«

»Ja, natürlich, danke, Grace. Kommt just im rechten Augenblick. - Hallo, Lloyd.«

»Hallo, Jeff. Hast du die Zeit finden können, unser Psychoporträt ...?«

»Hab's gerade zu Ende gelesen, Lloyd.«

»Nun?«

»Saubere Arbeit von der Agency. Der Mann scheint extrem gefährlich, extrem rücksichtslos zu sein.«

»Die Agency sieht es genauso.«

»Aber ist er verrückt? Du weißt schon: ernsthaft geistesgestört oder paranoid? Hat er überhaupt einen Begriff davon, was ein nuklearer Krieg bedeutet?«, fragte der Präsident eindringlich.

»Nein, Jeff, richtig und echt verrückt ist er nicht, nein, aber seine Wahrnehmung ...«

»Sein Realitätssinn, Lloyd, das ist es, scheint verschoben zu sein.«

»Ja, so könnte man es ausdrücken. Die gewalttätigen Mittel sind für ihn völlig normal, um, wie soll ich sagen, um zu überkompensieren. Um Ich-Schwäche zu kompensieren, um Ziele zu erreichen, die seinem geschwächten Ich neues Kraftfutter schenken. Am Ende fühlt er sich bestätigt, wenn er gewinnt.«

»Und wenn er nicht gewinnt?«, fragte President Cole.

»Das ist die große Unbekannte.«

President Cole schwieg eine Minute lang.

»Also paranoid ist er nicht? Sadist im Weltmaßstab?«

»Vermutlich nicht, nein. Aber er schätzt manche Situationen nicht kühl genug ein. Er agiert blind, schlägt wütend um sich, wenn er etwas erreichen will.«

»Das habe ich gemerkt. Unberechenbar wie ein Nashorn.«

»Ja und nein, Jeff. Manchmal ist er wie ein Kind, das mit dem Kopf durch die Wand will. Zeigt man dem bösartigen Bengel seine Schranken, akzeptiert er widerwillig die Autorität des Erwachsenen. Vorerst. Du bist der Erwachsene, Jeff.«

»Ich spiele die Rolle seines Überichs – obwohl er ein solch übler Rassist ist?«

»Gerade darum. Weil er urplötzlich merkt, wie er sich in dir getäuscht hat, auch wenn er das nie öffentlich zugeben würde. Du hast genau das Richtige gemacht, als du schnell gehandelt hast. Du hast instinktiv das Richtige getan, Jeff. Du hast ihm zu verstehen gegeben: Bis hierher und nicht weiter. Du hast das U-Boot versenken lassen, die unmittelbarste Bedrohung. Du hast die doppelte Hafenblockade und die Absperrung der Meeresengen befohlen. Du hast ihm das Heft aus der Hand gerissen und ihm den Kampf angesagt. Natürlich wird er jetzt toben. Soll er doch. Er braucht das. Dann wird er sich, hasserfüllt, aber mit Respekt, beruhigen und einen klareren Kopf gewinnen.«

»Und ... glaubst du, dass er den Rückzug antreten wird?«

Von der Antwort des CIA-Chefs Lloyd Smithson hing alles ab.

»Nein, Jeff, ganz realistisch gesehen nein. Er wird seine Forderung aufrechterhalten. Er kann jetzt nicht mehr zurück, auch wenn Russland in strategisch ungünstiger Position dasteht.«

»Er wird es bis zum Äußersten kommen lassen.«

»So ist es, Jeff.«

»Dann werden wir abwarten müssen. Im Augenblick ist alles getan.«

»Vielleicht nicht ganz, Jeff.«

»Ah?«, lächelte der Präsident zum ersten Mal.

»Wir haben natürlich heute ein wenig weitergeforscht und unsere Agenten und Psychologen auf ihn angesetzt. Was ich dir jetzt sage, steht nicht in dem Bericht. Ich habe es erst heute Mittag erfahren, bisher aber nicht erwähnt, weil ich dich kenne.«

»Klare Worte, Lloyd.«

»Ich kenne dich, Jeff. Selbst in der Not wirst du die schmutzige Wäsche des Gegners nicht waschen wollen. – Wir haben herausgefunden, dass Frundowski homosexuell ist.«

»Siehe da, siehe da ... Na und?«

»Eben, das sagte ich doch. Schmutzige Wäsche. Er hat's geheim gehalten, all diese Jahre. Zum Schein verheiratet. Jetzt versteht man, warum er sich mit gut gebauten jungen Männern, seiner Privatarmee, umgibt, genau wie dieser irre japanische Schriftsteller im letzten Jahrhundert, na, du weißt doch, der Seppuku beging ...«

»Mishima, Yukio Mishima.«

»Ja, genau der. Ähnlich gelagerter Fall. Schwul, Männlichkeitskult, Gewalt im Spiel, Realitätsverlust, Größenwahn, wenn man will. Tragisches Ende.«

»Hm. Du meinst: Frundowski wäre erpressbar, ja?«

»Genau.«

»Haben wir konkrete, verwertbare Beweise?«

»Um ehrlich zu sein, nein. Noch nicht.«

»Na, dann können wir's sowieso vergessen. Kann auch sein, dass er auf einen solchen Erpressungsversuch im Rahmen seines Realitätsverlusts gar nicht mehr anspricht.«

»Man könnte es versuchen ...«

»Nein, nein, das ist nichts für mich. Und außerdem: Das lockt doch heutzutage keinen Hund mehr hinter dem Ofen hervor, wenn jemand schwul ist. Was soll's.«

»Wir könnten die Sache im Hinterkopf behalten, Jeff.«

President Cole stand auf und schaute auf die Uhr. »Vergessen wir's«, sagte er gelassen. »Es ist kurz vor acht, Lloyd. Krisensitzung.«

21.00 Uhr Pasadena.

Trotz der Beruhigungstabletten brach Elke immer wieder in Schluchzen aus. In den Minuten, in denen sie sich nicht fangen konnte, hielt sie Bob fest in seinen Armen. Er war selbst kaum zu trösten und zog Kraft aus den Umarmungen mit seiner Frau. Auch sein Körper wurde von Angstwellen durchflutet. Es waren die schlimmsten Stunden auch seines Lebens.

Und wenn sie schon tot sind?, fragte er sich immer wieder. Aber er sprach den Satz nicht aus und wusste doch, dass Elke dasselbe dachte.

Mein Leben gäbe ich für die Kids, mein Leben, dachte sie aufs Neue. Und: Das macht bescheiden. Das macht bescheiden.

Längst waren die Vorwürfe, die Bob dem FBI und Larry Miller gemacht hatte, verklungen, hallten jedoch nach in Millers wütender, ungeduldiger Körpersprache, in Bobs und Elkes gelegentlich blitzenden, rot geränderten Augen. Wie Agent Miller stand Detective Hernandez immer wieder auf, ging ans Fenster, seufzte, spazierte in die Küche, trank ein Glas Leitungswasser und machte sich wieder langsam auf den Weg ins Wohnzimmer – ins Wohnzimmer, wo Elke und Bob auf der Couch zusammensaßen, wortlos dasaßen. Die Telefone waren schon vor Stunden mit Fangschaltungen und Aufnahmegeräten versehen worden. Ein Polizeibeamter nahm bei jedem Klingeln ab, aber nach dem ersten Schrecken meldete sich immer nur jemand von der Presse, der barsch abgefertigt wurde. Der Entführer schwieg. Keine Forderung war gestellt worden.

Aus dem Fenster blickte Detective Hernandez auf den hell erleuchteten Garten, der von Presseleuten umlagert war, die Polizisten mit einer Absperrung vom Haus weit entfernt hielten. In den Straßen parkten Polizeiwagen und Autos des FBI. Sie bildeten einen zweiten Schutzkordon um das Haus. Die Zugänge der öffentlichen Straße waren abgeriegelt worden. Nur Bewohner und besondere Berechtigte hatten Zutritt.

Zu spät, zu spät, zu spät. Mierda!, dachte Detective Hernandez. Die arme Frau. Was für ein Murks.

Fast hätte er sich beglückwünscht, dass das FBI und nicht die Polizei von Los Angeles die Verantwortung für die Kindesentführung übernehmen musste.

Agent Larry Miller ballte die rechte Faust, schlug damit in seine linke Handfläche und stand auf. Dann ging er zum Fenster hinüber und stellte sich dicht neben Detective Hernandez.

»Schwerer Scheiß«, sagte er leise. Und noch leiser fügte er hinzu: »Was meinen Sie, haben sie die Kids schon gekillt?«

Detective Hernandez schüttelte den Kopf. »Glaub ich nicht. Die wollen irgendetwas. Die wollen den Eingriff in den Regen stoppen oder so etwas. Die wollen etwas Bestimmtes, und zwar sofort. An die Erwachsenen kamen sie nicht mehr heran. Also werden ein paar Kinder gekidnappt. Und dafür hat Agent Donahue sein Leben gelassen.«

Larry Miller überhörte den versteckten Vorwurf und stieß hervor: »Also einfach warten.«

»Ganz L. A. wird von oben nach unten durchkämmt. Straßenblockaden überall, Hausdurchsuchungen. Die restlichen Mitglieder der Sekte, diese God's-Nature-Leute, hab ich allesamt aufs Präsidium schaffen lassen. Wird aber nichts rauskommen.«

In diesem Moment klingelte das Handy von Detective Hernandez. »Ist o.k., lassen Sie sie durch, Sergeant.«

Agent Miller schaute ihn fragend an.

»Es sind der Leiter des Pasadena Lab und Mike O'Donnell. Wollen nach der Lady schauen.«

Miller nickte. In Begleitung mehrerer Agenten – ihrer eigenen Leibwache – wurden David Erlebacher und Mike O'Donnell eingelassen. Elke blickte unter Tränen, benommen und geschockt, auf und nahm mechanisch und ohne zu lächeln David Erlebachers Hand.

»Elke, Mr Harrington, ich kann Ihnen gar nicht sagen, wie ich mit Ihnen fühle«, sagte Erlebacher teilnahmsvoll.

»Und ich erst«, fügte Mike hinzu.

Elke nickte nur und presste David Erlebachers warme Hand.

»Danke, Mr Erlebacher«, sagte Bob. »Danke, Mike.«

Dann geschah mehreres gleichzeitig: Das Telefon klingelte, ein Polizist nahm ab und schnauzte die Reporterin an, während fast gleichzeitig die Handys von Hernandez und Agent Miller klingelten. Beide nahmen ab und sagten mit fast denselben Worten: »Was?! Ja, sofort durchlassen, in Begleitung.«

»Das könnte es sein, Ma'am, Sir«, sagte Hernandez leise zu Elke und Bob.

Elke und Bob rissen sich zusammen und setzten sich aufrecht hin. Die Beamten im Haus gaben keinen Ton von sich. Die Haustüre ging auf und ein verdutzter, kleinlauter Bote von Federal Express wurde von sieben Beamten ins Wohnzimmer geführt.

»Hier lang«, sagte ein Agent vom FBI. »Los, wiederhol's.«

Der Bote, ein junger Latino mit einem großen, sich auf und ab bewegenden Adamsapfel, räusperte sich nervös. »Für-e Mrs und-e Mr Harrington-e, bitte e-hier unter ...«

Der FBI-Beamte riss ihm das Formular und einen Briefumschlag aus der Hand und gab Bob beides. Bob unterschrieb und sah nicht mehr, wie der Bote zum Verhör in die Küche geführt wurde.

Bob blickte zu Elke, dann zu Detective Hernandez hoch, der direkt vor ihm stand. Hernandez nickte, während Elke den Atem anhielt. Mit zitternden Händen öffnete Bob den dicken, gefütterten Manilaumschlag. Solche Umschläge konnte man in jedem Schreibwarenladen kaufen. Vor seinen Augen schwammen die Buchstaben, sauber aus einer Zeitung ausgeschnitten und ordentlich aneinander geklebt:

> Veröffentlicht die Formel für die Wolken bis Donnerstag, 8 Uhr Washingtoner Zeit, und erklärt öffentlich, dass ihr dem Regen-Programm abschwört. Ansonsten schwirren die Kinder ab in die Hölle.
> *God's Nature – Christian Activists*

Keiner sagte ein Wort. Elke stieß einen Schrei aus, bevor sie in Ohnmacht fiel.

Die Frist war die gleiche, die President Cole gestellt worden war.

24.00 Uhr Washington.

»Ich fasse das Ergebnis unserer heutigen Krisensitzung zusammen«, meinte President Cole und wischte sich mit einem Taschentuch über die Stirn. »Wir werden parallel fahren. Erstens: Die Blockaden werden aufrechterhalten.

Der Alarmzustand ›Geronimo‹ bleibt. Ah – Mr Shapiro, willkommen zu Hause«, unterbrach President Cole, als Außenminister Shapiro das Kommandozentrum des Nationalen Sicherheitsrats betrat. »Mr Shapiro, immerhin war Ihre Mission in Israel erfolgreich, bisher zumindest, das heißt: keine Waffengewalt in den letzten Stunden. Ich werde die internationale Lage, auch die Kriegslust in Riad, gleich im Anschluss dieser Sitzung mit Ihnen erörtern. Ich fasse jetzt nur kurz die Aktionen der nächsten Stunden zusammen. Also: Der Verteidigungsstatus wird voll aufrechterhalten. Blockadebrecher der Häfen Murmansk und Wladiwostok werden ohne Vorwarnung versenkt. Der Bosporus und die Gibraltarenge bleiben abgeriegelt.«

Brent Hofmeyer, der neben President Cole saß, hatte, wie so oft in letzter Zeit, Mühe seine Freude zu verbergen. Seit dem entscheidenden Telefongespräch des Präsidenten mit Frundowski fühlte sich Hofmeyer aufgeputscht, wach, lebendig.

Und all das, sagte er sich, habe in letzter Instanz *ich* und nur ich vollbracht!

Seine Augen glänzten listig und eifrig. Sein Blick bohrte sich in das Gesicht von Außenminister Shapiro, der erschöpft in seinem Sessel zusammengesackt war. Der Ermattungszustand des Secretary of State schenkte Hofmeyer ein erneutes Glücksgefühl. Der Außenminister würdigte ihn keines Blickes.

»Zweitens: Ich werde«, fuhr der Präsident fort, »ein weiteres Gespräch mit Frundowski führen – falls er überhaupt mit sich reden lässt. Drittens: Wir benützen unsere Kontakte zur russischen Generalität, um ihnen zu versichern, dass weder die Nato noch unsere Streitkräfte jemals einen Erstschlag führen werden. Wir ermuntern Generalfeldmarschall Tabl, der genauso wie Frundowski den Code für die taktische Nuklearstreitmacht in Händen hält, vorsichtig zur Befehlsverweigerung. Ein, wie wir ihn einschätzen, normalerweise vernünftiger Mann. Möge er sich seines Namens würdig erweisen«, lächelte der Präsident und fügte hinzu: »Auf Russisch heißt ›tabl‹ Taube.«

Der Präsident stand auf. »Wir treffen uns morgen früh, um sieben Uhr, hier. Sollte es irgendeine gravierende Änderung des Status quo geben, treten wir sofort zusammen. Ich muss Sie wohl nicht daran erinnern, dass Frundowskis Frist strikter Geheimhaltung unterliegt. Gute Nacht. Schlafen Sie alle ein bisschen.«

Er schaute auf die Uhr und rechnete im Kopf schnell nach: noch 32 Stunden.

MITTWOCH, 28. SEPTEMBER

5.05 Uhr Pasadena.

Mit einem Schlag wachte sie auf, trotz der Schlaf- und Beruhigungstabletten. Die Erkenntnis ihrer Lage kam Elke Harrington nicht langsam, fahrig, wie sie es selbst bei all den Tabletten erwartet hatte. Plötzlich, im Halbdunkel eines düster anbrechenden Tages, lag alles klar vor ihrem Bewusstsein ausgebreitet: Die Kinder sind entführt und vielleicht schon tot, Juanita ist tot und Jim Donahue ist auch tot.

Dann kam ihr der schrecklichste Gedanke: Noch 24 Stunden!

Während Bob bewegungslos neben ihr lag, würgte Elke, als ob ihr die Luft abgepumpt würde. Sie atmete tief durch und begann leise zu schluchzen, dann zu wimmern.

Mein Gott, mein Gott, was habe ich angerichtet?, fragte sie sich. Ich bin zu weit gegangen, zu weit gegangen, und jetzt werde ich zurechtgestutzt. Ich will ja alles auf mich nehmen. Alles! Aber doch nicht die Kinder!

Sie dachte an Susans tapsige Bewegungen, an die Märchen, die sie ihr vorgelesen hatte, an Susans Sommersprossen und an ihr wildes rotes Haar; an Andys gar nicht komische Witze, die für sie als Mutter und nur für sie witzig waren, weil *er*, ihr kleiner Prinz, sie erzählt hatte. Sie dachte an die altklugen Sprüche beider Kinder – »Northwest Airlines ist empfehlenswert«, urteilte ihr Goldjunge, der Knirps, als sie einmal nach Chicago geflogen waren, um Freunde zu besuchen. »Die Menschen haben ihre Eigentümlichkeiten«, meinte der noch kleinere Knirps Susan voller Verständnis, als sich Juanita einmal aufregte. Als Elke an Susans süßen kleinen Mund dachte, der all dies ausgesprochen hatte, krümmte sie sich vor Schmerz und drückte ihr Gesicht in das Kissen, um Bob nicht zu wecken.

Und auch noch Juanita!, keuchte sie. Die liebe, gute Juanita hat für uns ihr Leben gegeben! Das ist ein Alptraum. Wie ich die Kinder vermisse und meine gute Juanita! Und ich bin schuld, ich mit der verflixten Regensache, der unglückseligen, der todbringenden. Die Kinder entführt und Juanita tot und ich bin schuld, oh Gott, und auch noch die Drohung eines Nuklearkrieges. Ein Alptraum. Das macht einen Menschen bescheiden, bescheiden, bescheiden.

Wenige Minuten später war der schlimmste, der unerträglichste Schmerz vergangen. Als ob ein Damoklesschwert über ihr hing – so fühlte sie ihre Lage; ihre und Bobs Lage. Dumpf und schwer drückte eine ungeheure Last auf ihr.

Nein, dachte sie, und die Gedanken wurden immer klarer. Elke Harrington war ein aktiver Mensch. Sie konnte nicht immer nur grübeln. Sie musste irgendetwas tun!

Nein, das lass ich mir nicht gefallen, nein! Ich bin schuld, ja, ich hab ihnen das eingebrockt und ich werde die Suppe auch auslöffeln! Noch 24 Stunden! Ich muss, ich muss, ich muss etwas tun!

Sie sprang auf, schwankte und plumpste auf die Matratzenkante. Ihr war plötzlich schwindelig. Das große Schlafzimmer schwamm grau vor ihren Augen, schaukelte und pendelte sich ein. Dann kamen der Raum und alle Möbelstücke in ihm zum Stehen. Auch Elkes Gedanken wurden ruhiger. Sie schossen sich auf den einen Gegenstand ein: das Telefon.

Elke wandte den Kopf. Bob schlief noch immer tief,

auch er hatte zum ersten Mal in seinem Leben Schlaftabletten genommen. Liebevoll schaute sie ihn an und horchte auf seinen ruhigen regelmäßigen Atem.

Ich werde es tun, dachte sie entschlossen, mein Gott lieber Bob, verzeih mir.

Behutsam nahm sie den Hörer in die Hand.

Die Formel ... ich muss die Formel verraten ... ich muss die Kinder retten und den Krieg verhindern. Quatsch! Was kümmert mich die Kriegsgefahr. Susan. Andy! Wenn ich die Formel veröffentlichen lasse, ist sie nutzlos und der Präsident wird öffentlich abschwören. Ja. Bestimmt wird er das!

Die *Los Angeles Times*, dachte Elke, und ihr Herz begann wild und hart in ihrer Brust zu schlagen. Wie lautet die Telefonnummer der *Times*? Auskunft, ja, die Auskunft.

Sie nahm den Hörer in die Hand und wählte.

»Auskunft – Sie wünschen?«, fragte eine junge weibliche Stimme.

Elke schluckte, machte eine Bewegung, als ob sie sprechen wollte, und schloss die Lippen fest.

»Hallo? Sie wünschen? Hallo?«

Langsam legte Elke auf.

Es geht nicht, nein, so geht es nicht, dachte sie.

Zwei, drei dicke Tränen liefen an ihren Wangen hinab und tropften auf ihr Negligé.

Kann alles nicht verraten. Außerdem wird mein Telefon kontrolliert und FBI und Geheimdienst überwachen mich auf Schritt und Tritt. Verrückt zu glauben, die würden mich einfach die Formeln veröffentlichen lassen. Ich müsste ja wahnsinnig sein. Einen anderen Weg. Es muss einen anderen Weg geben. Aber welchen?

6.00 Uhr Washington.

Noch 26 Stunden, rechnete President Cole aus und band den Gürtel seines Morgenrocks zu.

Er ging ans Fenster seiner Privatgemächer im zweiten Stock des Weißen Hauses, bewegte die schweren Seidenvorhänge ein wenig beiseite, um seine Frau Anne nicht zu wecken, und starrte auf den noch immer beigefarbenen Rasen und die Pennsylvania Avenue dahinter.

Was für ein trüber Tag, dachte er, das passt ja direkt ...

Dann fiel ihm ein: Natürlich!

Seit vielen Stunden lächelte er zum ersten Mal.

Natürlich. Wir lassen's heute wieder regnen. So als ob nichts geschehen wäre ... nichts gewesen wäre. Nicht einmal der Nato-Generalsekretär kennt das Ultimatum. Das Ultimatum. Frundowski ist wahnsinnig. Heute Nacht hat er auch noch das Gespräch mit mir verweigert. Als ob er vor mir Angst hätte. Oder eine Wut auf mich hat, wegen der *Juri Gagarin*; wie ein kleiner Junge, der sich stocksauer in sein Zimmer zurückzieht und den Papa trotzig anschweigt. Oder ... oder: Er heckt etwas aus.

Vorsichtig öffnete er die Türe und ging hinüber in den Monroe-Raum und von dort in die Lincoln-Suite. Er blieb vor dem überdimensionalen Bett Lincolns stehen.

Dort fühlte er einmal wieder die gewaltige Bürde des Präsidentenamts auf seinen Schultern, fühlte die granitene Schwere des Weltgewichts. Von seiner Entscheidung hing der Weltfriede ab, ja das Überleben der Spezies Homo sapiens sapiens.

Weiß Gott, Harry Truman hatte Recht, als er einmal sagte: »Präsident zu sein, heißt einen Tiger zu reiten.« Der gute Harry. Ein einfacher Junge vom Land wie du, Honest Abe Lincoln. Was soll ich tun, Abe?, fragte er im

Geist Abraham Lincoln. Wenn ich nachgebe, ist das nur ein erster Schritt. Eine totale Kapitulation, gerade jetzt, wo ich die Initiative übernommen habe. Nein. Das geht nicht. Nicht mehr. Hab bereits den Tod von 150 russischen Matrosen verursacht. Und ich wollte Frieden säen. Diese armen Männer. Arme Kerle. Hab sie geopfert, hab gesündigt. Was für ein Tod. Und dann noch die Kinder dieser reizenden, reizenden ... Dr. Harrington, die auch noch im Schlamassel. Die arme Frau. Reine Erpressung, noch ein Irrer. Muss die Harrington anrufen und ihr Mut zusprechen. Mut! Den brauch ich selber. – Was jetzt? – Und wenn man die Formel veröffentlichen ließe, durchsickern ließe? Nein, auch nicht. Kommt immer raus. Die Formel nützt den Russen sowieso nichts, heißt es. Nordatlantik zu kühl, noch zu kühl für unser Programm. Indirekte Kapitulation. Geht auch nicht. Nein: Noch immer am besten, wir fahren dreigleisig – militärisch günstigere Position und die Position unzweideutig halten, auf Frundowski einreden, auf die russische Generalität einwirken. Eine klare Linie – das braucht der Irre. Lincolns Linie im Bürgerkrieg war immer klar: Sieg oder Niederlage, Befreiung der Sklaven, Unterwerfung des Gegners und dann großzügige Wiedereingliederung in die Union. Unterwerfung ja, aber nicht Vernichtung, sondern Gnade. Gnade. Wie kann ich mich Frundowski gnädig erweisen? Hart in der Sache, ja, Abe, das ist deine Linie, ohne Kompromisse, aber menschlich im Sieg. Human. Sobald ich mit ihm spreche, werde ich ihm sagen: Ich verstehe Sie. Sie glauben, Sie könnten nicht mehr zurück. Aber von Ihrem Ultimatum ist unseres Wissens nicht einmal bei Ihnen in Russland etwas durchgesickert. Also können Sie zurück. Ich werde Sie deswegen nicht geringer achten. Im Gegenteil. Dann können wir ernsthaft über die Regenverkaufspolitik verhandeln. Ich verspreche Ihnen, dass die Gebühren für Russland nur nominell sein werden. In hundert Jahren holen wir mit diesen Gebühren unsere Forschungskosten nicht wieder rein. Also, was wollen Sie. – Ja, Abe, das ist es.

Erleichtert, mit beschwingtem Schritt, kehrte President Cole wieder in sein Schlafzimmer zurück, um zu duschen.

Er wusste nicht, dass die Ereignisse, die zur selben Stunde in Moskau stattfanden, es ihm unmöglich machen würden, seinen soeben gefassten Entschluss in die Tat umzusetzen.

Ebenfalls zu dieser Stunde saß in einem engen, muffigen Zimmerchen im Westflügel des Weißen Hauses, zwei Stockwerke unter den Privatgemächern des Präsidenten und der First Lady, ein Redenschreiber des Präsidenten. Er wohnte in Georgetown und wurde selten beschäftigt. Brent Hofmeyer hatte ihn noch in der Nacht aus dem Tiefschlaf gerissen und ins Weiße Haus fahren lassen, wo er nun müde und schwitzend vor einem PC saß. Er entwarf einen Text für eine Fernsehansprache des Präsidenten. President Cole sollte sie sofort halten, falls Frundowskis Ultimatum bekannt würde. Ein Sonderstab unter Leitung des Innenministers erarbeitete seit Mitternacht Kontingenzpläne aus für den Fall einer amerikanischen Massenpanik.

13.00 Uhr Moskau.

Der amerikanische Manager Scott Wexler machte sich keine große Sorgen über die Kriegsdrohungen, die der Interimspräsident Vladimir Frundowski ausgestoßen haben sollte. Genaues erfuhr man nicht, erst recht nicht in Moskau, erst recht nicht in der Reportagesendung *Vrema*, »Wahrheit«. Die Wahrheit kannte keiner. Man erfuhr Bruchstücke: Frundowski hatte die veralteten russischen Streitkräfte – die, die noch nicht ausgemustert worden waren – in höchste Alarmbereitschaft versetzen lassen. Wütend habe er dem amerikanischen Volk gedroht – ja und? Doch sein Gebaren während der letzten Dumasitzung bot für einen erfahrenen Geschäftsmann und Russlandkenner wie Scott Wexler allenfalls Anlass zur Erheiterung. Er und seine Frau Barb lachten, als sie am Abend der Absetzung von Präsident Karenin Frundowskis pathetische Gesten, seine lächerliche Selbstüberschätzung am Bildschirm miterlebten. Was für ein Würstchen, lachte Wexler, und seine Frau stimmte mit ein. Der Mann ist ein Anachronismus, feixte Wexler, nach all den Jahren hat er den Kalten Krieg noch immer im Blut. Die bösen kapitalistischen Amerikanskis. Auf welchem Planet lebt der eigentlich? Der Typ ist lächerlich. Nein, meinte Wexler weiter, ernst nehmen könne man den Burschen wirklich nicht. Stößt nur Drohungen aus. Was soll er schon groß anrichten? Die russische und amerikanische Wirtschaft waren längst derart verflochten, dass nicht einmal an eine ernste diplomatische Krise zwischen den Ländern zu denken war. Und überhaupt, spottete Wexler, das Klappern gehört zum Handwerk. Klar regt er sich über die Regenverkaufspolitik des Präsidenten auf. Cole hat aber Recht, fügte er hinzu. Die USA sind kein internationaler Wohltätigkeitsverein. Russland hat uns ohnehin genug gekostet. Ein Fass ohne Boden. Jetzt müssen wir endlich ein paar Dollars aus dem Land rausquetschen, nach all den Jahren des westlichen Aderlasses, nach all den Krediten und gestundeten und nochmals gestundeten Zinsen! – Seine Frau Barb stimmte zu: Der Frundowski ist eine Witzfigur.

Scott Wexler also war guter Dinge in seinem eleganten Moskauer Büro hoch über der Moskwa. Gerade klickte er ein neues PC-Dokument an, bevor er zum Mittagessen ging, als seine eichene Bürotüre krachend aufgerissen wurde.

»Aber Alexej ...«, begann er, ohne sich umzudrehen. Doch Alexej, sein stämmiger russischer Bodyguard, lag bereits mit einem sauber platzierten Kopfschuss im Vorzimmer von Wexlers Büro. Fünf schwarz gekleidete Männer drangen ins Büro ein. Im selben Augenblick, als Wexler sich umdrehte und die Männer voller Schrecken bemerkte, stülpten sie ihn einen schwarzen Leinensack, durch den er mit Mühe atmen konnte, über den Kopf und zerrten ihn zum Aufzug. Starr vor Schreck gaben seine russischen und amerikanischen Kolleginnen und Kollegen keinen Muckser von sich. Mit den Händen auf dem Hinterkopf verschränkt lagen sie bäuchlings verstreut auf dem Teppichboden des Großraumbüros umher. Die maskierten Männer, die kein Wort sprachen, hielten Frauen wie Männer mit entsicherten Maschinenpistolen in Schach.

Grob schubsten sie Wexler in den Aufzug und fuhren mit ihm die fünfzehn Stockwerke hinab zum Erdgeschoss, wo mehrere schwarze Limousinen mit laufenden Motoren am Gebäudeeingang auf die Gefangenen warteten.

Scott Wexler war nicht der einzige Amerikaner, der zu dieser Stunde gefangen gesetzt wurde.

Einhundertzweiundvierzig weitere amerikanische Geschäftsmänner und Touristen wurden mit schwarzen Limousinen, deren Seiten- und Heckfenster verhängt waren, in bewährter stalinistischer Manier in den Innenhof des berühmt-berüchtigten Lubljanka-Gefängnisses gefahren.

Die Mafiosi haben mich, diese Schweine, dachte Wexler. Oh Gott, steh mir bei! Ein Lösegeld ... ja das ist es ... ein Lösegeld. Die wollen ein Lösegeld, sonst wäre ich längst tot.

Scott Wexler täuschte sich. Er täuschte sich in allem. Es war nicht die russische Mafia, die ihn gefangen gesetzt hatte; und die Männer wollten auch kein Lösegeld.

Die brutalen Muskelpakete, die Wexler zuerst in den Aufzug bugsierten, dann ins Auto stießen und danach im Innenhof der Lubljanka wieder aus dem Auto zerrten und dort an die Wand stellten, noch mit dem Leinensack über dem Kopf, zählten zu Frundowskis kleiner, aber schlagkräftiger Privatarmee. Vor vielen Jahren hatte Frundowski seiner Armee den Namen gegeben: die Schwarze Staffel – zum Gedenken an Hitlers SS. In Moskau hieß der Schlägertrupp volkstümlich »Die Schwarze Pest«, weil die Männer sich allzu oft Übergriffe leisteten, weil sie als besonders rücksichtslos und gewalttätig galten.

Wexler und einhundertzweiundvierzig andere amerikanische Männer wurden nach hinten gegen eine Mauer geschubst. Völlig desorientiert, alle mit Leinensäcken über den Köpfen, ihrer Leibwächter beraubt (falls sie welche besaßen), leisteten sie keinen Widerstand.

So, dachte Wexler, jetzt könnten mir die Jungs aber die Kapuze vom Kopf nehmen. Wo bin ich bloß? Natürlich in einem Mafiosi-Versteck, wo sonst. Diese Schweine! Wenn ich wieder in Freiheit bin und die zu fassen kriege! Na wartet ...!

Es waren seine letzten Gedanken.

Verdutzt hörte er den zackig gesprochenen Befehl

»Eins ... zwei ... Feuer!«, dann zerfetzte ihm eine Maschinengewehrgarbe den Brustkasten.

Einhundertdreiundvierzig Amerikaner lagen in ihrem Blut vor einer Mauer im Innenhof von Frundowskis neuem Privatarmee-Hauptquartier, dem traditionsreichen Lubljanka, einst Gefängnis und Folterkeller des längst aufgelösten KGB.

Die Moskauer Polizei staunte über die vielen städtischen Notrufe, die sie aus Büros, Restaurants und Hotels kurz nach 13 Uhr erreichten. Die überarbeiteten und unterbezahlten Beamten, die zu ihren alten Autos hasteten, wussten von nichts.

Während Polizeisirenen durch die Stadt gellten, nickte der kommandierende Offizier im Lubljanka zufrieden und meldete in sein Handy: »Befehl ausgeführt, Herr Präsident!«

7.00 Uhr Ortszeit.

»Glaubst du, dass es Krieg geben wird?«, fragte Nelle Goodall ihren Mann Dick.

Entgegen ihren Gewohnheiten auf der Farm in Iowa, die ihnen während des Tages wenig Zeit zur Muße gab, saßen Dick Goodall und seine Frau Nelle in aller Ruhe bei einem Spätfrühstück, während sie sich die CBS-Nachrichten anschauten.

Farmer Goodall schenkte sich noch eine Tasse Kaffee ein und schüttelte den Kopf, als die Nachrichtensprecherin von russischen Truppenkonzentrationen entlang der russisch-weißrussischen Grenze berichtete. Auf diese Truppenbewegungen antwortete die Nato: Die deutsche Bundeswehr und starke französische Panzerverbände rückten zum ersten Mal über Oder und Neiße nach Polen ein und schlossen sich mit polnischen Nato-Verbänden zusammen. Sie wurden von der polnischen Bevölkerung begeistert empfangen.

»Nein, Nelle«, sagte Goodall bedächtig. »Glaub ich nicht, auch wenn's brenzlig aussieht. Der verrückte Frundowski rasselt nur mit dem alten russischen Säbel. Jeder Idiot sieht doch: Der Säbel ist total stumpf, wir sind im Vorteil, die russischen U-Boote liegen blockiert in ihren Häfen. Uns gehört die Lufthoheit. Nee, nee: Der Säbelrassler wird hübsch den russischen Schwanz einziehen. Solche Typen kenn ich, die wollen bloß einschüchtern. Aber der große Cole wird sich nicht einschüchtern lassen. Der ist Soldat. Krieg: I wo. Mich interessiert nur der Regen. Den riech ich schon.«

»Ach Gott, ja, den Regen«, meinte Nelle Goodall. »Den hab ich ganz vergessen.«

»Aber Nelle«, lachte Goodall, »heute ist doch Mittwoch. Ich sage dir: Ich riech den Regen schon. Cole hält sein Versprechen!«

»Weiß Gott, ein großer Präsident«, bekräftigte Nelle.

»Weißt du was – wir fahren jetzt einfach in die Stadt und setzen unsere Unterschrift auf die Liste, die bei den Republikanern ausliegt: ›Ich unterstütze meinen Präsidenten in dieser Krise‹. Hätt nicht gedacht, dass ich als Demokrat je zu den Republikanern überlaufe.«

»Ach was, das ist 'ne Ausnahme. Jetzt geht's um die Wurst, wie damals unter FDR. Also los«, sagte Nelle entschieden.

Andere Amerikanerinnen und Amerikaner nahmen die Krisensituation nicht so gelassen hin wie die Goodalls. Die Nachrichtensprecherinnen und -sprecher berichteten von gelegentlichen Hamsterkäufen, von einigen Städtern, die sich aus Chicago, Los Angeles, New York und Detroit prophylaktisch mit ihren Familien in ihre Wochenendhäuser zurückzogen. Die meisten Menschen gingen ihrer Arbeit nach, hörten aber stündlich Nachrichten. In fast jedem Großraumbüro waren Fernseher aufgestellt worden, deren Programme – insbesondere CNN – mit Tabellen und Aufstellungen über Truppenstärken und deren Bereitschaft im Ernstfall aufwarteten. Die russischen konventionellen und nuklearen Streitkräfte schnitten im Vergleich erheblich schlechter ab als die amerikanischen und europäischen Streitkräfte. »Aber in einem Nuklearkrieg«, betonte eine beliebte schwarze Sprecherin immer wieder, »kann es keine Gewinner geben.« In Brüssel tagte die Nato rund um die Uhr. Die amerikanischen Vizeaußen- und Vizeverteidigungsminister waren gerade in Belgien eingetroffen, da ihre Chefs in Washington unabkömmlich waren.

Die Nachrichtensendungen berichteten in knappen Worten stündlich über den Entführungsfall der Harrington-Kinder. Es hieß, das Kidnapping stehe mit der Regenverkaufspolitik in enger Verbindung. Die Fernseh- und Radionachrichten gingen allerdings kaum auf die Entführung ein, denn die plötzliche Kriegsgefahr war so rasant, unerwartet und sensationell über die Welt gekommen, dass sie alles andere in den Schatten stellte. Sie schien den Rest der Welt zu lähmen: Grollend zog der saudische König, auf Drängen von Außenminister Shapiro, seine vorbereitete Kriegserklärung gegen den Irak zurück. Das fiel ihm besonders leicht, da die USA dem saudischen Königreich aufgrund der internationalen Lage keine militärische Unterstützung zusichern konnten. Jeder Jagdbomber der fünften und sechsten Flotte wurde für Übungseinsätze gebraucht; für Übungseinsätze, die im Notfall gegen Russland gerichtet waren.

»Und nun immerhin eine gute Nachricht zum Schluss«,

meinte die beliebte Nachrichtensprecherin, sichtlich erleichtert. »Die israelischen und jordanischen Behörden haben sich zu Vorgesprächen über einen Waffenstillstand bereit erklärt. Laut Aussage des State Department beginnt das Treffen zu dieser Stunde auf der Allenby-Brücke. Das Außenministerium meldet, Außenminister Shapiro beurteile die Lage am Jordanfluss zum ersten Mal hoffnungsvoll. Unbestätigten Berichten zufolge soll die ernst gemeinte israelische Drohung eines Nuklearerstschlags gegen Jordanien den plötzlichen Gesinnungswandel der jordanischen Junta bewirkt haben.«

Zum Abschluss lächelte sie in die Kamera, als ihr ein Blatt Papier von der Seite zugeschoben wurde. Als erfahrene Sprecherin reagierte sie sofort.

»Soeben erreicht uns die Meldung«, sagte sie ohne mit der Wimper zu zucken, »dass ein- bis zweihundert amerikanische Touristen und Geschäftsleute in Moskau verschwunden sein sollen. Die Moskauer Polizeipräfektur spricht von massenhaften Entführungen. Ob diese Vorfälle in Zusammenhang mit der Kriegsdrohung Frundowskis stehen, ist zur Stunde noch unklar.«

Im Konferenzraum des Nationalen Sicherheitsrats im Weißen Haus sagte Brent Hofmeyer: »Mr President, Mary, meine Herren: Auf Wunsch des Präsidenten wird uns Dr. Steven Ryan den genauen Abschussablauf russischer ICBMs und SLBMs erläutern. Dr. Ryan ist Abteilungsleiter im Pentagon und Spezialist für postsowjetische nukleare Befehls- und Kontrollangelegenheiten. Dr. Ryan, bitte.«

Steven Ryan räusperte sich nervös. Er hatte erst einmal in seinem Leben mit dem Präsidenten gesprochen, anlässlich einer Geburtstagsfeier von Admiral Schmitt im Pentagon. Nun war Ryans großer Auftritt gekommen, ein paar kurze Minuten, in denen die Ergebnisse seiner jahrelangen Informationsbeschaffungen gipfelten. Er war sich der historischen Bedeutung seiner Worte bewusst.

»Wie Sie alle wissen«, begann er etwas zu schnell, »gibt es einen dreigeteilten atomaren Abschusscode in Russland. Wir erfuhren dies anlässlich des Staatsstreichversuchs gegen den ehemaligen Präsidenten Gorbatschow im Jahre 1991. Laut Information der CIA hat sich in all den Jahrzehnten danach nichts geändert. Ein Teil des Abschusscodes liegt beim Präsidenten, ein Teil beim Verteidigungsminister und ein Teil beim Generalstabschef. Diese drei Codes müssen kombiniert werden, um einen nuklearen Abschuss zu tätigen. In der Praxis werden zuerst die beiden Codes des Präsidenten und des Verteidigungsministers vereinigt und auf elektronischen Kommunikationskanälen an den Generalstabschef gesandt, und zwar mit einem speziellen Alogarithmus, der die beiden Hälften validiert. Ein anderes Gerät integriert den Erlaubniscode-Input des Generalstabschefs. Diese drei integrierten Codes, nun zu einem einzigen Code verschmolzen, gehen auf gesichertem elektronischen Weg an die Leitung der nuklearen Streitmacht. Dieser General validiert den vereinigten Code erneut und leitet ihn weiter an die einzelnen Kommandozentralen der Nuklear-U-Boote, der landgestützten ICBMs und der Luftwaffe. Wenn Sie mich fragen: eine langwierige und Zeit raubende, aber erstaunlich sichere Prozedur im nuklearen Ernstfall.«

»Wenn ich das in dieser konkreten Situation richtig sehe«, unterbrach ihn der Präsident, »verhält es sich folgendermaßen: Da es, sei dies mit Absicht oder nicht, noch keine Ernennung zum Verteidigungsminister gibt, nachdem Frundowski sofort den alten absetzen ließ, konzentrieren sich zwei der drei Codes in den Händen Frundowskis.«

»So ist es, Mr President«, erwiderte Ryan.

»Wie ich befürchtet hatte«, meinte President Cole, mehr zu sich als zu den Versammelten. »Wie befürchtet. Die große Unbekannte heißt also: Generalfeldmarschall Tabl. Wie wird er reagieren? Maurice.« Er wandte sich an den Verteidigungsminister.

»Seitdem Tabl unseren Botschafter in Moskau gestern und unsere Agenten letzte Nacht barsch abgefertigt hat, ist er für uns nicht mehr zu sprechen. Weder persönlich noch telefonisch. In der letzten Nacht hielt er sich noch auf seiner Datscha auf. Dann ...«

»... haben wir, um ehrlich zu sein, Jeff, seine Spur verloren«, warf CIA-Chef Lloyd Smithson ein. Es stand auf seinem Gesicht geschrieben, wie peinlich ihm dies Eingeständnis war. »Er muss in der Nacht durch einen Geheimgang, den wir nicht kennen, oder durch den Birkenwald verschwunden sein. Die Datscha blieb ruhig, Autos fuhren keine vor. Plötzlich war er verschwunden. Wie vom Erdboden verschluckt.«

»Vielleicht hält er sich noch irgendwo auf seiner Datscha auf, Lloyd.«

Lloyd Smithson lächelte verlegen, aber auch ein wenig stolz.

»Nein, Jeff, unmöglich. Im Vertrauen: Tabls Koch arbeitet für uns. Tabl ging letzte Nacht spät zu Bett. Als der Koch heute Morgen aufwachte, war sein Chef verschwunden. Der Koch hat uns sofort Meldung erstattet.«

»Glück im Unglück«, meinte der Präsident. »Nützt uns aber jetzt nichts. Wenn wir Pech haben, hat sich Frundowski seiner bemächtigt und besitzt nun alle drei Codeteile. Wenn wir Glück haben, hat sich Tabl abgesetzt, um vor Frundowski sicher zu sein und so den nuklearen Krieg zu verhindern.«

»Wenn wir Glück haben ...«, sagte Außenminister Shapiro leise. »Glück muss der Mensch haben. Am Jordan zeichnet sich ein Waffenstillstand ab und in Moskau verschwindet die wichtigste Spielfigur in diesem Schachspiel, sozusagen die Dame. An Tabl ist also nicht heranzukommen, Mr Smithson?«

»Nein, Mr Secretary, noch nicht. Bis wir ihn aufgespürt haben werden. Unsere Agenten arbeiten in und um Moskau mit Hochdruck daran, wie Sie sich denken können. Wenn wir ihn vor Frundowski zu fassen bekämen ...«

»Wenn, Mr Smithson, wenn«, meinte der Außenminister trocken.

»Dr. Ryan«, sagte der Präsident freundlich. »Wir haben Sie bei Ihren Erläuterungen unterbrochen. Ich habe noch eine Frage.«

Steven Ryans Gesicht leuchtete sichtlich auf.

»Dr. Ryan, Sie berichteten, die Durchgabe der nuklearen Abschusscodes sei ein langwieriger, aber sicherer Weg. Erläutern Sie das bitte.«

»Meinen Sie, ob Frundowski den Code umgehen kann? Meinen Sie das?«

»Ja.«

»Mr President, da die Crews der ICBM-Basen und die Kapitäne der mit SLBMs bestückten U-Boote keine Codes besitzen, anders als bei uns, wo es nur um den codierten Befehl von Ihnen geht, gibt es zum Ersten keine Gefahr eines versehentlichen Nuklearabschusses. Die Durchführung geht absolut hierarchisch und zentral vonstatten, wie in alten Sowjetzeiten. Damit zusammenhängend, zum Zweiten, würde es Frundowski nichts nützen, Nuklearbasen in seine Gewalt zu bringen oder die Crews mit seinen eigenen Leuten zu besetzen. Sie könnten genauso wenig eigenständig unternehmen wie die eigentliche Mannschaft. Ohne Code kein Nuklearabschuss. Unseren Informationen zufolge ist es für Frundowski also ganz unmöglich, den Code auch nur irgendwie zu umgehen. Deshalb gibt es ja drei Codeteile. Frundowski muss mit Generalstabschef Tabl in Verbindung treten.«

»Und wir wissen nicht, ob er ihn in seiner Gewalt hat oder nicht«, stellte der Präsident nochmals fest.

»Ich meine, Frundowski blufft«, warf Brent Hofmeyer schnell ein. »Er hat gar nichts in der Hand. Er kann den Nuklearabschuss überhaupt nicht in die Wege leiten.«

Bevor der Präsident antworten konnte, sagte Außenminister Shapiro scharf: »Ihre Mutmaßungen interessieren niemanden, Mr Hofmeyer. Ihre aberwitzige Idee einer Regenverkaufspolitik, die zu allem Unglück allgemeine Billigung fand, hat uns diesen ganzen Mist eingebrockt! Ich erlaube mir mich deutlich auszudrücken. Und nun möchten Sie uns mit Mutmaßungen, bei deren Folgen es um den Weltfrieden oder um den Weltuntergang geht, wieder aus der Klemme helfen. Mr President – verzeihen Sie: Ich habe endgültig genug von Hofmeyers Torheiten. So geht es nicht weiter. Mr Hofmeyer, Sie sind ein Sicherheitsrisiko für dieses Land!«

Wütend war der Außenminister aufgestanden. Jegliche Müdigkeit war von ihm abgefallen. Er ballte die rechte Faust und war vor Zorn rot angelaufen. Vollkommen bleich saß Brent Hofmeyer in seinem Sessel, seine Unterlippe zitterte. Er riss den Mund auf, aber kein Ton kam heraus. Er schluckte, verschluckte sich, sprang auf und rang hustend nach Luft.

In einer solchen Unverblümtheit hatte der Außenminister noch nie gesprochen. Bis auf Hofmeyers Atembeschwerden herrschte Stille.

Auch der Präsident war aufgestanden. Er legte seine Hand auf Brent Hofmeyers Unterarm. Dann sagte President Cole leise und traurig: »Setzen Sie sich beide. Wir brauchen jetzt Einigkeit und nicht Dissens.« Ruhig fügte er nach einer Pause, in der man eine Stecknadel hätte fallen hören können, hinzu: »In der Tat, Mr Shapiro, Mutmaßungen sind für uns keinen Pfifferling wert. Unsere Politik darf auf derlei nicht errichtet werden. Wie gestern fahren wir dreigleisig: Ich werde noch einmal versuchen, assistiert von CIA-Psychologen, mit Frundowski Kontakt aufzunehmen. Auch werde ich mich bemühen herauszuhören, ob er alle drei Codes besitzt. Vermutlich wird das misslingen. Zweitens versuchen wir intensiv Generalstabschef Tabl aufzufinden und ihn vor Frundowski zu schützen. Drittens bleibt es bei ›Geronimo‹. Sie werden hier in Permanenz tagen, ich werde um – um 11 Uhr, in dreieinhalb Stunden, hier wieder Bericht erstatten. Dann können wir über weitere ...«

Ein Mitarbeiter der CIA eilte in den Raum, flüsterte hektisch mit seinem Vorgesetzten, Lloyd Smithson, und händigte ihm einen Kurzbericht aus.

»Was ist, Lloyd?«, fragte der Präsident besorgt.

»Jeff, Mary«, Lloyd wandte sich an die Vizepräsidentin, »meine Herren. Die Agency meldet, dass 143 amerikanische Bürger in Moskau gekidnappt worden sind. Geschäftsleute und einfache Touristen, die in der Krise in Moskau festsitzen. Wir gehen davon aus, heißt es hier, dass ein Zusammenhang mit der Kriegsdrohung von Frundowski besteht. Ich lese weiter, ach je, halten Sie sich alle fest. Hier steht, ich zitiere: ›Die Agency hat die persönlichen Daten aller entführten amerikanischen Staatsbürger verglichen. Es sind ausnahmslos Männer zwischen 18 und 56 Jahren, keine Frauen und Kinder. Die Entführungsopfer haben drei Dinge gemein: Es sind Männer, amerikanische Staatsbürger. Und sie sind entweder Juden oder Schwarze.«

8.00 Uhr Washington.

Wie vor den Kopf geschlagen betrat der Präsident das Oval Office. Brent Hofmeyer folgte ihm auf dem Fuß. Er hatte sich wieder gefangen und tat, als ob nichts gewesen sei.

Juden und Schwarze, Juden und Schwarze, dachte der Präsident. Will der verdammte Rassist einen Rassenkrieg vom Zaun brechen? Will er einen neuen Holocaust einläuten? Aber ja: Er will mich provozieren. Natürlich. Er kennt meine Achillesferse. Soziale Gerechtigkeit. Gleichheit aller Bürgerinnen und Bürger vor dem Gesetz. Er will mich provozieren. Er spielt mit mir – glaubt er. Geiseln, er hat Geiseln genommen, wie ein tatarischer Fürst, wie ein SS-Schurke. Damit ich nur noch reagiere und seinen bizarren Willen erfülle. Aber wieso gerade 143 Amerikaner, und nur Männer?

Dann fiel es ihm wie Schuppen von den Augen. Er blickte Brent Hofmeyer an und sagte: »Jetzt wird er mit sich reden lassen, Brent. Er glaubt, nun hat er mir etwas angetan. Wie ein Kind. Er hat sich gerächt.«

»Wofür?«, fragte Brent, und als er die Frage aussprach, fiel ihm selbst die Antwort ein: »Aber ja, klar. Für die toten Matrosen der *Juri Gagarin.*«

»Genau, Brent. Auf dem U-Boot müssen 143 Seeleute gewesen sein.«

Mit einem plötzlichen Schrecken dachte der Präsident: so viele also. Ich hab 143 unschuldige russische

Seeleute in den Tod geschickt. Ich und niemand anderes. Ich und nur ich muss den Rest meiner Tage damit leben.

Er setzte sich in seinen Schreibtischsessel und wischte, der Not gehorchend, die düsteren Gedanken beiseite.

Später. Später über die armen Kerle nachdenken. Jetzt handeln. Noch genau, nein, etwas weniger als 24 Stunden, dachte er. Nachdenken ist jetzt sinnlos. Erst mal das tun, was ich mir gestern Abend vorgenommen habe. Dann nach Vorbereitung Frundowski anrufen. Wenn ich mich nicht täusche, wird er meinen Anruf kaum abwarten können.

Der Präsident ließ sich von seiner Sekretärin nach Kalifornien durchstellen.

Kaum hatte Elke Harrington den Hörer hingelegt, läutete ihr Nachttischtelefon. Elke zuckte zusammen. Bob murmelte etwas und war gleich hellwach.

»Hallo? Hallo, Mrs Harrington?«, fragte ein FBI-Beamter.

»Ja?«, meinte sie bestürzt.

Ihre Stimme war belegt, flach und erschöpft.

»Ich habe hier President Cole am Apparat. Ich gebe durch.«

Sofort erkannte Elke die warme Stimme des Präsidenten.

»Hallo, liebe Dr. Harrington. Hier Thomas Cole. Hallo?«

»Oh, ja, Mr President, guten Tag. Um Gottes willen, wieso ...?«

»Mrs Harrington, ich habe von der entsetzlichen Entführung Ihrer Kinder gehört. Noch ein Wahnsinniger, der hinter der Formel her ist. Wie fühlen Sie sich?«

»Sehr schlecht, Mr President. Für meinen Mann und für mich ist das alles ein real gewordener Alptraum.«

»Dr. Harrington, ich will nichts beschönigen. Aber ich bin sicher, dass Sie und Ihr Mann Ihre Kinder lebend wieder sehen werden. Die internationale Lage spitzt sich zu. So oder so werden die nächsten Stunden die Entscheidung bringen, international gesehen. Und damit auch die Lösung der barbarischen Kindesentführung. Verzagen Sie nicht. Sie und Ihr Mann müssen durchhalten. Ich möchte Ihnen in den schwersten Stunden Ihres Lebens, die auch die mit Abstand schlimmsten meines eigenen Lebens sind, Mut zusprechen. Sie sind ein aktiver Mensch wie ich. Geben Sie nicht auf. Ich gebe auch nicht auf. Seien Sie stark in der Krise, wozu auch ich gezwungen bin. Ich leide mit Ihnen, liebe Mrs Harrington, und ich denke oft an Sie.«

Elkes Augen füllten sich mit Tränen. Bob, auf dem Bett kniend, umklammerte sie von hinten und streichelte ihr mit der freien Hand die Haare.

Als ob er gewusst hat, was ich tun wollte. Gott im Himmel, wenn es dich gibt, verzeih mir bitte. Ich gebe nicht auf. Nein!

Laut sagte sie: »Und ich denke in dieser Krise an Sie, Mr President. Ich halte durch, ich verspreche es. Haben Sie tausend Dank für Ihren Anruf, Mr President.«

»Gott schütze Sie und Ihren Mann, Mrs Harrington. Dieses Land braucht Sie. Wenn wir uns das nächste Mal wieder sprechen, werden wir diese Krise überstanden haben.«

»Ja, bestimmt. Und vielen Dank noch mal, dass Sie an mich gedacht haben, Mr President.«

»Auf ein baldiges Wiedersehen, Dr. Harrington.«

Es machte klick in der Leitung. Elke legte auf, wandte sich im Sitzen um und warf sich schluchzend in Bobs Arme.

Zwei Psychologinnen der CIA unterstützten President Cole bei der Vorbereitung des Gesprächs mit Frundowski. Der psychologische Leitfaden für das Gespräch lautete: Klare, einfache, mitunter strenge Worte. Keinen Schritt nachgeben. Keine auch noch so geringe Änderung in der amerikanischen Außenpolitik. Gleichzeitig, neben dieser »Peitsche«, ein »Zuckerbrot«: Anerkennung der Präsidentschaft Frundowskis, respektvoller Umgang, auch wenn Frundowski ausfällig wird, ihm zu verstehen geben, wie ernst man ihn als Gesprächspartner nimmt. Ihn deutlich spüren lassen, wie bedeutsam er ist – aber um wie vieles bedeutsamer er sein könnte, dächte er nur ein wenig mehr an den Weltfrieden, wenn er sich an einen Tisch setzen würde, um ernsthafte Verhandlungen mit den USA zu führen.

Jedes Wörtchen, jeder Seufzer, jede Silbe des Gesprächs wurde von hoch empfindlichen Mikrofonen aufgezeichnet, die an noch unerprobten Schwingungslügendetektoren angeschlossen wurden. Ein Dutzend Psychologinnen und Psychologen der CIA und des FBI sollte das Gespräch sofort auswerten. Schon eine leicht tiefere Schwingung in der Stimme, schon ein Zögern im Sprachfluss Frundowskis könnte verraten, ob Frundowski den dritten atomaren Code besaß oder nicht, hofften die Psychologen. Allerdings nur und auch dann nur eventuell, falls President Cole es schaffte, ihm die richtigen Fragen zu stellen.

Nach einer dreiviertelstündigen Vorbereitung meinte President Cole angespannt: »Ich bin bereit.«

Eine Minute später hörte er Frundowskis schnarrende, triumphierende Stimme: »Hallo, amerikanischer Präsident! Ihren Anruf habe ich erwartet. Ihr Amerikaner hängt wohl immerzu am Telefon. Na, von mir aus. Was kann ich für Sie tun?«

Er zeigt sich großzügig, notierte eine der Psychologinnen, weil er sich im Vorteil fühlt.

»Ich möchte mit Ihnen ernsthaft, von Präsident zu Präsident, über die drohende Kriegsgefahr sprechen.«

Das Wort »ernsthaft« hätte er nicht verwenden dürfen, notierte die andere Psychologin.

Leicht gereizt, aber noch immer guter Laune, antwortete der russische Interimspräsident: »Aber, aber, darüber können wir später reden. Es eilt nicht. Wie viel Zeit haben wir denn noch? Oh, noch immer fast 23 Stunden. Und ich dachte, Sie rufen wegen der 143 amerikanischen Leichen an.«

»Wie bitte?«

Trotz ihres Schocks notierte die eine Psychologin: Genießt seinen Triumph und seinen Überraschungserfolg in vollen Zügen.

»Ich hab Sie hinrichten lassen. Ja, wissen Sie das nicht?«, fragte er scheinheilig. »Tsk, tsk, schlechte CIA, tut seine Arbeit nicht mehr. Waren doch nur Jidden und Schwarze. Oh – Entschuldigung, schwarzer Präsident. Ich vergaß.« Er lachte schallend.

Verblüfft schwieg President Cole.

Sollte völlig ruhig blieben, notierte die eine Psychologin.

President Cole fasste sich wieder.

»Sie haben ein schweres Verbrechen begangen, Mr Frundowski. Und sie haben einen dicken Fehler in diesem Schachspiel begangen. Sie haben ...«

Vorwürfe sind der falsche Weg, notierte die Psychologin und zeigte President Cole den Zettel.

Innerhalb einer Hundertstelsekunde schlug Frundowskis gute Laune um.

»Das stand mir zu, du Schwarzer! Du hast 143 Männer der *Juri Gagarin* ermorden lassen!«, schrie er ins

Telefon. Die Vibrationsanzeiger des Aufnahmegeräts und der beiden Lügendetektoren schlugen wild aus.

»Das war unser bestes U-Boot! 143 gute russische Männer, echte Slawenherzen! Da ist das Opfer von 143 nutzlosen Touristen und aussaugenden Kapitalisten ja noch immer zu wenig, wie! Und solch minderwertige Menschen. Nur schade um die – wie viele waren's doch gleich? – 82 russischen Leibwächter. Stramme Jungs. Kommt davon, wenn man den falschen Herren dient.«

»Mr Frundowski, ich bin entsetzt.«

Kein Erstaunen zeigen, notierte die eine Psychologin, und hielt den Zettel vor President Coles Gesicht.

Sofort kehrte Frundowskis gute Laune zurück.

»Wen juckt's?«, lachte er. »Die Welt ist voller dummer Gesichter. Dann gibt's eben noch eins dazu. Ich gähne. Haben Sie mir nichts Interessantes zu sagen?«

President Cole unterdrückte seinen Zorn und bemühte sich nüchtern zu antworten.

»Mr Frundowski, ganz gleich, was Sie unternehmen, es wird niemals eine Änderung in meiner Politik geben. Es bleibt bei der Regenverkaufspolitik. Es bleibt bei der Blockade Ihrer Nuklear-U-Boot Häfen, bei der Abriegelung des Bosporus und Gibraltars. Sie müssten wissen, dass Sie in einer strategisch ungünstigeren Position stecken. Auch müssten Sie wissen, dass es in einem Nuklearkrieg keine Gewinner geben kann ...«

Nicht von oben herab mit ihm sprechen, notierte die eine Psychologin. Als er die Notiz sah, nickte President Cole.

»Lassen Sie uns doch eine bilaterale Verhandlungsrunde bilden, die über das Regenproblem diskutieren wird. Es soll der Schaden Russlands nicht sein. Was halten Sie davon?«

Die Psychologinnen nickten. Gut, notierte eine. Seriöse Überraschung.

»Aber, aber, amerikanischer Präsident, was für ein plumper Versuch mich von meinem Kurs abzubringen. Womöglich soll – Generalfeldmarschall Tabl daran teilnehmen, wie?«

»Zum Beispiel, ja, wenn Sie möchten, gerne«, sagte President Cole und freute sich, dass Frundowski von sich aus den Generalstabschef ins Spiel gebracht hatte.

Seine Freude währte nur kurz.

»Das geht nicht, Cole.«

»Ich verstehe Sie nicht. Sprechen Sie deutlich.«

»O.k., wie Ihr Amerikaner sagt. Ich spreche so deutlich, wie es ein Schwarzer braucht, damit er's versteht. Tabl kann nicht teilnehmen. Der weilt nämlich ebenfalls nicht mehr unter uns. Rate mal, was er mir vor seinem vorzeitigen Ableben verraten hat? Genau. Den Nuklearcode«, lachte er süffisant.

Dann machte es klick. Frundowski hatte aufgelegt.

11.00 Uhr Washington.

Wie zum Hohn, so empfanden es Elke Harrington und der Präsident, regnete es seit einer Stunde anhaltend auf dem nordamerikanischen Kontinent. Farmer Goodall und seine Frau Nelle schauten aus dem Fenster ihres Wohnzimmers und freuten sich. Pedro Mendez, der neben der aufgebahrten Leiche seiner Frau Juanita saß, bemerkte den Regen nicht, der auf das Dach der Kirche prasselte, so sehr schmerzte ihn der Tod seiner Frau. Wie Elke Harrington stand President Cole am Fenster, blickte gedankenverloren in die Regenwand und überlegte, was zu tun sei.

»Das Gespräch ist sehr schlecht verlaufen«, sagte er dann und wandte sich Außenminister Shapiro zu. »Ich habe nicht gut gesprochen. Er hat mich überrumpelt. In meinem ganzen Leben habe ich nicht mit einem solchen Menschen zu tun gehabt. Sie werden es nicht gerne hören, Mr Shapiro, aber auch die beiden Psychologinnen meinen, dass er mit dem Tod von Tabl blufft. Kann sein. Kann auch nicht sein. Wie Sie vorhin sagten: Wir werden unsere Politik nicht auf Mutmaßungen aufbauen. Wir nehmen die Drohung weiterhin ernst. Tabl bleibt nach wie vor verschwunden. Immerhin scheint die erste Sache zu stimmen, die Erschießung der Amerikaner, der 143 Männer. Die Leichen wurden erst vor kurzem aus den Fenstern des Lubljanka gekippt. Einfach so. Einfach aufs Straßenpflaster.«

Außenminister Shapiro nickte. »Eine Dringlichkeitssitzung im UN-Sicherheitsrat wird wieder vonnöten sein. Ich lasse sie sogleich einberufen, Mr President.«

»Ja, ist gut. Unsere Position ist klar: Wir verurteilen die Morde etc. Wir fordern Frundowski auf den obersten Alarmzustand zurückzunehmen, dann werden wir das Gleiche tun.«

»Ich spreche noch auf dem Weg zur Sitzung mit Susan DiCaprio.« Susan DiCaprio war die amerikanische UN-Delegierte.

Zusammen gingen Präsident und Außenminister in den Konferenzraum des Nationalen Sicherheitsrats hinab.

Außenminister Shapiro und Brent Hofmeyer sahen konsequent aneinander vorbei.

Der CIA-Chef Lloyd Smithson begrüßte den Präsidenten freudig und sagte sofort: »Jeff, Mary, meine Herren. Soeben erhalten wir von unseren Agenten einige Berichte, die sowohl Anlass zur Freude als auch zur Besorgnis geben.«

»Wir hören, Lloyd.«

»Erstens: Frundowskis Hauptquartier, das alte Lubljanka, ist von der Moskauer Polizei und neuen sibirischen Truppen, die Frundowski den Befehl verweigern, umstellt worden. Seine Privatarmee will sich nicht ergeben. Wie wir hören, sind die russischen Bürger und die Duma-Abgeordneten entsetzt über die Kriegsgefahr und über die Erschießung der Amerikaner. Da hat Frundowski wohl einen gewaltigen Fehler gemacht, glaube ich. Aus dem Föderationsrat liegen noch keine Berichte vor. Zweitens und damit zusammenhängend: Der Dumapräsident Michailow lässt den Erschießungsvorfall untersuchen. Offensichtlich weiß er nichts von dem Ultimatum Frundowskis. Die Frage ist: Sollen wir ihn davon unterrichten? Könnte sein, dass die ganze Sache dann platzt und in die Medien kommt, könnte aber auch sein, dass das Ultimatum dahingehend wirkt, dass die Duma die Absetzung Frundowskis betreibt, und zwar noch heute. Drittens: Der beliebte sibirische General und Gouverneur Luschin hat in einer Fernsehansprache offen zur Revolte gegen Frundowski aufgerufen. Er hat bereits Truppen nach Moskau beordert, die gegen Frundowski sind. Frundowski hat ihm treue Truppen ebenfalls nach Moskau beordert. Die Lage ist verworren. Viertens: Soeben erreicht mich die Nachricht, dass der ehemalige Präsident Karenin in unsere Moskauer Botschaft geflohen ist und um Schutz ersucht hat. Wir haben das Gelände weiträumig von Marines abschirmen lassen. Wir denken, wir können die Stellung dank der Marines und ihren neuen Laserwaffen halten, von denen die Russen nur träumen können. Wir können unserem alten Freund Karenin Schutz gewähren. Zum Schluss ein Gerücht, freuen Sie sich aber nicht zu früh: Das noch nicht verifizierte Gerücht lautet, Generalstabschef Tabl sei nach Sibirien zu seinem Freund, dem sibirischen Gouverneur Luschin, geflüchtet. Wie gesagt, keine Bestätigung. Noch keine Beweise.« Er setzte sich zufrieden.

»Danke, Lloyd«, sagte der Präsident. »Jetzt geht's Schlag auf Schlag. Das waren ein paar Hoffnungsschimmer. Nicht mehr. Und was tun wir jetzt?«

Nach einer Stunde beschloss die Krisenversammlung nicht mehr nur drei-, sondern vielgleisig zu fahren: Der Kontakt mit dem russischen Geheimdienst, der Frundowski nicht unterstützte, sollte auf allen Ebenen verstärkt werden; Tabl musste gefunden werden – oder seine Leiche. Kontakte mit dem Moskauer Bürgermeister, mit dem sibirischen Gouverneur, mit dem Dumapräsidenten sollten gesucht werden. Der russische Generalstab sowie alle wichtigen russischen Generäle sollten von Botschaftspersonal aufgesucht werden, um ihnen unmissverständlich klarzumachen, dass die USA niemals einen atomaren Erstschlag führen würden. Auf keinen Fall werde Washington das innenpolitische Wirrwarr in Moskau ausnützen. Das verspreche der Präsident persönlich. Auf die absolute Dringlichkeit der Situation bis zum nächsten Morgen sollte bei Michailow und den Abgeordneten hingewiesen werden, ohne jedoch das Ultimatum zu nennen. Auf diese Weise sollte eine weltweite Massenpanik vermieden werden. Außerdem ließ man Frundowski noch immer ein Schlupfloch, wenn das Ultimatum nicht bekannt würde. Wohlweislich hatte er niemanden davon unterrichtet – so viel war aus Gesprächen mit russischen Politikern klar geworden. Auch der russische Geheimdienst war vom Ultimatum nicht unterrichtet worden, ja nicht einmal die amerikanischen Agenten. Das Geheimnis hatte Frundowskis Büro – was die CIA-Psychologen als sehr positiv bewerteten – und den Krisenraum des Nationalen Sicherheitsrats in Washington noch nicht verlassen. Auch der UN-Sicherheitsrat sollte einbezogen werden, allerdings ohne das Ultimatum zu kennen, von dem nicht einmal die amerikanische Delegierte etwas wusste. Ein weiteres Gespräch mit Frundowski wurde für sinnlos erachtet.

»Das sieht doch zum ersten Mal ganz positiv aus. Die Agency und das State Department verstärkten ihre Aktivitäten auf allen Fronten. Ein dringendes Gespräch muss sofort mit dem Dumapräsident Michailow gesucht werden«, meinte President Cole anschließend und lächelte zum ersten Mal wieder.

Außenminister Shapiro nickte. Auch er hatte sich beruhigt, nachdem sich Brent Hofmeyer bemerkenswert zurückgehalten hatte.

Die Abrechnung kommt noch, du Etepetete-Schwein, dachte Hofmeyer.

In diesem Augenblick läutete das Telefon. Wieder nahm die Vizepräsidentin ab, hörte zu und legte dann bald auf.

»Die Psychologinnen haben das Telefongespräch mit Frundowski jetzt ausgewertet, Jeff«, sagte sie ernüchtert. »Das Ergebnis ist unklar. Entweder ist er ein sehr guter Schauspieler oder er sagt die Wahrheit, was eventuell stimmen könnte, meinen sie: Die Wahrheit, dass er Tabl doch noch hat umbringen lassen. Oh Jeff, was jetzt, wenn er alle drei Codes hat und eine Kurzschlusshandlung seinerseits jederzeit möglich ist?«

President Cole holte tief Luft.

»Dann gibt es vorerst nur eins, Mary. Ich möchte, dass du sofort zur Andrews Air Force Base fährst, eine der drei *Doomsday*-Maschinen besteigst und bis zum Ende dieser Krise in der Luft bleibst.«

Die *Doomsday*-Flugzeuge waren umgerüstete Boeing-747-Jets, voll mit elektronischen Kommunikationsanlagen, die dem Präsidenten in der Not als fliegende Kommandozentralen zu dienen hatten. Die drei 747-Maschinen konnten zweiundvierzig Stunden in der Luft bleiben.

»Jeff, nein! Verlange das nicht von mir. Ich möchte dich in dieser Krise nicht verlassen«, bat die Vizepräsidentin Mary Galsworthy beinahe flehentlich.

»Mary, du weißt: Hier geht es nicht um Gefühle. Hier geht es um den Dienst am Vaterland. Du bist die rechtmäßig gewählte Vizepräsidentin. Im Falle meines Ablebens muss die Regierungsgewalt sofort an dich weitergeleitet werden. Du *musst* mir und deinem Land diesen Dienst erweisen, Mary. Es ist notwendig. Niemand wird schlecht von dir denken. Als Chief Executive befehle ich es dir.«

Den Tränen nahe nickte sie nur noch, stand auf und umarmte den Präsidenten.

»Nimm einen Richter und eine Bibel mit, Mary«, sagte der Präsident leise und ernst, als die Vizepräsidentin eine Träne wegwischte. »Für den Fall einer Vereidigung.«

Die Vizepräsidentin eilte aus dem Raum.

Der Präsident blickte ihr nach, unterdrückte energisch seine aufsteigende Rührung und rechnete nach: Noch 20 Stunden.

Zur selben Stunde brachte ein Bote von Federal Express durch die Kette von Polizisten und FBI-Agenten, die Elkes und Bobs Haus in Pasadena umstellt hatten, einen kleinen und wiederum gefütterten Manila-Umschlag. Mit fiebernden Händen riss Elke den Umschlag auf. Er enthielt eine Kassette mit den Stimmen von Susan und Andy, die lügen mussten, wie gut es ihnen ging. Am Schluss musste Andy sagen: »Acht Uhr morgen früh, Mom. Du weißt schon warum.«

14.00 Uhr Pasadena.

Elke seufzte. Ohne den Sandwich zu beachten, den hinunterzuwürgen ihr unmöglich war, schaute sie Bob lange an. Unvermittelt sagte sie: »Bob, ich möchte ins Labor.«

»Aber Elke ...«, begann er. »Hm«, meinte er dann. »Wie du meinst. Wir werden hier noch verrückt. Ich kann ein paar Stunden Alleinsein ertragen.«

»Ich muss etwas tun. Ich muss! Ich habe mir überlegt: Es könnte ja sein, dass die Entführer dort anrufen ... sie kennen mich ja ... es könnte sein. Und dann wäre ich dort. Außerdem ... außerdem will ich im Labor nach dem Rechten sehen, wir müssen in aller Eile den nächsten Großregen für Sonntag ... Sonntag ...«

Bob umarmte sie, als sie nicht weitersprechen konnte.

»Natürlich, Honey. Natürlich. Geh nur für ein paar Stunden ins Labor. Das wird dir gut tun. Eine gute Idee. Was sollen wir auch hier. Fühlst du dich stark genug, ja?«

Elke nickte und streichelte Bobs Gesicht, das hager und blass und mitgenommen aussah. Sie sah nicht besser aus. Ihr Rouge wirkte zum ersten Mal in ihrem Leben forciert und unecht, als sie den gepanzerten FBI-Wagen bestieg, der sie ins Labor brachte.

17.00 Uhr Washington.

Zur selben Zeit tagte in Washington der Krisenstab im Nationalen Sicherheitsrat.

»Ich kann etwas Positives vermelden«, meinte der Präsident. Gerade habe ich mit dem Vorsitzenden der Staatsduma, Iwan Michailow, gesprochen. Er ist ganz auf unserer Seite. Auch sein Sohn und ehemalige Minister sind in unsere Botschaft geflohen und haben sich unter unseren Schutz gestellt. Michailow ist ein mutiger Mann. Er harrt aus. Heute Nachmittag ist es in der Duma zu einer Schlägerei zwischen Frundowskis verbliebenen Anhängern und den Frundowski-Gegnern gekommen. Dabei war die Kriegsgefahr nicht einmal ausschlaggebend für ihren plötzlichen Gesinnungswandel. Es war die ruchlose Ermordung unserer Landsleute. Die Russen sind entsetzt, sagt Michailow, und ich glaube ihm. Vielleicht haben sie auch Angst, dass wir ihnen die Kredite sperren. Jedenfalls wissen sie, dass wir den Massenmord nicht hinnehmen werden. Das habe ich auch deutlich zum Ausdruck gebracht und die sofortige Verhaftung des Verbrechers Frundowski verlangt. Michailow schätzt, dass er schon morgen früh die Misstrauensfrage stellen kann. Dann schnappt die Moskauer Polizei zu.«

»Was wäre, wenn die Misstrauensfrage in unserem Sinne ausfällt?«, fragte Admiral Schmitt.

»Dann wäre Frundowski noch in derselben Minute abgesetzt«, antwortete Außenminister Shapiro.

»Oder ...«, sagte Brent Hofmeyer bedeutsam und stand auf. »Oder, falls er alle drei Nuklearcodes besitzt, kann er zehn Minuten zuvor die Codes durchgeben und seine Absetzung mit einem kleinen, atomaren, globalen Feuerwerk feiern. Oder – er kann fünf Minuten nach seiner Absetzung, auf dem letzten Weg in sein Kremlbüro, den atomaren Abschuss freigeben.«

»Was wollen sie damit sagen, Brent?«, fragte der Präsident.

»Wir wissen immer noch nichts über den Aufenthalt des Generalstabschefs Tabl, lebend oder tot. Karenin und seine Minister interessieren uns im Augenblick nicht die Bohne. Nur Tabl.«

»Richtig. Und?«

»Wir riskieren morgen früh den atomaren Ernstfall. Punkt acht Uhr *Eastern Standard Time*. Den Gesprächen mit Frundowski zufolge macht er Ernst. Falls die sibirischen Truppen, die auf Moskau marschieren, oder die Duma mit der Absetzung zuerst da ist, wird die Lage für den Mann verzweifelt werden. Morgen früh unserer Zeit. Man muss eine Kurzschlussreaktion erwarten. Es gibt nur einen möglichen Weg, wenn wir Glück haben, ihm zuvorzukommen.«

»Und der wäre, Brent?«, fragte der Präsident ungeduldig.

Brent Hofmeyer holte tief Luft. »Der wäre ein atomarer Präventivschlag. Gezielt, absolut gezielt. Gegen Moskau, sonst keine weiteren Städte, und gegen alle atomaren Anlagen inklusive Luftwaffenanlagen und gegen die russische Marine.«

Zwei Sekunden lang herrschte vollkommenes Schweigen im Raum. Bevor der Präsident, geschockt von den Worten seines Beraters, antworten konnte, war Außenminister Shapiro aufgesprungen.

»Sind Sie denn von allen guten Geistern verlassen?«, schrie er Brent ins Gesicht, der hochrot seinen Platz behauptete. »Ich sagte es ja schon, ich sagte es ja: Sie sind ein Sicherheitsrisiko! Sie sind sogar wahnsinnig geworden! Sie wagen es allen Ernstes, uns aus Sicherheitsgründen, wie Sie es immer betonen, einen derartig wahnwitzigen Plan auch nur vorzuschlagen?! Sind Sie des Teufels?«

Brent Hofmeyer hatte sich, im Gegensatz zum letzten Mal, sogleich gefasst. Er hatte gewusst, welche heftigen Reaktionen sein Vorschlag hervorrufen würde, und er war seelisch gut vorbereitet.

Er antwortete vollkommen ruhig: »Mr Shapiro, mit

Rücksicht auf Ihr hohes Alter und mit Rücksicht auf die prekäre Lage des Weltfriedens überhöre ich Ihre beleidigenden Worte. Sie und ich, wir stammen aus anderen Sphären. Das ist kein Geheimnis in Washington.«

Betreten schwiegen alle in der Runde. President Cole dachte: Jetzt muss es heraus. Sollen sie reden.

»Mit ungehörigen Worten kritisieren Sie mich«, fuhr Hofmeyer fort. »Nun gut. Ich stecke es ein, ich balge mich nicht mit einem alten Mann. Den kühnen Vorschlag habe ich vorgebracht, weil wir hier um den Weltfrieden kämpfen, weil wir hier in diesem Raum *alle* Optionen zu bedenken haben ...«

Hofmeyers in vernünftigem Ton vorgebrachte Worte bewirkten bei Außenminister Shapiro das Gegenteil: Der Außenminister wurde nicht ruhiger, sondern immer erregter.

»Das ist doch keine Option, Sie Narr! Ein Erstschlag ist im atomaren Kontext niemals eine Option! Wissen Sie das denn nicht?«

»Ich weiß eines: Lieber 200 Millionen Russen tot als 200 Millionen Amerikaner. Es könnte gut sein, dass wir Frundowski mit einem Präventivschlag völlig überraschen. Unsere SLBMs der sechsten Flotte am Bosporus werden sich zuerst Moskau vornehmen. In fünf bis zehn Minuten wird Moskau von der Weltkarte verschwunden sein. Nutzt Frundowski diese wenigen Minuten nicht für den atomaren Abschuss – ob er den dritten Code besitzt oder nicht, das wissen wir ja nicht –, dann hat er ausgespielt. Wir sind gerettet. Ich denke nur an uns. Nur an unsere Sicherheit. Die Sicherheit der Amerikaner.«

Er setzte sich und blickte Außenminister Shapiro gelassen ins Gesicht.

Außenminister Shapiro stieß »Pah, pah, pah!« aus, schüttelte den Kopf heftig und setzte sich wortlos. Noch immer schüttelte er den Kopf, als er endlich sagte: »Ich kann es nicht glauben. Ich kann nicht glauben, was ich da höre. Unglaublich genug, dass wir von einem Tag zum anderen in den Kalten Krieg zurückgeschleudert werden. Dann erreicht uns aus dem eigenen Lager die aberwitzige Forderung: wenn schon, denn schon. Gehen wir doch aufs Ganze. Riskieren wir unseren eigenen Untergang auf der Basis von Brent Hofmeyers Hypothesen. Ich fasse Ihre Vermutungen zusammen, Mr Hofmeyer, ich versuche Sie ernst zu nehmen. Erste Vermutung: Frundowski besitzt den dritten Code. Darüber wissen wir nichts. Zweite Vermutung: Frundowski wird morgen von der Duma und dem Föderationsrat abgesetzt. Wir wissen nicht, erst recht nicht, wie der Föderationsrat über die Absetzung denkt. Darüber haben wir noch immer keine Informationen. Oder Frundowski wird von sibirischen Truppen gefangen gesetzt. Die Lage bleibt völlig unübersichtlich. Wir wissen weder, wo diese Truppen sind, noch, ob wir ihnen trauen können, geschweige denn, ob andere Truppen sich ihnen entgegenstellen werden. Wir wissen im Augenblick nichts. Und jetzt hören Sie bitte alle gut zu: Auf all diesen Imponderabilien baut Ihr Sicherheitsberater und Chef des Nationalen Sicherheitsrats, Mr President, seine nächste, noch wackligere Vermutung: Frundowski könnte eine Kurzschlusshandlung begehen, sobald das Spiel für ihn ohnehin aus ist. Wenn die sibirischen Truppen vor den Kremlmauern stehen, drückt Frundowski noch schnell auf das atomare Knöpfchen! Was wissen Sie schon, Sie Hasardeur! – Natürlich schließe ich das nicht vollkommen aus, ich bemühe mich Sie ernst zu nehmen, Mr Hofmeyer. In diesem gigantischen Todesspiel ist alles möglich. Aber wir *wissen* im Grunde zu wenig, die Lage in Moskau ist zur Stunde völlig verworren.«

»Ich will nichts riskieren«, meinte der Nationale Sicherheitsberater. »Offensichtlich spitzt sich die Lage in Moskau dramatisch zu. Das müssten Sie doch als außenpolitischer Experte spüren. Ich möchte dem Rassisten, Antisemiten und Wahnsinnigen lediglich zuvorkommen.«

»Nein, nein, nein! Kommen Sie mir nicht mit solchen Floskeln, Hofmeyer, damit er uns doppelt unsympathisch wird. Sie wollen uns nur Sand in die Augen streuen. Ich durchschaue Sie. Immer und immer nur wählen Sie die härtere Gangart, immer spricht aus Ihrem Mund die Stimme der Gewalt. Was sind Sie nur für ein armseliger Mensch. Was müssen Sie nur für ein *kranker* Mensch sein ...«

»Und Sie – Sie sind alt und müde. Sie wählen immer den weichen Weg, Sie bringen unser großartiges, starkes Land in Misskredit vor der Weltöffentlichkeit. Sie unterminieren dieses Land! Das Sicherheitsrisiko sind *Sie!*«

»Was sind Sie nur für ein kranker Mensch«, wiederholte der Außenminister leise.

»Und Sie sind schwach, schwach, schwach. Gehen Sie doch endlich in Ihre wohlverdiente Pension. Gehen Sie!«

»Wie können Sie Emporkömmling, Sie Niemand und Nichts, in diesem Ton mit mir reden! Mr President«, er wandte sich an den Präsidenten, der aufschaute und dann seinen Blick in die Augen von Außenminister Shapiro bohrte. »Ich möchte Sie nicht noch mehr unter Druck setzen, es ist alles schlimm genug. Aber ich sehe keine Möglichkeit mit einem Desperado wie Brent Hofmeyer weiter zusammenzuarbeiten. Morgen, nach dem, so Gott will, guten Ende der Krise, werde ich meinen Rücktritt einreichen, falls Sie sich nicht von Mr Hofmeyer trennen. Es ist jetzt so weit, Mr President. Es tut mir aufrichtig Leid. Ich weiß, der Zeitpunkt könnte nicht ungünstiger gewählt sein. Aber es hilft nichts. Er oder ich. Sie kennen mich, Mr President. Mein Entschluss steht unverrückbar fest. Er oder ich.«

Der Präsident schwieg.

Maurice Dixon, der Verteidigungsminister, ergriff als Erster beherzt das Wort: »Ich bin von Ihren Worten geschockt, Mr Shapiro. Ich verstehe Sie, aber ich verstehe auch Ihre Sorge um unsere Sicherheit, Mr Hofmeyer. Zu Ihrem Streit möchte ich nichts sagen, das ist Sache des Präsidenten. Nur eines gebe ich als Verteidigungsminister zu bedenken. Ein atomarer Erstschlag, und wird er in einer ersten Welle nur mit SLBMs geführt, wird dem russischen Präsidenten innerhalb von Sekunden gemeldet. Besitzt er alle drei Codeteile, kann er im Grunde in zwanzig Sekunden den atomaren Abschuss durchgeben. Die Codeleitungen sind elektronisch gehärtet, soweit wir wissen. Selbst wenn die SLBMs unserer U-Boote der sechsten Flotte, die in der Nähe Moskaus liegen, die Stadt in fünf Minuten erreichen, bliebe Frundowski noch genügend Zeit zur Reaktion. Er handelt extrem schnell, das wissen wir. Wenn Sie mich fragen: Ein Erstschlag wäre der helle Wahnsinn. Sehen Sie das auch so, Admiral?«

Der Generalstabschef nickte. »Ganz genauso.«

»Danke, Maurice, Admiral. Mr Shapiro«, sagte der Präsident abwägend, »ich danke Ihnen für Ihre Worte der Vernunft. Aber ich danke auch Ihnen, Brent, dass Sie jede Option vorbringen. Ihre Worte habe ich jedoch mit großem Befremden gehört. Ich lebe nun schon mit der Bürde von 143 toten russischen Seeleuten auf dem Gewissen. Für weitere Tote, für die kaltblütige Hinrichtung unserer Landsleute in Moskau und für die Ermordung ihrer Leibwächter trage ich Mitschuld. Ich hätte so etwas ahnen sollen. Aber ich habe es nicht geahnt. Doch eines kann ich jetzt immerhin tun: Ich gehe keine Risiken mehr ein. Unser nukleares Vorgehen soll nicht auf Vermutungen aufgebaut werden. Ich wundere mich sehr über Sie, Brent. Sie hingegen kann ich beruhigen, Mr Shapiro: Einen atomaren Präventivschlag wird es in meiner Administration niemals geben. Das schließe ich kategorisch aus. Eine weitere Diskussion erübrigt sich darüber. – Und nun zur personellen Frage, die Sie mir aufzwingen: Falls wir morgen alle noch am Leben sind, werde ich morgen darüber befinden. Falls.«

Er rechnete nach: Noch 15 Stunden.

17.00 Uhr Pasadena.

»Was machen Sie denn hier, Elke?«, hatte ihre Sekretärin gefragt, als Elke am frühen Nachmittag in den Pasadena Laboratorys aufgetaucht war.

»Auf andere Gedanken kommen, Kay. Ich kann einfach nicht noch länger zu Hause herumsitzen. Länger halte ich's nicht aus. Und ich dachte ... vielleicht läutet das Telefon hier.«

Ihre Sekretärin wollte ihr diese Hoffnung nicht nehmen, wollte ihr nicht sagen, dass alle Telefone des Labors selbstverständlich mit Fangschaltungen versehen waren und vom FBI rund um die Uhr abgehört wurden.

Voller Mitleid schaute sie Elke an. »Ich verstehe Sie nur allzu gut. Auf Ihrem Schreibtisch hat sich inzwischen einiges angesammelt ... wenn Sie wollen ...«

»Ich mach mich an die Arbeit«, meinte Elke entschlossen und ging in ihr Büro.

Was für eine bewundernswerte Frau, dachte Elkes Sekretärin. Die ist nicht totzukriegen. Wenn man meine

Mädels kidnappen würde, würde ich überschnappen. Aber Elke hat sich im Griff.

Im Labor sprach es sich schnell herum, dass Elke Harrington allen Ernstes zur Arbeit erschienen war. David Erlebacher besuchte sie und hätte ihr um ein Haar befohlen heimzugehen. Aber er merkte, dass ihr die Arbeit ein wenig gut tat. Zum Schluss sagte er: »Tun Sie, was Ihnen seelisch wohl tut. Bis morgen, Elke.«

Als ihr bei dem Wort »morgen« die Tränen kamen, verließ David Erlebacher schnell das Büro.

Mein Gott, ist die tapfer. Das muss ich Rachel erzählen, das gibt's doch nicht, dachte er beim Hinausgehen.

Ab 17 Uhr wirkte das Labor fast verlassen. Elkes Sekretärin war bereits heimgegangen. Aufgrund der Ereignisse wurde im Labor mit halber Konzentration gearbeitet – gerade genug, um die Substanzen für den nächsten Niederschlag am Sonntag herzustellen.

Von draußen hörte Elke immer wieder die gedämpften Stimmen der FBI-Agenten und der Marines, die Wache hielten. Gelegentlich wurde der Standort der Panzer geändert. Dann heulten die schweren Motoren auf und die Panzerketten klackten auf dem Pflaster und rissen den beigen Rasen, der sich noch immer nicht erholt hatte, auf – was niemand kümmerte.

Gespenstisch, dachte Elke. Als ob wir im Krieg wären. Krieg. Wir sind fast im Krieg. Ich bin im Krieg.

Sie starrte das Telefon an. Es wurde still im Labor.

Elke war aufgefallen, dass sie Mike noch gar nicht gesehen hatte. Daher freute sie sich, als es zaghaft an ihrer Türe klopfte und Mike hereintrat.

»Oh Mike, wie schön«, sagte sie und bemühte sich normal zu wirken.

»Elke«, sagte er nur.

Er schaute ihr zärtlich in die Augen. Dann nahm er ihre Hand und fragte: »Etwas Neues?«

Sie schüttelte den Kopf. »Nichts seit der Kassette.«

Dann brach ihre Fassade zusammen. Ganz vorsichtig, als ob sie vollkommen zerbrechlich wäre, nahm Mike sie in die Arme. Sie wehrte sich nicht. Sie legte ihren Arm auf seine Schulter und schluchzte: »Mike, Mike, was soll ich bloß tun? Mike ...«

Es kam ihr ganz natürlich vor, dass ihr Gesicht an seinem Gesicht war, dass Mike ihre Tränen und ihre Wangen und ihr Haar küsste. Dass sie in ihrer Verzweiflung ihre Arme um ihn geworfen hatte. Plötzlich spürte sie seine warme, feine Zunge in ihrem Mund. Sie atmete tief aus und ein, hauchte ihn an und stöhnte: »Nein, ja. Hilf mir, hilf mir um Gottes ...«

Sie ließ es geschehen, dass er ihr Gesicht und ihre Haare küsste, ihre Brüste in die Hand nahm und sie durch die Bluse hindurch küsste.

Was passiert da? Was passiert da? Was ...?

Sie streichelte seine Haare, während er ihre Augen küsste.

Was ist das?, dachte sie. Wie schön ... Nein. Was tut er? Ich muss wohl wahnsinnig sein.

»Mike. Mike, nein!«, rief sie in die Stille hinein.

Dann weinte sie und löste sich von Mike, ohne dass er sie festzuhalten versuchte.

Sie schaute ihn an und streichelte sein Gesicht.

»Es darf nicht sein, Mike.«

»Du hast immer gewusst, wie sehr ich dich liebe. Du hast es gewusst.«

»Ich schwöre dir, nein. Ich fühlte etwas, ja. Aber ich habe es immer weggewischt, immer beiseite geschoben.«

»Ich liebe dich mehr als mein Leben«, gestand Mike schlicht.

»Still, still«, flüsterte sie und legte ihre Handfläche auf seinen Mund.

Er küsste ihre Handfläche und ihre Finger und nahm dann ihre beiden Hände in seine großen, zitternden Hände.

»Ich liebe Bob, es ist ganz einfach. Mehr kann ich nicht sagen.«

Mike nickte. »Das ist es ja, das ist es ja«, sagte er traurig. »Ich mache dir keine Vorwürfe. Du hast nie mit mir gespielt. Du bist ehrlich. Es gab immer nur Bob. Das ist alles.«

Elke sagte: »Ja.«

Nach einer langen Pause sagte Mike: »Verzeih mir, wenn ich dich mit meinen Gefühlen gerade jetzt behellige. Ich bin ein Schwein. Ich nütze deine Schwäche aus. Ich bin ein Schuft.«

Elke umarmte ihn. »Nein, nein, es kam einfach so, es ist ganz natürlich geschehen. Du bist neben Bob der wunderbarste Mann auf der Welt.«

»Neben Bob – ja. Neben Bob«, lächelte Mike traurig.

Noch immer hielt er Elkes Hände in den seinen. Es störte sie nicht, im Gegenteil: Sie empfand für Mike ein tiefes Mitgefühl, das fast an Liebe grenzte. Fast.

»Dann haben wir eines gemeinsam«, meinte Mike langsam.

»Was?«

»Wir sind beide verzweifelt.«

Tränen schossen ihr in die Augen.

»Mein Gott, Mike, hilf mir!«

Die Knie gaben ihr nach. Sie setzte sich ungeschickt auf den Teppichboden, verlor einen Schuh dabei, nahm die Hände vor das Gesicht und schluchzte.

Mike gab seinem Impuls nicht nach, sie nochmals in die Arme zu nehmen. Er riss sich los und zwang sich in

Richtung der Bürotüre zu gehen. Der Weg kam ihm unendlich weit vor, bis er die Klinke endlich in seiner Hand hielt. Das kühle Metall ließ ihn leicht zusammenzucken.

Dann drehte er sich abrupt um.

»Es gibt einen Weg«, sagte er schnell. »Vertrau mir, Elke. Ich liebe dich.«

21.00 Uhr Pasadena.

Im Entführungsfall der Harrington-Kinder waren aus der Bevölkerung mehrere tausend Hinweise eingegangen – so viele, dass das FBI und die Polizei von Los Angeles sich aufteilen mussten, um auch nur den Erfolg versprechendsten Hinweisen sofort nachzugehen.

Detective Hernandez und Agent Larry Miller waren pausenlos im Einsatz. Jeder ermittelte allein. In unregelmäßigen Abständen fuhren Agenten und Kommissare wieder ins Präsidium zur Einsatzleitung zurück, um den nächsten Auftrag anzunehmen.

Ich krieg die Schweine, ich krieg sie. Wenn es einen Gott gibt, lass mich derjenige sein, der sie in die Finger kriegt, dachte Larry Miller wütend. Der Frundowski kann mich mal. Mich interessieren bloß die Schweinepriester, die meinen Kumpel abgeknallt haben.

In seinem ganzen Leben war er noch nie so erzürnt gewesen. Er schlief nicht mehr. Im Vorbeigehen schob er sich achtlos einen Hotdog in den Mund, stürzte den zwanzigsten Becher heißen Kaffee hinunter, der ihm im Präsidium gereicht wurde.

In der Einsatzzentrale traf er zufällig Detective Hernandez.

»Was gefunden?«, fragte er ihn besorgt.

Detective Hernandez schüttelte den Kopf und verließ den Raum, unterwegs zu seinem nächsten Auftrag.

»Agent«, meinte ein übermüdeter Polizist. »Ich habe hier vielleicht etwas. Ein Bergsteiger hat gerade gemeldet, er hätte im *Angeles National Forest*, Sie wissen doch, in L. A. County, zwei Kilometer südlich von Mount Wilson, Kinder weinen hören. Meinte, das Geheule käme aus einer Hütte, die allein im Wald steht. Na ja, ob man da was drauf geben kann. Könnten auch Vögel sein. Weiß der Kuckuck. Wollen Sie der Sache nachgehen?«

Larry Miller nickte.

Das hört sich gut an, dachte er. Das könnte es sein.

Er eilte zu seinem Wagen.

22.00 Uhr Washington.

Und ich glaubte, dachte President Cole, all dies sei vorbei. All diese dummen Kriegsspiele, der Hass zwischen den Völkern. Der Kalte Krieg. Aber jetzt holt der Heiße Krieg den Kalten ein. Vielleicht.

War er in großer Sorge, machte President Cole oft einen Abendspaziergang. Knapp zwanzig Secret-Service-Agenten umringten ihn, als er in der Dunkelheit die Mall hinabschlenderte. Weitere fünfzig Agenten hatten, ohne sein Wissen, die gesamte Mall bis zum Lincoln-Memorial von allen Spaziergängern, in aller Eile und mit barschen Worten, geräumt. Sie wussten, wo er hinwollte.

Hinter ihm trug ein Secret-Service-Agent einen schwarzen Koffer: *den* schwarzen Koffer mit der atomaren Codedurchgabe-Vorrichtung. Der schwarz gekleidete Mann entfernte sich nie mehr als fünf Meter vom Präsidenten.

President Cole blickte hinauf zum Sternenhimmel.

Da oben fliegt Mary, dachte er. Keine weiteren Gespräche mit Michailow. Die Absetzung wird zu spät kommen. Ob er den dritten Code hat? Tabl nicht zu finden. Wie vom Erdboden verschluckt.

Er betrat das Lincoln-Memorial und faltete die Hände. Er fühlte eine ungeheure Nähe zu Lincoln, dessen gigantische, sitzende Statue, hell erleuchtet, wohlwollend, aber streng auf ihn herabsah. Respektvoll blieben die Agenten stehen, als President Cole vortrat – mit Ausnahme des Kofferträgers. Wie eine Klette haftete er sich schweigend an die Fersen des Präsidenten.

Der Präsident blieb wenige Meter vor dem gewaltigen Denkmal stehen und blickte mit Verehrung auf das ernste, cremefarbene Gesicht.

Mein Gott, Abe, lass mich das Richtige tun. Kein Präventivschlag. Alles andere versuchen. Auf die sibirischen Truppen hoffen oder darauf, dass Tabl sich und den Code retten konnte. Durchhalten, eisern durchhalten. Den Feind mit Unverrückbarkeit besiegen. Nicht weichen, Abe. Wie du.

Vielleicht stehe ich heute das letzte Mal vor dir. Lieber Abe: Adieu.

Er schaute auf seine Uhr.

Hilf uns, Abe. Gott, sei uns gnädig. Abe: noch zehn Stunden.

DONNERSTAG, 29. SEPTEMBER

2.30 Uhr Pasadena / 5.30 Uhr Washington.

Noch zweieinhalb Stunden ... noch zweieinhalb Stunden, hämmerte es in Elkes Kopf. Mit dem Laken wischte sie, im Bett liegend, die Tränen beiseite, die dick und unablässig hervorkamen. Andy ... Susan ... Andy ..., fühlte sie dumpf, biss zum hundertsten Mal in den Rand ihres Kopfkissens, um nicht zu schreien. Aber Bob war ebenso wach wie sie, hatte ebenso wie sie nicht geschlafen. Er wandte sich Elke zu und nahm sie in seine Arme.

»Oh Gott, Bob, oh Gott, oh Gott, gib mir meine Kinder zurück«, presste sie hervor.

Bob drückte sie nur noch fester an sich.

Ich werde wahnsinnig, hier passiv dazuliegen, dachte er. Das kann doch gar nicht sein, dass Menschen so etwas durchmachen müssen. Das kann doch nicht sein.

»Oh Gott, Bob, noch zweieinhalb Stunden!«, flüsterte Elke und wünschte sich nichts so sehr wie ihren eigenen Tod, sofort, damit sie den Schmerz um die Kinder nicht noch länger aushalten musste.

Im Oval Office saß President Cole bereits am Schreibtisch. Direkt vor ihm lag der schwarze Koffer, der ihn mit dem Strategic Air Command verband. Als seine Frau Anne ins Oval Office trat, starrte der Präsident unverwandt die Schwärze des ungeöffneten Koffers an. Er bemerkte Anne erst, als sie neben ihm stand und ihren Arm um ihn legte. Mit den Fingerspitzen berührte er ihre Hand und sagte: »Anne, es waren wundervolle Jahre mit dir. In zweieinhalb Stunden wird alles entschieden sein – wird entschieden sein, ob wir zusammen alt werden oder sofort sterben.«

Sie beugte sich über ihn und küsste ihn. Eine Träne fiel auf seine große Hand.

»Anne – ich möchte, dass du jetzt in den Regierungsbunker fährst. Es wird bitterernst.«

Sie schüttelte den Kopf, langsam und überlegt.

»Niemals, Jeff, niemals. Du weigerst dich doch auch zu gehen, hm? Glaubst du, dass eine alte Soldatenbraut wie ich ihren alten Kämpfer in der Entscheidungsschlacht verlässt? Hast du das wirklich geglaubt? Wirklich?«

President Cole stand abrupt auf und umarmte seine Frau. Sie drückte ihn ebenso fest an sich. Unbewegt verharrten sie so, viele Minuten lang. Ein leises Räuspern störte sie und sie lösten sich voneinander.

»Mr President, äh, Entschuldigung, Mr President«, sagte Brent Hofmeyer mit verlegenem Gesicht.

»Schon gut, Brent«, sagte der Präsident müde. »Wir haben uns nur voneinander verabschiedet. – Bleib hier im Westflügel, in meiner Nähe, Anne, ja? – So, Brent, gab es in der letzten halben Stunde etwas Neues?«

»Nichts, Mr President«, antwortete der Nationale Sicherheitsberater. »Ich bitte Sie aber zum wiederholten Mal den Kommandobunker in Maryland aufzusuchen.«

»Und ich sage Ihnen zum wiederholten Mal, dass das nicht infrage kommt, Brent. Der Kapitän bleibt auf der Brücke, bis das Schiff sinkt. Dem Tod habe ich schon viele Male ins Angesicht geschaut. Ich habe ihn akzeptiert. Mein Freund ist er nicht geworden, aber ich habe ihn akzeptiert. Die Vizepräsidentin wird mein Amt übernehmen, falls ich sterbe.«

Mein Gott, ich bin zu weit gegangen, erkannte Brent Hofmeyer mit einem Schlag. Das war des Guten zu viel.

Jetzt ist Sabbat und ich muss selbst draufgehen. Und das ganze Geld umsonst.

Er sagte: »Wie Sie meinen. Nun gut: Ich bleibe bei Ihnen, bis zum Ende.«

Der Präsident trat vor und schüttelte ihm die Hand. Brent Hofmeyer lief rot an. Zum ersten Mal während der Krise schämte er sich.

Du schüttelst die Judashand, dachte er und fixierte die großen, hellen Sterne im dunkelblauen Teppich unter seinen Füßen.

»Es ist keiner gegangen ...«, sagte er leise.

»Wie?«

»Keiner der Minister oder Vizeminister ist in den Bunker gegangen, Mr President«, sagte Brent Hofmeyer, um von sich abzulenken.

»Es ist ein Privileg, mit dieser Mannschaft zu arbeiten«, meinte der Präsident. »Auch mit Ihnen, Brent. Nein, nein, wehren Sie nicht ab, ich weiß, was ich sage. Ihre Treue weiß ich zu schätzen, trotz der Differenzen mit Mr Shapiro. Aber lassen wir das jetzt. Sie sagten, es gebe keine Neuigkeiten. Nichts, wirklich gar nichts?«

Brent schüttelte den Kopf. »Der Generalstabschef, der flüchtige Tabl, bleibt nach wie vor unauffindbar, wie vom Erdboden verschluckt. Unsere Agenten tappen im Dunkeln. Ansonsten schleppt sich die Diskussion über Frundowskis Amtsenthebung in der Duma dahin. Wilde Szenen dort, gerade eben noch eine kleine Rauferei. Der Föderationsrat hat soeben auch mit der Debatte begonnen.« Er blickte auf die Uhr. »Er wird aber zu spät kommen, um das Ultimatum aufzufangen.«

President Cole nickte. »Sonst noch etwas?«

»Von den sibirischen Truppen, melden unsere Agenten, ist in Moskau nichts zu sehen, außer den Hundertschaften, die zusammen mit der Moskauer Polizei das

Lubljanka umstellt haben. Das Lubljanka bleibt weiterhin belagert. Ob an eine Erstürmung gedacht ist, konnten wir, trotz bester Kontakte, nicht vom Moskauer Polizeipräsidium erfahren.«

»Es spielt auch keine große Rolle mehr.«

»Nein, jetzt nicht mehr. Man sollte mit dem Beten anfangen.«

Agent Larry Miller brach vorsichtig eine Schneise durch das dichte Unterholz. Seine Hosen waren zerrissen, seine Hände zerkratzt von Zweigen, die er nicht sehen konnte. Endlich tauchte der schwarze Schatten einer Hütte vor ihm auf. Der Agent ließ sich sofort auf die Knie fallen, wurde von einem spitzen Zweig gestochen, fluchte fast lautlos und verharrte dann regungslos. Als er den Kopf ein wenig zur Seite bewegte, nahm er zum ersten Mal wahr, dass ein mattes Leuchten aus einem Hüttenfenster drang.

Drinnen in der Hütte schliefen Andy und Susan Harrington eng umschlungen auf einer lakenlosen, schmutzigen Matratze. Neben ihnen saß Chris Mason und spielte mit seiner Magnum. Beinahe wie unabsichtlich setzte er den Lauf an Susans kleinen Kopf. Der schwarze Lauf drückte eine rote Haarlocke beiseite.

Nicht mehr lang, Kids, nicht mehr lang, dachte der Entführer. Noch zweieinhalb Stunden und es kracht.

3.00 Uhr Pasadena / 6.00 Uhr Washington.

Es war noch ganz dunkel, als Mike O'Donnell seine Tasche packte. Eine halbe Stunde davor hatte er, beinahe mechanisch, seinen Koffer auf das Bett geworfen und angefangen seine Kleider einzupacken. Dann aber lachte er kurz auf, schüttelte den Kopf und stellte seinen Koffer wieder in den Wandschrank.

Wo ich hingehe, dachte er, brauche ich keine Kleider.

In die kleine Tasche packte er nur seine Toilettenartikel, das Rasierzeug, ein einziges frisches Paar Unterwäsche und Socken, ein frisch gebügeltes Hemd, dazu steckte er hundert Dollar ein. Er warf noch einen nachdenklichen Blick auf seine wenigen Habseligkeiten, bevor er den Reißverschluss der Tasche zumachte.

So wenig braucht der Mensch. Keine Antiquitäten, kein Wedgwood-Porzellan, keine Armani-Anzüge und Versace-Hemden. Eigentlich gar nichts, dachte er.

Mike atmete auf und fühlte sich ein wenig befreit – merkwürdig befreit von all seinen teuren Möbeln, seinem Jaguar, der sicher in der Garage stand, seinen Kleidern, von seinem ganzen, wie er sich gestand, im Grunde vergeudeten Leben. Dann zog er den langen Schulterriemen seiner Tasche über den Kopf und ging hinüber zu seinem Esstisch. Dort fuhr er mit den Fingerspitzen über einen Briefumschlag. Auf ihm stand: Elke Harrington. Der Brief, den er enthielt, war kurz:

Liebe Elke,
verzeih mir, was ich getan habe. Es war nur für dich, nur für dich – nicht für Bob, nicht für Susan und Andy. Du weißt warum.
Ich habe nur eine Bitte, nein zwei. Denk nicht schlecht von mir. Die zweite Bitte: Pass solange auf meine Wohnung auf, ja? Es kann eine Weile dauern.
Mike

Nur für dich, Elke. Ich habe alles immer nur für dich getan, ich alter Idiot, dachte er.

Er atmete tief ein.

Und jetzt, dachte er, geht's zur Sache.

Er schloss seine Wohnungstüre doppelt ab und ging auf Zehenspitzen hinab in den Keller. Das Auto mit den beiden FBI-Beamten, das vor seinem Haus parkte, um ihn zu beschützen, stand wie jede Nacht dort. Mike vergewisserte sich, dass beide Beamten im Auto saßen. Wie sechs Stunden zuvor schlüpfte er danach in den Keller, machte aber auch dort kein Licht. Er öffnete das Kellerfenster und kroch nach oben in den Garten. Dort rannte er gebückt über den vertrockneten Rasen, sprang über den niedrigen Zaun, ging eilig durch einen weiteren Garten und von dort zum Gehweg der Parallelstraße. Zwei Straßen später stieg er in ein Taxi und nannte dem Fahrer sein Ziel.

Der Taxifahrer hörte ihm kaum zu, denn die Nachrichtensendung hielt ihn ganz gefangen.

»He, haben Sie schon gehört? Die Formel für die Regenwolken ist veröffentlicht, Mann!«, sagte der Mann aufgeregt.

»Ach nein«, antwortete Mike leise.

Angekommen, bezahlte Mike schweigend und ließ sich in dem riesigen Gebäude den Weg erklären. Im zwölften Stockwerk war niemand auf den breiten Fluren. Im Vorzimmer der Einsatzzentrale saß niemand. Hinter der Glastüre hörte er laute Stimmen, Gejohle, dann wieder Stille, die nur von den schnellen Worten der CNN-Sprecherinnen und -Sprecher unterbrochen wurde. Mike atmete tief ein, legte seine Hand fest um den glänzenden, goldenen Metallgriff der Türe und öffnete.

Ein Beamter wandte den Kopf. »Was wollen Sie?«

»Wer ist hier für die Entführung der Harrington-Kinder zuständig?«, fragte Mike und schluckte. Seine Stimme zitterte.

»Ah – die Entführung. Sie haben Glück, Detective Hernandez ist gerade zurückgekommen …«

»Ja«, sagte Detective Hernandez und trat vor. »Ich leite die Sache. Haben Sie sachdienliche …« Erst dann schaute er auf und staunte.

»Ich bin Mike O'Donnell von den Pasadena Laboratorys, vielleicht erinnern Sie sich.«

»Aber ja, natürlich, Mr O'Donnell. Setzen Sie sich doch bitte.«

Mike setzte sich rasch und versuchte zu lächeln.

»Ich werde wohl eine Weile sitzen, Detective. Sie haben offensichtlich gerade gehört, dass die Formeln für die Regenwolken veröffentlicht worden sind.«

»Ja, in der *Los Angeles Times*, der *New York Times*, der *Chicago Tribune* …«

»… und in der *San Francisco Chronicle*«, ergänzte Mike.

»Aber …«

»Detective, *ich* habe dafür gesorgt, dass die beiden Formeln veröffentlicht werden. Ich wollte die Harrington-Kinder retten. Ich und ich allein bin schuldig. Ich stelle mich hiermit der Polizei.«

In seiner Hütte im Wald saß Chris Mason vor einem kleinen batteriebetriebenen Fernseher, der auf CNN geschaltet war, und stieß einen Freudenschrei aus, der die Kinder im Nebenraum weckte. Sie begannen zu wimmern. Der Entführer war aufgesprungen. Er legte seine Waffe auf den Sitz und lief voller Freude auf und ab.

Gewonnen, dachte er, gewonnen. Wider Erwarten gewonnen! Aber halt! Kein Wort davon, dass der Präsident sich öffentlich von dem Programm distanziert. Ein Teilsieg. Ich hab 'nen Teilsieg errungen. Shit. Dann weiß ich, was ich zu tun habe. Also ab mit den Kids ins alte Bergwerk. Ein schönes, kühles Grab.

Im Krisenraum des Nationalen Sicherheitsrats im Weißen Haus war President Cole wie vor den Kopf geschlagen. Minister und Beamte redeten wild durcheinander, die Nachrichten überschlugen sich. Der Präsident saß still in seinem Sessel, las abwechselnd die *New York Times* und schaute sich die CNN-Nachrichten an, die unablässig über die Veröffentlichung der beiden Wolkenformeln berichteten. Gerade sagte die Nachrichtensprecherin: »Aus dem Weißen Haus war noch keine Stellungnahme zu erhalten, auch nicht aus dem State Department. Man kann jedoch davon ausgehen, dass die Veröffentlichung der Regenformeln dem neuen russischen Präsidenten sehr entgegenkommt. Die internationale Lage müsste sich deutlich entspannen.«

Soll ich weinen oder lachen?, fragte sich der Präsident. Das ist ja Staatsverrat, wer immer das gemacht hat. Das ist ja ...

Aber dann dachte er: Wer immer das getan hat, hat die Welt, ohne dass sie oder er es wusste, vor der nuklearen Katastrophe gerettet. Falls ... falls Frundowski Wort hält. Man weiß ja nie.

Außenminister Shapiro lächelte anhaltend, wie man es von ihm nicht gewohnt war.

»Ich denke, Mr President, wir sind aus dem Schneider.«

»Das hoffe ich, Mr Shapiro. Das Wichtigste wäre wohl, sehr bald mit Frundowski zu reden und eine Bestätigung unserer Annahmen zu erhalten.«

»Ja – davor etwas zu unternehmen wäre töricht. Übrigens, haben Sie gelesen, was auf Seite 3 steht?«

»Nein, noch nicht. Ausnahmsweise hat mich keine der Zeitungen vorgewarnt. Aber was auf Seite 3 steht, werden Sie mir gleich sagen.«

Brent Hofmeyer hörte jedes Wort, setzte aber seine

steinerne Miene auf, als der Außenminister sagte: »Die Presse ruft nach Mr Hofmeyers Kopf. Offensichtlich glaubt die *Times* zu wissen, dass die Ideen eines Hardliners wie Mr Hofmeyer zu manchem Ungemach beigetragen haben ...«

»Sie Schwein, Sie Schwein!«, stieß Brent Hofmeyer hervor und lief rot an. »Sie haben mich ausgetrickst! Sie haben uns hintergangen! Mich hintergangen! Sie setzen Lügen in die Welt, um ...«

Der Außenminister schwieg und lächelte.

»Mr Shapiro, ich bin erstaunt ...«, begann der Präsident.

»Mr President, wäre es nicht besser, jetzt Mr Frundowski anzurufen und unsere persönlichen Querelen hintanzustellen? Dafür ist doch heute Nachmittag genug Zeit, meinen Sie nicht?«

Der Präsident wollte etwas sagen, verkniff es sich und meinte ganz sachlich: »Kommen Sie, meine Herren, bitte alle mit ins Oval Office, die Sie diese schreckliche Krise mitgemacht haben. Sie sollen Zeugen sein vom Ende der Kriegsgefahr – hoffe ich, falls Frundowski jetzt nicht durchdreht.«

4.17 Uhr Pasadena.

In der Dunkelheit, die allmählich in Grau überging, war Agent Larry Miller hinter einem Busch kaum auszumachen. Er horchte auf, als die Türe der Waldhütte aufgestoßen wurde und Chris Mason vorsichtig hinauslugte. Der Entführer vergewisserte sich, dass niemand in der Nähe war, ging dann zum Lincoln, der vor der Hütte geparkt war, öffnete den Kofferraum und lief dann zurück in die Hütte. Es war still, abgesehen von den von

Mason verursachten Geräuschen, die Larry Miller undeutlich hören konnte. Mit einem Riesensatz sprang der Agent zur Hüttenwand, direkt am Hauseck. Den freien Platz vor der Hütte konnte er jetzt gut überblicken. Zum ersten Mal sah er das dort geparkte Auto.

Ich muss den Ersten gleich abknallen, dachte der Agent. Dann die anderen.

Nur zwei Meter entfernt hörte er, wie ein Mann etwas Schweres trug. Der Mann trat mit seinem Paket ins Freie und ging mit stapfenden Schritten auf das Auto zu. Der Agent schaute kurz um die Ecke, sah, dass der Entführer den strampelnden und gefesselten Andy trug, und sprang mit gestreckter Waffe vor.

Mason war zwar behindert durch das Kind, das ihm in diesem Augenblick ans Schienbein trat, doch er bemerkte den Agenten sofort, warf den Jungen mit einem Schrei beiseite und griff nach seiner Waffe.

Er war viel zu langsam. Larry Miller hatte bereits zwei Schüsse abgefeuert, die dicht nebeneinander in Masons Stirn eindrangen; Gehirnmasse und Blut spritzten, die hintere Hirnschale wurde weggerissen. Mit großer Wucht wurde der Entführer, bereits tot, nach hinten geschleudert.

Larry Miller beachtete ihn kaum. Beide Hände fest auf der Waffe, hechtete er, während Andy vor Schreck starr am Boden lag, hinein auf den Holzfußboden der Hütte, bereit für den nächsten Gegner.

Zu seinem Erstaunen war kein Mensch in der Hütte – außer der gefesselten Susan Harrington, die einen spitzen Kinderschrei ausstieß: »Larry! Larry! Mama!«

4.21 Uhr Pasadena / 7.21 Uhr Washington.

Noch bevor der Krisenstab im Oval Office versammelt war, ließ sich President Cole nach Moskau durchstellen. Zu seiner Rechten stand Außenminister Shapiro mit einer Dolmetscherin, links vom Präsidenten hörte Brent Hofmeyer, assistiert von einer weiteren Dolmetscherin, zu. Im Raum herrschte absolute Stille.

Es klingelte nur einmal, dann nahm Frundowski ab.

»Hallo, Mr Frundowski«, sagte der Präsident angespannt.

»Ah – der Präsident. Na also – warum nicht gleich so vernünftig? Das hätte uns eine Menge Ärger erspart, amerikanischer Präsident.«

President Cole lächelte breit, hob die Augen und zeigte mit dem Daumen nach oben. Alle im Raum schienen gleichzeitig erleichtert auszuatmen. Brent lächelte, der Außenminister lächelte; der Verteidigungsminister, Maurice Dixon, und der Generalstabschef, Admiral Schmitt, gaben einander sogar die Hand. Anne Cole war ebenfalls ins Oval Office getreten. Vor Glück fasste sie sich mit beiden Händen an den Mund. Dann reckte sie beide Daumen nach oben. Der Präsident sah ihr lächelnd in die Augen, dann legte er den Zeigefinger an den Mund.

»Fast eine ganze Zeitungsseite voller Formeln, na, so etwas«, fuhr Frundowski gut gelaunt fort. »So viel Chemie. Na – kein Problem für unsere russischen Wissenschaftler, es sind die besten der Welt. Nun können wir unsere eigenen Regenwolken basteln. Vielen Dank, amerikanischer Präsident«, heuchelte er, »wirklich, ein kluger Schachzug von Ihnen, um den Weltfrieden zu erhalten. Zum ersten Mal bekomme ich sogar ein bisschen Respekt vor Ihnen.«

»Mr Frundowski, dazu möchte ich zwei Dinge klarstellen.«

»Aber ja, reden Sie, bitte, *jetzt* haben wir viel, viel Zeit.«

»Zum einen: Mit der Veröffentlichung der Regenformeln habe ich nichts zu tun ...«

Frundowski lachte schallend: »Hahaha, das ist köstlich! *Natürlich* haben Sie nichts damit zu tun. Ein kleiner Schwindel, um Ihr Gesicht zu wahren. Für mich kein Problem.«

»Ich meine, was ich sage. Offensichtlich hat die Veröffentlichung etwas mit der Entführung der Harrington-Kinder zu tun – Sie hörten doch, dass die Kinder unserer Top-Wissenschaftlerin entführt worden sind?«

»Schon gehört, amerikanischer Präsident. Außerordentlich geschickt von Ihnen, jemand anderen vorzuschieben. Sie sind ein Taktiker. Nicht übel. Und was war die zweite Sache?«

»Es wird Ihren Wissenschaftlern nicht leicht fallen, die Formeln zu Ihrem Vorteil zu nutzen. Für uns ist der Nordatlantik zu kalt, um Wolken mit ausreichenden Niederschlagsmengen zu erzeugen, wie man mir sagt. Wir hätten es sonst längst getan.«

»Aber ja«, grinste Frundowski. »Sie wären der Wohltäter der Welt gewesen, natürlich. Hahaha. Nun, wir werden sehen. Oder wollten Sie mir sagen, Sie hätten die falschen Formeln veröffentlicht?«, fragte er scharf.

»Ich versichere Ihnen, dass die beiden Formeln absolut korrekt sind.«

»Nun«, meinte Frundowski und machte eine Pause. »Glauben wir Ihnen ausnahmsweise. Falls Sie mich reinlegen wollen, werde ich Ihr Land ohne Vorwarnung nuklear vernichten.«

»Mr Frundowski, mit so etwas spaße ich nicht. Sie

sind zu unberechenbar. Die Formeln sind hundertprozentig echt.«

Pause.

»Na, dann ist doch alles in Butter«, sagte Frundowskis kühle Stimme.

»Wie habe ich das zu verstehen, Mr Frundowski?«

»Was sonst, begriffsstutziger Präsident – die Gefahr ist vorbei. Was sonst? Sie haben eingelenkt – sehr klug. Kein Weltkrieg mehr.«

»Wie können Sie mir Ihre Worte beweisen?«

President Cole hielt den Atem an.

»Hören Sie, was ich meinem Adjutanten jetzt als Zeichen meines guten Willens befehle, amerikanischer Präsident. Fjodor, hör: Der Alarmzustand aller Streitkräfte, auch und insbesondere der nuklearen, ist völlig aufgehoben. Alle Truppen kehren sofort in ihre Kasernen zurück. Gib diesen Befehl bitte unverzüglich an meine Generäle weiter!«

President Cole hörte Schritte hallen. Eine Tür knallte zu.

»Alles gehört?«

»Ja, ich habe es deutlich gehört, Mr Frundowski. Sie wissen, dass wir Ihre Aufhebung des Alarmzustands genau überprüfen werden.«

»Aber ja. Wir natürlich auch die Ihrige.«

»Selbstverständlich. Sobald wir uns von der Richtigkeit Ihrer Worte überzeugt haben werden, hebe ich unseren Alarmzustand unverzüglich auf.«

»Bravo, bravo, amerikanischer Präsident! Sie handeln schnell, das gefällt mir. Sie reden nicht viel, anders als diese Schwatzaffen in der Duma, die ewig und drei Tage schon über meine Amtsenthebung palavern. Na, daraus wird wohl nichts. Ich habe Truppenkontingente zusammenge...«

Seine Stimme brach überrascht ab. President Cole presste sein Ohr an die Muschel des roten Telefons, um noch besser zu hören. Er hob den Zeigefinger und lauschte. Am anderen Ende der Leitung redeten Stimmen durcheinander, dann hörte man einen Schrei, zwei Schreie, Handgemenge und unmittelbar darauf zwei Schüsse, dann wieder Handgemenge und die im Hintergrund auf Russisch gesprochenen Worte: »Hiermit verhafte ich Sie wegen Staatsverrats und wegen der Ermordung von über zweihundert Zivilisten!« Danach gab es wieder Geräusche, die der Präsident nicht definieren konnte. Der Hörer am anderen Ende der Leitung fiel mit einem Rums auf etwas Hartes. Dann war Stille.

»Mr Frundowski? Mr Frundowski? Sind Sie noch da? Hallo, hallo?!«, rief President Cole auf Russisch ins Telefon.

Stille.

Im Oval Office schauten sich die Regierungsmitglieder entgeistert und besorgt an. President Cole hob die Hand, als es in seinem Büro zu laut wurde.

Stille am anderen Ende der Leitung, dann Stimmen, Schritte. »Hallo? Mr Frundowski? Hallo?«

Der Hörer wurde aufgenommen.

»Wer spricht da?«, fragte eine unbekannte Bassstimme.

»Oh – hier spricht der amerikanische Präsident Thomas Cole.«

»Oh, Verzeihung, Mr Cole. Erlauben Sie, dass ich mich vorstelle: Hier spricht Oberst Boris Alfjonow vom FSB. Entschuldigen Sie, dass wir Ihr Gespräch so plötzlich unterbrachen. Erlauben Sie, dass ich Sie informiere: Frundowski ist vor fünf Minuten amtsenthoben und gerade eben, wie Sie vielleicht gehört haben, verhaftet worden. Sein Leibwächter ist tot.«

»Oberst, der Vorfall erschüttert mich.«

»Sie bestanden doch auf seiner Verhaftung, wenn ich recht informiert worden bin, nicht wahr?«

»Allerdings, allerdings – ich bin nur – überrascht! Aber jetzt, wo Sie es sagen, gestehe ich meine Freude und Genugtuung, ja. Das ist die Wahrheit. Ich verlange die Bestrafung des Massenmörders, Oberst.«

»Darüber werden unsere Gerichte befinden, Mr President. Aber da die Anklage auf nachweisbaren Massenmord und auf Vaterlandsverrat durch Heraufbeschwören eines Nuklearkriegs lautet, kann ich mir kaum denken, dass Frundowski mit dem Leben davonkommt, Mr President. Nur um Sie zu beruhigen.«

»Vielen Dank für Ihre Worte, Oberst.«

»Ich erlaube mir Sie weiterhin zu informieren, Mr President: Unsere Spezialeinheiten haben soeben das Lubljanka gestürmt. Frundowskis Armee hat sich ergeben. Man wird sie bestrafen. Ach ja – Präsident Karenin wird bis zu den nächsten allgemeinen Wahlen wieder in sein Amt eingesetzt. Das russische Volk hat Ihnen zu danken, dass Ihr Botschafter das Leben von Präsident Karenin in diesen Krisenzeiten beschützt hat.«

Wenn er nur von dem russischen U-Boot wüsste, dachte President Cole. Er wird es bald erfahren.

Laut sagte der Präsident: »Das ist selbstverständlich, Oberst. Wir sind doch befreundete Nationen, nicht wahr?«, lachte er.

»Unbedingt, Mr President, unbedingt! Es war mir eine Ehre, mit Ihnen sprechen zu dürfen.«

»Oberst, ich hätte nie gedacht, dass ich einmal froh sein werde, mit einem Offizier des russischen Geheimdienstes zu sprechen. Auf Wiedersehen, Oberst.«

»Auf Wiedersehen, Mr President. Es war mir eine Ehre.«

President Cole legte den Hörer auf, grinste über das ganze Gesicht und sagte: »Endlich wieder ein höflicher Gesprächspartner.«

Elke Harrington war, je näher das Ende des Ultimatums rückte, kaum noch in der Lage klar zu denken.

Ich hab sie getötet, ich hab sie getötet, ich hab die Kids getötet, dachte sie pausenlos. Mein Gott, Mike muss die Formel veröffentlicht haben. Mike! Mike will die Kinder retten, lieber, lieber Mike. Und wenn sie die Kinder schon umgebracht haben? Tot, tot, tot.

Sie klammerte sich, mit hohlen Wangen, mit rot geweinten Augen, zitternd, benommen von den Beruhigungstabletten, nur noch an Bob. Eng umschlungen saßen die beiden in Anwesenheit einiger FBI-Beamten auf der Couch und warteten. Elke atmete gelegentlich tief aus und ein, dann wieder minutenlang so flach, dass Bob meinte, sie wäre in Ohnmacht gefallen. Aber sie fiel nicht in Ohnmacht, diese Gnade erwies ihr ihr Körper nicht.

Sie zuckte zusammen, als das Telefon auf dem Tischchen neben der Couch um 4.21 Uhr klingelte. Ein FBI-Beamter nahm ab.

»He, wo stecken Sie? – Ja. Ja. Ach was! Mann, ja, ja. Sie sitzen beide hier.«

Er übergab den Hörer an Bob, der dem Beamten gefasster schien als Elke. Elkes Herz pochte wie wild, wieder hämmerte es in ihrem Kopf.

»Bob Harrington«, kam die müde, dünne Stimme von Bob. »Larry! Larry, was sagen Sie? Was?! Elke, hör: Die Kinder sind frei! Die Kinder sind o.k.! Oh mein Gott, oh mein Gott! Ist das wahr, Larry, schwören Sie es? Ja? – Andy, mein Goldjunge!«

Elke riss ihm den Hörer aus der Hand.

»Andy, Andy«, krächzte sie. »Bist du da, mein Liebling? Du auch, Susan? Seid ihr heil, ja?«

»Mama«, rief Susan in den Hörer, »Hol uns schnell. Ich will heim zu dir und Dad!«

»Ich auch, ich auch!«, rief Andy, der den Hörer wieder in der Hand hatte.

»Wir kommen, oh, wir kommen sofort! Worauf ihr euch verlassen könnt!«, rief Elke in den Hörer.

Als ein FBI-Beamter ihr vorsichtig den Hörer aus der Hand nahm, fiel sie Bob um den Hals und weinte hemmungslos.

»Oh Gott, Bob, es ist wahr, es ist jetzt alles gut!«, schluchzte sie.

Bob weinte ebenso. Weder er noch Elke hörten wie Larry Miller am anderen Ende sagte: »Ich hab das Schwein erwischt. Das Schwein, das meinen Kumpel abgeknallt hat. Er war ein Einzeltäter.«

Als der Agent auflegte, hörte er in der Ferne schon den ersten Polizeihubschrauber. Die beiden Kinder schmiegten sich an ihn und ließen gar nicht von ihm ab. Er legte seine starken Hände um die beiden Kinder und drückte sie fest an sich.

»He, Kids«, meinte er schlicht. »Kids, ist ja gut.«

He, dachte er, wusste gar nicht, dass die kleinen Schreihälse so nett sein können. So was sollte ich mir vielleicht auch anschaffen.

9.00 Uhr Washington.

Seit einer Stunde klebte das ganze Land am Fernseher: Farmer Goodall, Nelle Goodall, Polizisten des Entführungssonderkommandos von L. A., Politiker und Arbeiter, Arme und Reiche, Frauen, Männer und sogar

Kinder. Einige lachten, andere feixten, wieder andere schüttelten den Kopf, machten ihrer Erleichterung durch Witze Luft, sandten Dankesgebete in den blauen Himmel. Jeder reagierte anders auf die Entspannung der ernsten Krise – von der nur ein innerer Kreis wusste, *wie* ernst sie gewesen war –: auf die Verhaftung Frundowskis, auf die Erstürmung des Lubljanka, auf die Wiedereinsetzung von Präsident Karenin bis zu den nächsten vorgezogenen Wahlen, auf die überraschende Veröffentlichung der Regenformeln, auf die Befreiung der Harrington-Kinder durch das FBI; und ganz nebenbei auf den endgültigen Waffenstillstand am Jordan, die neuen Sanktionen der UNO gegen den Irak, wegen der Eisschlepperpiraterie; und nicht zuletzt auf die russische und amerikanische Aufhebung des militärischen Alarmzustands.

Noch während die neuen Nachrichten von Millionen Köpfen aufgenommen wurden, setzte President Cole eine eilig einberufene Pressekonferenz um 9 Uhr an. Obwohl es nur eine halbstündige Vorwarnung gegeben hatte, fehlte kein Vertreter der namhaften Presse- und Medienorgane. Als die Pressesprecherin den Präsidenten ankündigte, erhob sich ein frenetischer Beifall im Pressesaal, der – für kritische Presseleute unerhört – eine ganze Minute anhielt. Der Präsident genoss den Beifall sichtlich. Kommentatoren gaben dem Präsidenten den Beinamen »Der Standhafte«.

»Vielen Dank, vielen Dank«, lachte der Präsident, als er ans Podium trat. Mit typischer Bescheidenheit fügte er hinzu: »Den Beifall habe nicht ich verdient, meine Damen und Herren. Iwan Michailow, der Vorsitzende der Staatsduma, ein mutiger Mann, ist meines Erachtens der Held des Tages: Er harrte auf seinem Posten aus, als es in Moskau brenzlig wurde, und er setzte die – ich will ehrlich mit Ihnen sein – auch für mich und meinen Krisenstab überraschend schnelle Amtsenthebung des offenbar geistesgestörten Frundowski durch. – Aber ich könnte mir denken, dass Sie noch ein paar Fragen zum Weltfrieden haben.«

Gelächter.

Es wurde zu einer der entspanntesten, amüsantesten Pressekonferenzen des Präsidenten. Er wirkte vollkommen überlegen, dabei bescheiden, sachkundig und zugleich überaus witzig und schlagfertig. Seine gute Laune steckte die Journalisten sofort an. Jede Frage wurde genau, aber mit einem lustigen Zungenschlag des Präsidenten beantwortet.

Die Ernüchterung setzte erst ein, als die Starjournalistin Martine LaRue von der *New York Times* die traditionell letzte Frage der Pressekonferenz stellte.

»Mr President«, begann sie. »Was ich Ihnen jetzt zu sagen habe, wird weniger erfreulich sein als alles bisher Gesagte.«

Der Präsident horchte auf.

»Die Wahrheit, Ms LaRue, und nichts als die Wahrheit – das ist doch unser altes Spiel, nicht wahr?«

»Fast bedaure ich es, Mr President. Nun gut.« Sie atmete tief ein. »Wie Sie mit Ihrem Argusblick bemerkt haben, hat man mich vor einer Viertelstunde aus dieser Pressekonferenz hinausgerufen, um mir etwas von größter Wichtigkeit mitzuteilen.«

Angespannte Stille im Saal.

»Meine Zeitung erfuhr soeben, dass die Regenverkaufspolitik auf einen Vorschlag Ihres Nationalen Sicherheitsberaters Brent Hofmeyer zurückgeht. Wir erfuhren weiterhin, dass sich Mr Hofmeyer in etlichen Hardliner-Aktionen dieser Krise, die uns unsere Quelle nicht nennt, bei Ihnen durchgesetzt hat. Unsere Quelle informiert uns, dass Mr Hofmeyer von der Rüstungsindustrie für seine militante Haltung, die fast zu einer nuklearen Katastrophe geführt hat, bezahlt worden ist. Können Sie uns«, fragte sie scheinheilig, »etwas darüber erzählen, Mr President?«

Der Präsident war absolut bestürzt. Nachdem er seine Fassung wiedergewonnen hatte, sagte er langsam und plötzlich ganz leise: »Ms LaRue, ich bin verstört über das, was Sie mir da sagen. Es ist richtig, dass mein Berater Mr Hofmeyer, nun, sagen wir, zu den Forschen, den Predigern der nationalen Stärke gehört. So lautet seine Aufgabe. In einer Regierung gibt es viele Stimmen und viele, einander zum Teil völlig widersprechende Meinungen. So möchte ich es haben – wir brauchen den Widerstreit. In diesem Punkt trifft Mr Hofmeyer keine Schuld, denn ich habe ihn eingestellt, für diese seine Aufgabe eingestellt. Er hat meiner Administration mit Treue und Mut gedient. Was Sie ihm aber darüber hinaus vorwerfen, konsterniert mich. Wäre etwas an Ihren unbewiesenen Behauptungen dran, würde ich mich von Mr Hofmeyer hintergangen fühlen. Das kann ich mir aber nicht denken. Über eine Bezahlung durch die Rüstungsindustrie ist mir nichts bekannt. Das muss ich zurückweisen, Ms LaRue. Das ist ein schwerer Vorwurf. Ja, wenn ich es recht bedenke, ein absurder und unverschämter Vorwurf. Sie werden ihn zurücknehmen müssen.«

»Mr President«, meinte die Journalistin, plötzlich sanft und freundlich, »das kann ich nicht. Meine Zeitung teilt mir mit, dass uns schriftliche Beweise zugespielt worden sind.«

»Was für Beweise?«, fragte der Präsident scharf.

»Kontobewegungen auf einem Schweizer Konto von Mr Hofmeyer. Es geht insgesamt um Millionen.«

»Ms LaRue, ich weiß nicht, was ich sagen soll. Teilen Sie mir bitte Ihre Quelle mit. Bitte die Wahrheit, damit ich der Sache unverzüglich nachgehen kann.«

»Oh, Mr President. Wenn ich es nur könnte. Die anonyme Quelle nannte sich, wie man mir sagt, ›Deep Throat II‹.«

Ein Raunen ging durch den Pressesaal.

»Das hilft uns nicht weiter, Ms LaRue. Vielleicht hat Ihre Zeitung die Güte mir ihre angeblichen Beweise sogleich auszuhändigen. Natürlich muss ich der Angelegenheit gründlich und noch heute nachgehen lassen. Sie duldet keinen Aufschub. Daher möchte ich die Pressekonferenz jetzt beenden. Guten Tag.«

Mit schnellen Schritten trat er vom Podium, vorbei an der verblüfften Pressesprecherin, vorbei an seiner besorgten Frau Anne. Neben ihr stand der Außenminister. Der Präsident blieb kurz stehen, außer Hör- und Sichtweite der Journalisten.

»Sie sind ein sehr gefährlicher Mann, Mr Shapiro. Es gefällt mir nicht, wie diese Sache ans Tageslicht gekommen ist.«

»Ich bitte um Verzeihung«, sagte der Außenminister leise, »aber es war notwendig. Ich hatte ihn schon lange im Verdacht.«

Der Präsident ging ohne eine Antwort weiter. An der Türe stand Brent Hofmeyer, leichenblass.

»Ich möchte mit Ihnen allein sprechen, Brent.«

Der Nationale Sicherheitsberater nickte nur. Durch die schmalen Gänge des Weißen Hauses folgte er dem Präsidenten auf dem Fuß. Nur ein Secret-Service-Agent eilte dem Präsidenten voraus, als Presdident Cole und Brent Hofmeyer das Oval Office betraten. Der Agent schloss die weiße Bürotüre geräuschlos hinter dem Präsidenten und seinem Berater. Sie waren allein.

Ohne sich zu setzen, mitten auf dem dicken, dunkelblauen Teppich, drehte sich der Präsident plötzlich um, trat an Brent heran – so nahe, wie er noch nie an ihn herangetreten war – und fragte, mit wütender, jedoch leiser Stimme: »Ist das wahr, Brent? Ich will wissen, ob das wahr ist!! Antworten Sie mir!«

Wieder fixierte Brent Hofmeyer den dunkelblauen Teppich. Sein Blick reichte nicht zu den hellen Sternen, die den edlen Teppich säumten.

Er schwieg und dachte: So rasant kommt das Ende.

»Ich will eine Antwort, Brent. Sofort!«

Brent Hofmeyer schwieg.

Er blieb stehen, mit gesenktem Blick, als sich der Präsident langsam setzte.

»Also ja, also ja«, flüsterte President Cole fast. »Sie haben mich hintergangen. Sie. Sie hatten immer noch nicht genug. Sie wollten noch mehr, Sie Armleuchter. Ausgerechnet Sie.«

Er stand auf.

Mit schneidenden Worten, die Brent Hofmeyer wie Ohrfeigen empfand, sagte er: »Sie sind hiermit entlassen. Gehen Sie, um Gottes willen, gehen Sie!«

Fast geräuschlos bewegte sich Brent Hofmeyer zur Türe, öffnete sie und wurde zu seinem Horror von vier FBI-Agenten empfangen.

»FBI. Ich verhafte Sie wegen Bestechlichkeit. Sie haben das Recht, die Aussage zu verweigern und Ihren Anwalt zu konsultieren.«

Die Türe wurde von unsichtbarer Hand zugemacht, President Coles Blick fing sich in der feinen Türmaserung, während er den Kopf schüttelte.

9.45 Uhr Pasadena.

»Ich will nur hiersitzen«, flüsterte Elke. »ich kann nicht aufhören sie anzuschauen.«

Hand in Hand saßen Elke und Bob Harrington im Kinderschlafzimmer auf Susans Bett. Die Vorhänge waren zugezogen und die erschöpften Kinder schliefen bereits tief.

Bob nickte und drückte Elkes Hand. Sie legten ihre Köpfe aneinander und verharrten noch lange so. Auf einmal nickte Bob ein, fuhr erschrocken hoch, lächelte und flüsterte: »Vielleicht sollten wir uns auch ein bisschen hinlegen.«

Elke nickte.

Kaum waren sie eingeschlafen, klopfte es an der Schlafzimmertüre. Bob schlief so tief, dass er das Klopfen nicht wahrnahm. Benommen huschte Elke zur Schlafzimmertüre und öffnete. Ein FBI-Beamer stand davor.

»Entschuldigen Sie vielmals, Ma'am. Agent Miller möchte sich von Ihnen verabschieden.«

Elke lächelte, zog Bluse und Jeans an und ging mit wackligen Schritten die Treppe hinab. Unten stand Larry Miller.

Elke umarmte den spröden Agenten, der nicht wusste, wie ihm geschah.

»Wie wir Ihnen danken können, lieber Larry, weiß ich überhaupt nicht. Sie haben für uns alles riskiert, und Ihr Freund musste sein Leben für uns geben. Gott schütze Sie, Larry. Wir danken Ihnen aus ganzem Herzen.«

»Ich hatte nur etwas gutzumachen, Ma'am.«

»Elke, sagen Sie bitte Elke.«

»O.k., Elke. Es war wegen meinem Kumpel. Ich hab's nur ein bisschen wieder gerade gebogen.«

»Alles, alles Gute, Larry. Sie sind ein Held. Vielen, vielen Dank. Auf Wiedersehen.«

»Auf Wiedersehen, Elke, und euch auch alles Gute für eine wirklich glückliche Zukunft.«

Elke blickte ihm nach, als er ins Auto stieg.

Verdammte Scheiße, dachte Larry Miller im Auto. So 'ne Familie muss ich mir jetzt auch zulegen.

Ein Kollege reichte ihm eine Sonderausgabe der *Los Angeles Times.* Die Schlagzeile lautete: »Harrington-Kids frei! FBI-Agent Miller der Held.«

Kaum war die Haustüre zu, läutete das Telefon. Ein FBI-Agent übergab der übermüdeten Elke den Hörer. »David Erlebacher«, sagte der Agent.

»Oh – David. Wie schön!«, sagte Elke erfreut.

»Elke, ich kann Ihnen nicht sagen, wie glücklich ich über die Befreiung Ihrer Kinder bin. Rachel und ich frohlocken, glauben Sie mir. Ganz herzlichen Glückwunsch!«

»Danke, David. Lieb von Ihnen. Sie können sich denken, dass Bob und ich ganz aus dem Häuschen sind.«

»Kann ich mir denken. – Elke, fühlen Sie sich jetzt stark genug, um noch glücklicher zu werden?«

»David, was soll das? Ich bin wunschlos glücklich. Meine Kinder sind gesund. Bob ist gesund. Mehr will ich nicht. Was meinen Sie denn?«

David Erlebacher musste sich mit aller Gewalt zurückhalten, um nicht mit der Nachricht herauszuplatzen.

»Ich muss den Mund halten.«

»Was?«

»Elke – bleiben Sie beim Telefon. In wenigen Minuten wird Sie President Cole anrufen. Ich lege jetzt auf, ja?«

»Äh – ja gut, ja, David. Bis bald.«

»Bis bald, Elke. Ich will Sie erst in vier Wochen hier im Lab sehen. Ist das klar? Das ist ein Befehl.«

»Zu Befehl, David. Vielen Dank.«

Elke war schon am Einnicken, da läutete das Telefon. Sie nahm selbst ab.

»Hier spricht Thomas Cole. Dr. Harrington?«

»Ja, Mr President. Ich bin's. Hallo, Sir.«

»Dr. Harrington, sind Sie in der Lage mit mir zu reden?«

»Oh ja, Mr President.«

Elke war plötzlich vollkommen wach.

»Dann möchte ich Ihnen und Ihrer Familie zunächst einmal herzlich zum guten Ausgang der abscheulichen Entführung Ihrer Kinder gratulieren. Meine Frau Anne und ich freuen uns sehr.«

»Vielen, vielen Dank, Sir. Sie können sich denken, wie glücklich, aber erschöpft mein Mann und ich sind.«

»Das kann ich mir denken. Erinnern Sie sich noch an unser letztes Telefonat?«

Es kam ihr wie eine Ewigkeit vor. Trotzdem sagte Elke gleich: »Aber natürlich, Mr President.«

»Ich sagte Ihnen, wir würden uns unter besseren Bedingungen sprechen. Das ist nun eingetreten.«

»Ja, Gott sei Dank. Sie hatten Recht.«

Plötzlich fiel ihr Mike O'Donnell ein.

»Mr President, ich bitte Sie inständig ein gutes Wort für meinen Kollegen einzulegen, der die Formel verraten hat, um meine Kinder zu retten. Er hat es nur für mich getan, ich weiß es.«

»Liebe Mrs Harrington, genau das kann ich nicht tun. Sie wissen so gut wie ich, dass unsere Gerichte unabhängig sind. Aber unter uns gesagt, ich glaube kaum, dass die Strafe sehr hart ausfallen wird. Vielleicht ein Jahr, und wenn er Glück hat auf Bewährung. Er hat eine Formel verraten – aus Liebe, wie ich höre – lassen wir die Gründe jetzt, sie sind immerhin nicht niedriger Natur – ja und?«

»Ich bin erstaunt, wie leicht Sie die Sache nehmen, Sir.«

Der Präsident zögerte. Wenn Sie nur wüsste, was der Kollege alles gerettet hat, dachte er.

Laut sagte er: »Der Schaden ist begrenzt. Russland kann mit der Formel wohl kaum etwas anfangen, weil der Nordatlantik für unser Programm, äh, Ihr Programm zu kalt ist, nicht wahr?«

»Ja, sicher, noch ...«

»Und China«, fuhr der Präsident fort, »hat gerade eben Bereitschaft signalisiert mit uns zusammenzuarbeiten, damit wir zum Nutzen aller Pazifikanrainer die Regenressourcen des Pazifiks anzapfen.«

»Mir fällt ein Stein vom Herzen.«

»Um ehrlich zu sein – mir auch. Aber ich will Sie nicht noch länger aufhalten, nach allem, was Sie und Ihre Familie durchgemacht haben. Darf ich nur noch eine kleine Sache loswerden, ja? Ich möchte Ihr Glück vollkommen machen und ich habe die Macht dazu.«

»Ich verstehe Sie nicht, Mr President.«

»Um es kurz zu machen, Dr. Harrington: Auf nachdrückliche Empfehlung von David Erlebacher, den ich überaus schätze, der aber bald in den wohlverdienten Ruhestand geht, werde ich Sie zu seiner Nachfolgerin ernennen.«

Elke schwieg verwirrt.

Nach wenigen Sekunden fand sie die Sprache wieder: »Aber, Mr President! Ich – ich – bin gar nicht geeignet für eine solche Position. Ich kann ...«

»... Sie können das, mit Verlaub, nicht so gut beurteilen wie Mr Erlebacher. Ihr Programm ist mir unmittelbar unterstellt. Ich bin Ihr Vorgesetzter, sozusagen. Und Sie sind hiermit ernannt. Ich brauche Sie. Ihr Land braucht Sie. Bitte.«

»Was soll ich sagen? Ich bin wie benommen.«

»Diese Bitte dürfen Sie mir wohl nicht abschlagen, finde ich.«

»Wie Sie meinen, Mr President. Ich nehme mit größter Freude an.«

»Herzlichen Dank. Allerdings ...«

»Allerdings?«

»Allerdings werden Sie Ihre kooperativen Fähigkeiten bald unter Beweis stellen müssen. Diese verdammte Regenverkaufspolitik hat so viel Unglück ausgelöst, dass ich mich nun für einen anderen Weg entschieden habe. Wir werden ab jetzt mit Russland und China zusammenarbeiten. Wir werden eine völlig neue internationale Basis für die Regenerzeugung schaffen, zum Wohle aller. Das möchten Sie doch, nicht wahr?«

»Und ob, ja, unbedingt!«, rief sie.

»Zum Wohle der Menschheit werden wir ein neues Regenerzeugungsprogramm unter Beteiligung Europas, Russlands und der Pazifikstaaten aufbauen. Zunächst nur die EU, Russland und China. Ich habe schon einen Namen dafür: *International Cloud Creation Program.* Sie, Dr. Harrington, werden dieses Programm leiten.«

Zunächst verschlug es ihr wieder die Sprache.

Zum ersten Mal seit vielen Tagen fand sie dann ihren Humor wieder: »Mr President!«, lachte sie. »Wie man so sagt: Ich falle aus allen Wolken.«

16.00 Uhr Washington.

»Die Sache mit Brent erschüttert mich noch immer«, sagte der Präsident.

Er und der Außenminister saßen im Oval Office. Der Krisenstab war aufgelöst worden. In aller Stille war die

Vizepräsidentin wieder auf der Andrews Air Force Base mit der *Doomsday*-Maschine gelandet. Bei ihrer Ankunft im Weißen Haus hatten sie der Präsident und seine Gattin umarmt. Die durchstandene Krise hatte die Regierungsmannschaft zusammengeschweißt, zu einer beinahe verschworenen Gemeinschaft gemacht; und in der Tat: Sie alle teilten ein Geheimnis, das Geheimnis des Ultimatums.

»Ich verstehe Sie sehr, sehr gut«, lächelte Außenminister Shapiro. »Sie haben ihm vertraut. Sie glaubten, Sie brauchten eine Bulldogge wie Hofmeyer in der Regierung, damit Ihre soziale Einstellung, Ihr Kampf gegen den Rassismus nicht immer im Scheinwerferlicht steht. Damit Sie die militärischen, ja: die egoistischen Ziele dieses Landes immer gut mitbedenken, bei jeder Entscheidung.«

»Genauso ist es, Mr Shapiro. Und nun sehe ich, dass ich mich geirrt habe. Er war von Anfang an ein moralisches Schwein, man kann es nicht anders ausdrücken.«

»Ich habe es sofort gespürt, Sie nicht. Wenn das der einzige Fehler ist, den Sie jemals begehen ...«

»Der Schaden ist begrenzbar. Noch weiß niemand vom Ultimatum. Wir wollen's auch so halten.«

»Absolut, Mr President.«

»Dem Karenin werde ich allerdings davon erzählen müssen. Nur ihm. Er wird mir den U-Boot-Abschuss ansonsten niemals verzeihen.«

»Ja, das wird unumgänglich sein. Unter den damaligen Bedingungen eine Entscheidung, die verständlich war. Wenn wir nur gewusst hätten, wo sich der Generalstabschef Tabl befand.«

»Aberwitzig! Taucht der Kerl doch wohl behütet in Wladiwostok auf und schwingt, wie zum Hohn, den Codekoffer in der Nachrichtensendung! Er hätte uns doch zwischendrin Bescheid geben können – dann wäre uns der ganze Zirkus erspart geblieben.«

»Hätte er schon können – aber er hatte Angst um sein Leben, zu Recht, meine ich.«

»Sicherlich. Er traute uns eben nicht. Ich komme nicht darüber hinweg, dass Frundowski den dritten Code gar nicht in seinem Besitz hatte. Alles Bluff. Wenigstens in diesem Punkt hatte Brent Recht.«

»Ja, Mr President, das ist aber auch alles.«

In diesem Augenblick läutete das Telefon. Es war das »rote« Telefon nach Moskau, das in Wirklichkeit weiß war.

»Ah – Karenin«, sagte der Präsident vor dem Abnehmen. »Bleiben Sie doch bitte, Mr Shapiro. Ich möchte, dass Sie zuhören. Ich übersetze die wichtigen Passagen für Sie.«

Der Außenminister nickte, der Präsident nahm ab.

»Hallo, Thomas Georgowitsch«, tönte die verjüngte Stimme von Präsident Karenin.

»Hallo, mein alter Freund Grigorij Pawlowitsch! Mr Shapiro, der hier sitzt, und ich gratulieren dir ganz herzlich zu deiner Wiedereinsetzung ins Amt. Wir sind, wie du dir denken kannst, hocherfreut dich wieder als Gesprächspartner im Kreml zu haben.«

»Ich danke dir, Thomas Georgowitsch. Überhaupt habe ich dir und deinem Botschafter ebenso herzlich zu danken, dafür, dass ihr mich vor dem wahnsinnigen Frundowski beschützt habt. Ihr habt mein Leben gerettet, glaube ich, und das meiner Minister. Das vergesse ich euch nicht«, sagte Präsident Karenin bewegt.

»Das war eine Selbstverständlichkeit, Grigorij Pawlowitsch. Im Grunde liegt die Regenverkaufspolitik allerdings der ganzen Krise zugrunde. Unsere Fehleinschätzung der prekären Lage in Russland. Ich erfuhr heute, dass es einen CIA-Bericht gab, der die russische Regierungskrise vor deiner Amtsenthebung korrekt erfasst. Diesen Bericht bekam ich nie zu Gesicht. Vermutlich hat ihn mein Sicherheitsberater, der heute den Hut nehmen musste, verschwinden lassen. – Nun sag mir: Geht es dir gut?«

»Sehr gut, Thomas, aber es würde mir noch besser gehen, wenn du etwas zur Regenverkaufspolitik sagen würdest. Offensichtlich können wir mit den Regenformeln nichts anfangen.«

»Würde es deine Position stärken, wenn ich vor die Kameras trete und gestehe: Die Regenverkaufspoltiik war ein Fehler?«

Präsident Karenin zögerte. »Es würde mir erheblich helfen, Thomas, ja. Aber das kann ich von dir nicht verlangen.«

»Ich kann mir jetzt einiges leisten, Grigorij. Ich werde es tun. Allerdings werde ich im gleichen Atemzug erklären – dein Einverständnis vorausgesetzt –, dass wir das Programm international ausweiten werden, dass wir mit Russland, China und anderen Staaten an einem internationalen Regenerzeugungsprogramm zusammenarbeiten werden. Sagt dir das zu?«

»Thomas! Ich bin begeistert! Ich sage zu, ohne Wenn und Aber! Das sind ja fantastische Nachrichten.«

»Leider kann ich dir heute nicht nur gute Nachrichten bescheren, Grigorij Pawlowitsch. Ich muss dich über zwei sehr schlimme Dinge informieren und ich bitte dich, sie vorerst absolut geheim zu halten.«

»Selbstverständlich.«

»Erstens: Frundowski stellte mir ein Ultimatum: Veröffentlichung der Regenformeln bis heute Morgen 8 Uhr *Eastern Standard Time* oder nukleare Vernichtung.«

Präsident Karenin schluckte.

»Was?! Wie?! Er ist wirklich absolut wahnsinnig. Ist das wirklich wahr?«

»Ich schwöre es.«

»Um Gottes willen!«

»Er ließ uns im Glauben, er hätte Tabls Code, bevor er Tabl umgebracht hätte. Das erzählte er.«

»Ich bin entsetzt.«

»So stand die Sache, als ich mich genötigt sah, zumindest die allerunmittelbarste Gefahr für Amerika abzuwenden. Diese Gefahr war die *Juri Gagarin* vor unserer Küste. Ich gab in der verzweifelten Situation, in der wir uns befanden, den Befehl sie zu versenken. Das U-Boot ist nicht in einem Sturm gesunken, wie öffentlich gemutmaßt wird.«

»Oh, Thomas Georgowitsch. Was sagst du mir da?«

Pause. Der Außenminister fing den traurigen Blick des Präsidenten auf. Zum ersten Mal während seiner Regierungszugehörigkeit legte er dem Präsidenten die Hand freundschaftlich auf die Schulter.

»Ich bedaure diese Entscheidung zutiefst«, sagte President Cole.

»Jetzt wird mir klar, warum Frundowski gerade 143 Amerikaner hinrichten ließ. Jetzt wird mir alles klar. Auge um Auge, Zahn um Zahn. So war es. Ich bin sehr betrübt.«

»Ich ebenso, Grigorij. Der Tod der russischen Seeleute lastet sehr schwer auf meinem Gewissen. Es gab in der fast aussichtslosen Situation keine andere Möglichkeit, um die einstweilige strategische Oberhand zu gewinnen. Wäre ich Zyniker, würde ich sagen: Staatsräson.«

»Was soll ich dazu sagen?«

»Sag mir heute nur eines: Siehst du eine Chance mir diese schreckliche Sache jemals zu verzeihen?«

Karenin zögerte. Der Außenminister klopfte dem Präsidenten nochmals leicht auf die Schulter.

»Ich verdanke dir mein Leben, Thomas. Ja, es wird mir wohl nichts anderes übrig bleiben, als dir zu verzeihen.«

»Damit belassen wir's heute, Grigorij. Wir sprechen morgen wieder miteinander, ja?«

»Ja, alter Freund. Bis morgen, Thomas Georgowitsch.«

»Bis morgen, Grigorij Pawlowitsch.«

20.00 Uhr Pasadena.

Nach dem Gespräch mit dem Präsidenten war Elke wieder ins Schlafzimmer hinaufgewankt, fiel neben dem schlafenden Bob auf das Bett und schlief den ganzen Tag. Kurz vor halb acht wurde sie von den Kindern geweckt, die hellwach und ausgeschlafen waren. Ein Agent hatte den Kindern gesagt, auf dem Esstisch liege ein kleines Abschiedsgeschenk des FBI. Das Geschenk bestand in einem guten amerikanischen Abendessen: Roastbeef, Sauce, Kartoffelpüree und Mais am Kolben. Hand in Hand ging die Familie die Treppe hinab in das leere Erdgeschoss. Die FBI-Agenen hatten sich ganz aus dem Haus zurückgezogen, sie hielten nur noch den Sicherheitskordon um das Haus herum aufrecht, um neugierige Presseleute fern zu halten.

In ihrem ganzen Leben hatte Elke Harrington nicht so wundervoll gegessen. Die Kinder waren glücklich, sie war glücklich, Bob war glücklich. Und dabei hatte sie Bob noch gar nicht vom Anruf des Präsidenten und von ihrer Ernennung zur Labor- und Programmleiterin erzählt.

Nun, dachte sie, morgen ist auch noch ein Tag. Ein schön fauler Tag. Jetzt will ich mein Leben genießen.

Sie fuhr Andy über das Haar, Susan setzte sich auf ihren Schoß.

Dann klingelte es. Elke und Bob fuhren zusammen.

Bob öffnete vorsichtig.

Vor der Türe standen zwei FBI-Agenten. In die Mitte hatten sie einen Kurier von Federal Express genommen. Es war derselbe Latino, der die Kassette mit den Kinderstimmen gebracht hatte.

»N' Abend, Ma'am. Nicht erschrecken. Kurier mit Brief. Angeblich vom Weißen Haus. Erlauben sie, dass wir den Brief öffnen? Beim Durchleuchten haben wir nichts Besonderes feststellen können, aber man weiß ja nie«, sagte einer der Agenten.

»Vielen Dank, ja, falls das noch nötig ist.«

Vorsichtig öffneten die Beamten den dicken Umschlag. Sie vergewisserten sich, dass er tatsächlich aus dem Weißen Haus stammte und verabschiedeten sich sofort.

Die Kinder sprangen vor Freude auf und ab, als Elke den Brief vorlas, und Bob umarmte Elke stürmisch.

Im Brief stand:

Sehr geehrte Frau Dr. Harrington,
der Präsident der Vereinigten Staaten von Amerika, Thomas Jefferson Cole, und die First Lady, Anne Dorothy Cole, geben sich die Ehre, Sie, Ihren Mann Robert Harrington und Ihre beiden Kinder Susan und Andrew am Freitag, den 7. Oktober, zum Abendessen ins Weiße Haus einzuladen. Ihr Einverständnis vorausgesetzt, sind Ihre Flugtickets beigefügt. Der Präsident und seine Gattin freuen sich sehr, Sie alle zu sehen.

Mit herzlichen Grüßen
Ihr
Thomas Jefferson Cole

PS: (handschriftlich) Packen Sie alle bitte Ihre Koffer für ein langes Wochenende. Die Lincoln-Suite wartet auf Sie.

Herzlich, Anne Cole

Die Deutsche Bibliothek – CIP-Einheitsaufnahme

Darnby, Joyce:
Die Regenmacherin: Roman / Joyce Darnby. –
Stuttgart; Wien; Bern: Weitbrecht, 1999
ISBN 3 522 71795 3

Die Originalausgabe ist unter dem Titel
The Wild Blue Yonder bei Skyline Publishing Inc., New York,
erschienen.

Übersetzung aus dem Amerikanischen
von Sabine Conrath-Renz.

Umschlaggestaltung: ARTelier, München,
unter Verwendung eines Fotos von THE IMAGE BANK
Satz: KCS GmbH, Buchholz/Hamburg
Schrift: Rotis Serif/Rotis Sans Serif
Reproduktion: Die Repro, Tamm
Druck und Bindung: Franz Spiegel Buch GmbH, Ulm

5 4 3 2 1* 99 00 01 02